致死量の友だち

田辺青蛙

二見文庫

イラスト　押切蓮介
解説　三浦しをん
デザイン　坂野公一（welle design）

contents

You & me

平凡で何の取り柄もない私が、一番大切にしているのは夕実《ゆうみ》と一緒に過ごすこの時間だ。鴉《からす》の濡《ぬ》れ羽のように艶やかで長い髪、色素が薄い琥珀《こはく》色の目、ずっと聞いていたくなる澄んだ声。彼女と一緒だと、何をしても特別な儀式をしているような気持ちになれる。たとえそれが、コーラの缶を冷蔵庫から取り出すとか、西瓜《すいか》を切るといった日常の何気ないことでさえも。

あの日バスの中で夕実という天使に声をかけられてから、私の地獄のような日々に彩りが与えられた。

「ねえ、知ってる? 〈熱砂西瓜《ねっさすいか》〉って名前のミステリ作家がいるの。毒殺ものをたくさん書いてるから好きなんだけど、ひじりは読んだことある?」

夕実は長い黒髪を耳にかけてから、すっと西瓜に包丁を入れる。夕実は両利きで、今日は包丁を右手で持っていた。

日の光を透けて通すほどに薄く切られた西瓜から、じわりと赤い果汁が染み出している。まるで、果汁という汗を流す、赤い宝石のようだなと思った。私が西瓜を同じように切っても、きっとこうは見えないに違いない。私はクラスの集合写真でも、どこに写っているのか自分で探してもなかなか見つけることができないほど、地味な見た目だし、髪はどんなに梳《す》いても彼女のようにサラサラにはならない。

「ひじり知ってる? 除草剤のモルラードって、二十年くらい前なら誰でも買うことができたの。致死量はたったの15cc。スプーン一杯でも口にしたら絶対に死ぬの。味も臭いもない無色の液体だし、解毒剤はない。しかも凄《すご》く苦しんで死ぬの」

薄く切った西瓜を白い皿に並べながら夕実は優雅に話す。

「どれくらい苦しんで死ぬの?」

「それはね、量によるわね。人体実験したわけじゃないから、あたしも知識として知っているだけなのだけれど」

「でも、どうやって殺したい相手に飲ませるの? 私たち虐《いじ》められっ子から飲んでみてなんて勧めたとしても、あいつら素直に飲むかな?」

夕実は細い小指を唇の端に当てて、クスクスと笑った。

「飲ませる必要すらないのよ。この除草剤は、経皮吸収するから触れさせてしまえば呼吸循環不全になって、二十四時間以内に死に至るから。毒液を浸した布を顔にかけるだけでも死ぬし、毒液の入ったバケツに手を浸《ひた》すだけでも終わり。ねえ、ひじりの分も西瓜切ったから、早く食べよ」

きめ細やかな肌が上気し、汗を滲《にじ》ませている。

「夕実って、毒の話をしている時が一番楽しそうだね」

「うん。だって、これを使えばあたしたちのことを虫けらみたいに扱っている連中を、この世から消せるって思えるから」

夕実が茶色い瓶をエプロンのポケットから取り出した。

あの小さな瓶の中には毒薬が入っている。以前、図書館で二人きりだった時にも見せてくれたから知っている。

毎月第三水曜日は、図書館でこっそり私と夕実は二人で会うことになっている。夕実は何故か図書館の鍵のスペアを持っていて、休館日に忍び込めるのだ。

「ねえ、夕実はいつもそんな風に、毒入りの瓶を持ち歩いてるの？　危ないし、警察に見つかって取り上げられたら、捕まってしまうでしょう」

夕実が長く細い指で、茶色の瓶を西瓜の脇に置いた。

机の上に、細く長い茶色の透けた影が瓶から伸びている。

「心配なのね。でも、あたしはそこまで馬鹿じゃないから安心してよ」

ひらひらと手を蝶《ちょう》のように動かし、もう片方の手で西瓜を取るとしゃくりと嚙《か》んだ。

顎から、紅色の雫《しずく》が数滴伝って落ちた。彼女の姿を盗み見ていると目が合った。

ただ、それだけのことなのにドキっとしてしまう。

夕実の魅力はミステリアスで、生活感がないところにもあった。家に親がいるところを一度も見たことはない。でも、部屋の中はいつもきちんと片付いていて、一人暮らしという感じがしない。食器も複数の人数分あるし、お金に困っている様子もない。なのに、家の中には生活感はほとんどない。まるで、一人の少女が無人になった家にふらりと勝手に住み着いてしまったようだ。それに家には変なマークの入った掛け軸や鏡や置物が無造作におかれ、異質な感じを増している。

「アイスコーヒーでも飲む？　コーラはまだ冷えてなかったの。こう暑くっちゃ喉が渇いて仕方ないわよね」

夕実はそう言ってから、冷凍庫の中から製氷皿を取り出した。

硝子《ガラス》のコップにキューブ状の氷が放り込まれ、その上からコーヒーが注がれる。

「ねえ、ひじり。ミルクとガムシロップはどれくらいいる？」

「ミルクは多めでシロップなしでお願いします」

アイスコーヒーを目の前に置かれ、細いストローをさして飲んだ。

夕実は長い髪をゴムで纏《まと》め、ストローで氷をグラスの中でつついて遊んでいる。

氷がコップのふちにあたり、カラコロと音を立てていた。

「今頃クラスの連中は、どんな風に過ごしていると思う？」

「えーっと、たぶん家で宿題やったり部活かな？」

「そんなところでしょうね。いつも下に見てる同級生が、自分を簡単に殺せる猛毒を持っているなんて、きっと誰も想像すらしていないと思う。あたしの感想だけれどね、虐めっ子って想像力が欠如している奴が多いのよ。だから事件や事故が起こった時に、被害者側が虐めっ子に『どうしてそんなことをしたの？』とか、『どうしてそんなことが起こると思わなかったんですか』って聞くことがあるでしょ。理由は他人の気持ちを想像できるほどの脳みそがないからよ。だから、そんな連中が、普通の日常とやらを送っている間に、二人で準備しましょう。きっとあいつら驚くと思うから。ねえ、ひじり聞いてる?」

「聞いてるよ、どうしたの?」

「あたしはね、何があってもひじりを共犯者に選びたいって思っているの。だから、あたしから逃げたり決して裏切ったりしないでね」

彼女の瞳の中に、私だけが映っているのが嬉《うれ》しい。

蟬《せみ》はジワジワとうるさいほど羽を震わせて鳴き続け、家の中にいても窓から夏の日差しの強さを感じる。

「ねえ、ひじり庭に出てみましょうよ。それとね、クッキーを焼いてみたの。良かったら抓《つま》んでみて。美味しいから」

桃色のリボンのついた白い紙袋を差し出し、夕実はふふっと笑った。

私は紙袋を受け取ると中からクッキーを一つ抓んで口に入れた。

クッキーの甘さは控えめで、ハーブが刻んで入れてあるのか、変わった風味を感じた。

「お味はどう?」

私が頷くと、夕実はとびっきりの笑顔を見せてくれた。これがこの年の一番の思い出だった。

私と夕実は学校では仲が良いそぶりを全く見せないようにしている。

その方が安全だし、お互いにとって都合が良いからだ。

それでも、つい授業中に表情を盗み見てしまうことがある。

斜め前の席に座る彼女の横顔は美しく、ノートを取る姿さえ映画のワンシーンのようだ。

今日の夕実は左手に持ったシャープペンシルをくるくると弄びながら、視線を宙に泳がせている。

とろんとした夢見がちな表情を夕実がしている時は、必ず誰かを毒殺する想像をしているのを私は知っている。

陶酔している彼女の表情をずっと眺めていたいという気持ちのせいで、視線を逸《そ》らすことができない。

ずっと授業がこのまま終わらないで、永遠に時がループで続けばいいのにな。

そんなことさえ願ってしまう。

だけど非情なチャイムが授業の終わりを告げた。

「起立、礼、着席」

号令の後に先生が立ち去ると、あいつらは私の席にやって来る。

夕実は休み時間のたびに、誰かに教室の外に呼び出されているので、ここにはいない。

去年までは、クラス内で無視や仲間外れ程度のことが、イジメだった。

でも、それが私にとってつらかったのは最初のうちだけだった。

他人の顔色や反応をうかがいながら、相手が気にいるだろう言葉を口にするのは、もともと苦手だったたし、本を読むのが好きだったのもあって、一人でもつらくなかったからだ。

でも、その様子がクラスの一部からさらに反感をかうことになった。

お高く留まっているだの、偉そうだのと言われ、それ以来少しずつイジメの質が変わってきた。

足を引っかけられたり、教科書や上靴を隠される。

母に窮地を訴えたけれど、虐められるあんたの方が悪いんでしょと、言って深いため息を吐かれるだけだった。

父は、私には無関心で、目に映っているのかどうかさえ疑わしい。

お互い、家の中になんとなく存在する者としか認識していないような気さえしてくる。

教師は期待するだけ無駄だった。私のクラスにはかつて他にも虐められていた生徒がいたが、その子が登校拒否になった時も、先生は我関せずといったスタンスだった。

もう名前も思いだせないあの子は、転校してしまったのだろうか。

田舎の学校とはいえ、これで県下では名の知れた進学校というのだから、笑わせる。

私が目の前で、腹部をパンチされて蹲《うずくま》っていた時も、こちらを一瞥《いちべつ》だにくれず通り過ぎていくような人が教師をしているというのに。

きっとクラスの皆も先生も、私のことをゴミか虫けら以下の存在としか、認識していないのだろう。

教育委員会に連絡を入れることも考えたけれど、母親からうんざりした顔で「面倒を大きくするのは、止めてよね。あんたが愚図だから虐められるんでしょう。だからしょうがないじゃない」という声が頭に浮かんでしまったせいで、できなかった。

他のクラスの先生にも一度だけ、相談してみたことがある。

でも「担任の先生に、そういうことは相談した方がいいと思う」とか「声かけで、注意してみるから、それでいい？　相談はこれで終わりだから」と言って、面倒くさがっているのが、ひと目で分かる顔をされただけだった。

早速今日も、クラスメイトの一人が私の机の側にやって来た。横には数人のお伴が立っている。顔をそっちに向けなくたって気配で分かる。

「ねえ、あんたさあ、生きてて楽しい？」

応える義理がないので、私は俯《うつむ》いて黙っていた。

「早く答えてよ、あんたみたいなのでも生きがいとかあんの？　どうなの？　無視しないでよね、聞いてる？」

私の髪の毛をぐっと摑《つか》んで引っ張り上げられた。

そのせいで、頭が引き攣《つ》れて痛む。

ストレスと緊張のせいか物が色を失い、視界に映る何もかもが灰色に見える。

「あんた、顔と雰囲気が豚に見えるからさ、四つん這《ば》いになってブヒブヒ鳴いてみなよ。あ、豚だから服は脱いでね」

摑んでいた髪を急に離され、近くの机に身体がぶつかった。

「いったぁ。豚がこっちにぶつかってきたんですけど」

「おい、早く謝れよ豚。それとも脳みそも豚並みなの?」

「豚に例えてやるなよ、豚がかわいそうだろう。豚の方がこのブスより一億倍可愛いし賢いから。お前は下等生物とか、家畜以下とかだろ」

「えーそれも家畜が可哀そう。もう呼び方はゴミ屑《くず》とかでよくね?」

後頭部に今度は痛みが走った。誰かが何か固い物で、私を叩《たた》いたのだろう。

「いたっ」声を出してしゃがむと、今度は近くにいた男が背中を強く蹴った。

「ゴミみたいな生き物のくせに人間の言葉使うなよ。くっせーんだよ」

「早く四つん這いになってブヒブヒ言えよ、豚女」

「床のゴミ舐《な》めて綺麗《きれい》にしてよ。あんたの仲間ってゴミでしょ」

蹲る私が踏みつけられているのを後目《しりめ》に、近くにいた女子の一人がこう言った。

心臓がバクバクして呼吸が苦しい。いつもイジメにあっている最中、私は呼吸ができなくなる。

「ゴミ女にお化粧してあげるね。はい、顔拭くからこっち向いて。あ、これさっき行った便所にあったやつだけど、あんたの顔より一億倍綺麗だからさぁ～」

悪臭に塗《まみ》れた雑巾で顔を強く擦《こす》りつけられていると、チャイムが鳴った。

十分間の休み時間が来るたびに、私はこの地獄を味わわされる。

チャイムが鳴り終わり、皆が散り散りになって席についた頃、ようやく私は普通に呼吸ができるようになる。

ノートを取り出し、教科書を置き、シャープペンシルを握る。

さっきの雑巾の悪臭が強く、吐き気がするが、堪《こら》えて唾液と共に飲み込んだ。

ポケットからハンカチを取り出して軽く拭う。次の授業は移動教室なので、チャイムと同時に教科書とノートを持って駆け出して、人の来ない西校舎のトイレに行こう。

上手くいけば、顔を洗う時間くらい稼げるかもしれない。

そんなことを考えていると、少し遅れて夕実が教室に戻ってきた。

休み時間が終わってすぐの夕実は、いつも青ざめた顔をしている。

彼女は教室の外で、私よりももっと悍《おぞ》ましい目にあっているからだ。

直接彼女の口から、そのことを聞いたことはないけれど、聞こえてくる噂《うわさ》や二人で会う時に時折見える身体に残された痣《あざ》や、些細《ささい》な言葉のやりとりの端々から、その様子をうかがい知ることができる。

耐え続けなければ生きていけない。私は一日一日を歯を食いしばるようにして乗り越えている。絶望的な学校の時間を終えて、今日も家に帰った。普通の顔で、平然と授業を受けているクラスメイトを、いや全ての学生を恨めしいと感じてしまう。

私はベッドの上に横になりながら、過去のことを思い返してみた。

「本当は毒なんかじゃなくって、爆発物でドカンと学校も何もかも吹っ飛ばしてやりたいの。毒で苦しいって藻掻《もが》き苦しむあいつたちの姿を見たいって気持ちもあるけれど、あたし自身も含めて、何もかも全て吹き飛ばして終わりにしてやりたい」

以前、夕実は放課後の図書館で泣きながら、こんなことを言っていた。

でも私たちの住む田舎では、学校くらいしか私たちには居場所がない。

家や外の世界はもっと寒々しく、学校に属していなければきっと私たちはすぐに干からびて死んでしまうだろう。

同じような姿をしていて、共感しあい、どんな些細な情報すらも共有し続けていかなければ生きていけない生徒たち。異端はいつだって迫害され続ける。そして民衆はいつだって生贄《いけにえ》を必要とする。

私はクラスの連中の憂さ晴らしのための生贄でしかないが、夕実は田舎には似つかわしくない姿をしているから虐められているのだ。

彼女の整った目鼻立ちは彫刻のようだし、皆が平均的であるべきだというこの学校で、彼女の姿は異端視されてしまうのだろう。

暗く陰鬱で人口も少なく、娯楽といえば少し離れたショッピングセンターに行くことくらいしかない町。そんな灰色の町に佇《たたず》む学び舎《や》。

学校になじめない子供が苦しんでいても、この町はそれを見殺しにして、死んだことにすら気がつかないだろう。

実際にここ最近、この町では若年層の自殺者や突然死が増えているが、亡くなった人の情報は『○○で自殺した人見ちゃった』や、『△△で人が倒れてて救急車来てて驚いた、あれ死んだんだってさ』という、芸能人が結婚しただの別れただのの、噂話のついでに語られるようなありさまだ。そこにいた人がどんな思いで死に至ったかまで考える人は、きっと多くないし、例え思い至ったとしても、簡単に忘れてしまうに違いない。

憂鬱な朝がまたやってきた。まだ火曜日で、一週間が途方もなく長く感じる。

私は制服のスカーフを結び、鏡を見ながら髪の毛を整えた。通っている学校は身だしなみにうるさく、スカート丈やスカーフの両端が揃《そろ》っていないと注意される。それでいて、あからさまな虐めのサインは教師の目には映っていないのだから滑稽だ。

机の上に誰かが置いた、新聞の記事と週刊誌の見出しが目に留まった。

『配達員、麻薬成分を含む茸類《きのこるい》と大麻所持で逮捕、暴力団から覚醒剤も購入か』『飛び降りか、高一男子死亡』『寄付企業が工事受注、元秘書関与を認める』『県から闇融資か、制度隠し予算流用の疑惑深まる』『広がる若年層での脱法ドラッグ』『狙われる学生、カルトの闇』などの見出しが並んでいる。

飛び降り死の部分だけを少し読んでみた。そこには、どこの生徒がどこで死んだかと最後につけ足しのように学校側のコメントとして、再発防止に努めることと、学内での態度や生活と死因には因果関係なしという内容が書かれていた。

「この世界に嫌気が差して死ぬことを選んでも、こんなオチになっちゃうんだ」

新聞をたたんで、外に出た。


私も過去に一度だけ、この世界にちょっとだけ逆らおうとしたことがある。

ある日の放課後、クラスメイトから自分で腕に何度もカッターナイフで線を引くように命令されて、それを拒否した結果、無理やり教室の窓に身体を押しつけられて、ここから飛び降りろと言われた。

死ぬのは怖くなかったけれど、いけ好かない連中に無理強いされるのがたまらなく苦痛だった。

私が泣き喚《わめ》き、感情が高まりすぎたのか急に吐き気が込み上げてきて、嘔吐《おうと》した。それで興がそがれたのか、その日の虐めはそれで終わった。

でも、私の身体からは、大切な何かが抜け落ちてしまった。私は一旦家に帰ってから直ぐに制服に着替えると、僅《わず》かな小銭を持って家の外に出てふらふらと辺りを彷徨《さまよ》った。

そして、気がつけばバスに乗っていた。手には遺書を握りしめていた。ささやかな抵抗として遺書には恨み言をたっぷりと、担任と、クラスメイトの実名入りで書いてやった。この遺書を読んだら、母も少しは私に、虐めの話を聞いてあげたり、もっと優しくしてあげたりすればよかったと後悔するだろうか。

そんなことを考えながら窓の外の景色を眺めていると、「どこで死のう……」ふっと口からこんな言葉が漏れてしまった。

独り言を誰かに聞かれていないかとバスの中を見渡す。もし、クラスメイトに聞かれていたらきっと面白がられて、単に弄《いじ》りネタの一つとして、私の今の気持ちさえも消費されてしまうに違いない。

バスの中には運転手と、乗客は同じ学校の制服を着た子が一人だけいた。その子は制服姿を見たことで、虐めがフラッシュバックし、身体を強張《こわば》らせてしまう。

バスが信号で停《と》まると、席を立って私の横に座り、二の腕にそっと触れた。

「あなた運動部でもないのに、割と筋肉質よね。気になっていたんだけど、家で筋トレでもしているの？　力を蓄えてあいつらの首でも絞めてやるつもり？」

綺麗な目が私を覗《のぞ》き込んでいた。茶化すような口調ではなかったので、呆気《あっけ》にとられていると、彼女は名乗った。

「あたし、橘《たちばな》夕実。同じクラスよね。夕実でいいわ。橘って苗字《みょうじ》はあまり好きでないの」

クラスで見かけたことはあるので、名前は知っていた。でも話したのも声をかけられたのも初めてだった。

「筋肉質なのは生まれつきで、特に運動はしてない……。腕も足も太いのが嫌で……」

しどろもどろに答えると、彼女は私にこう言った。

「羨ましいわ、あたしってどんなに頑張っても筋肉がつかないの。それを言うと嫌味だって睨《にら》まれるし、目が覚めたらゴリラみたいに強くなりたいのに。少しだけど、あなたとお話できてよかったわ。話すのは初めてよね」

「そう……ですね」

「ごめんなさい、名前を覚えるのが苦手で、同じクラスだったことは覚えているのだけれど、名前を聞いてもいい？」

「宇打《うだ》ひじりと言います。私は苗字も下の名前もどちらも好きじゃない……」

「そうなの？　素敵な名前じゃない。あなたのことも下の名前で呼んでもいいかしら？」

「好きに呼んでください。下の名前はヒジキってよく揶揄《からか》われたし、苗字もうだうだしてるとか、そういうことばっかり言われてたから……橘さんの方が、素敵な名前だと思う」

「さっき言ったでしょう、苗字は嫌いだから夕実と呼んで欲しいの。そして、あたしはあなたのことを『ひじり』って呼ぶね。いい名前じゃない。

『ひじり』の語源は日や火を知り治める者、つまり聖人という意味や、暦数に通じていて、日の吉凶を知る人、神聖な火を管理する人って意味もあると辞書で読んだことがあるの。

じゃあ、また会いましょうね、ひじり」

そして、小さな紙切れを私に渡して、夕実は次のバス停で降りた。

紙を開くとそこには、細い線の綺麗な文字で「一緒にあいつらに復讐《ふくしゅう》しましょう」と書かれていた。

それで、私は家出して自殺をするというプランを止め、家に帰ることに決めた。

ささやかな抵抗のつもりで書いた遺書も、細かく千切ってから掌《てのひら》にのせた。

小さな私の悲鳴が文字となった遺書は、細かな雪のように、風に乗って散っていった。

一度死んだ命だと思えば、私みたいな人間でも何か成し遂げることができるだろうか。

そもそも行く当てもなかった。あのままバスに乗ってどこかに行ったとしても、世界のどん詰まりのような場所にある町の夜だ。きっと自死する前に、変質者に悪戯《いたずら》されて殺されるか、山犬か熊に喰《く》われるか、どちらにせよろくな結果は待ち受けていなかっただろう。

今の私には悔しいが、生き抜く力も知恵もない。

それにあの時私が求めていたのは、誰かに声をかけてもらうことだったのだ。

たった一人でいいから共感して、ここから抜け出させてくれる光を見せて欲しかった。

私は、あの一文が書かれた紙を手渡してくれたのが誰であったとしても、信じてついて行くことにしただろう。

だからと言って、それから長くつらい学校の日々が、夕実と出会ったことで、すぐに変わったわけではない。最初の頃は、何かが良くなるような予感だけがあっただけに、息苦しさは増すばかりだった。

優等生ばかり庇《かば》い、虐められている私を、軽蔑していることを隠そうともしない先生。

思いだすと、叫びだしたくなるくらい、悔しく屈辱的な言葉や、昼間あったことが頭の中でぐるぐるして眠れそうになかった日の夜、私はそっと玄関の靴箱からあまり履いていない靴を家族にバレないように手に取って部屋に戻った。

自殺をしようとバスに乗った日から、私の中で少しずつ変化を望む思いが大きくなっていく。

蛹《さなぎ》の中で、羽化もできずにドロドロのまま腐っていく芋虫が私で、なんの障害もなく蝶になる準備を着々としているのが同級生のようで、焦りが募る。何故苦しむのが自分だけなのだろうか。問いかけても答えてくれる人はいない。

私は靴を履いて、窓から外に出た。

外に出た時にガタンと音がして、全身が凍ったようにしばらく身動きできなかったけれど「何をしているの?」と親がやってきたりはしなかった。

もし、親や兄や誰かに見つかったらどんな言い訳をしよう……とずっと考えながら夜の街を歩いた。

空気はじっとりと湿気を含み、纏わりつくように暑い。

曇っているせいで、月明りもない。街灯も少ない田舎町だから、道の闇は深く、暗がりに誰かが座り込んでいても分からないほどだ。

蛙《かえる》や螻蛄《けら》の鳴く声が、テレビやラジオの音に交じって聞こえる。

昼間、クラスメイトに蹴られたところが痛んだ。

その痛みよりももっと、蹴られても当然だというクラスの空気がつらかったことを思いだして涙が溢《あふ》れてきた。

夜、誰もいない道で、ただただ涙にくれる。

泣きながら、ふらふらと夜道を歩き続けていると、道端の街灯の下に体育座りの制服姿の女子を偶然見かけた。ビクっと身体が思わず硬直する。同じ年ごろの人は苦手で怖い。

でも、長く豊かな黒髪と背格好から、それが夕実だということが分かった。

あれだけ長い黒髪で痩軀《そうく》の女子は、うちの学校では夕実くらいしかいない。

一人で何をしているんだろう？　あんな場所にどうしているんだろうと気になったので、そっと後ろから近づいてみた。

夕実は暗いコンクリートの縁を流れる小川を眺めていた。

そして、私が背後から近づいて来ていたのを知っていたのか「水の流れって綺麗よね」と振り返らずに言った。

私は「そうだね」と答えて隣に座った。

しばらく二人して横に並んで、川の流れを見ていた。川面《かわも》には、街灯の明かりが歪《ゆが》んで映っている。

黒い川の流れをどれくらい眺めていただろう。視線を夕実の方に移すと、彼女の服装がまだ制服のままで上着のファスナーがこわれて少し開いていることに気がついた。

スカートも埃《ほこり》で汚れているし、手首や腕に真新しい擦《す》り傷がついていた。

どうしたのそれ？　と、言うべきかどうか迷っていると、夕実はすくっと立ち上がった。長い髪に白い指を梳くように入れると、風に花のような香りが仄《ほの》かに混ざった。

そして彼女は小川に飛び込んだ。闇に溶けるように黒い豊かな髪が揺れ、川面に浮いている。夕実はなかなか浮かんでこない。溺れてしまったのではと心配になり、助けを呼びに行こうと思った時に水面から顔を出した。

長くしなやかな手を水面から出して、コンクリートの縁に摑まると、私の顔を見て微笑《ほほえ》み、「暑いから飛び込んじゃった」と言った。

「ひじりも泳ぐ？」

私は泳ぎも得意でないので断ると、彼女は「こんなに水が冷たくて気持ちいいのに。水が嫌なことをすべて流してくれるのに」と言って、再び水の中に潜った。

街灯に照らされる水面下の影から、私は目が離せなかった。

制服の長いスカートが水の中で動く様子は、魚の尾を思わせ、まるで闇の中に泳ぐ人魚のようだ。

「はあ、気持ちよかった」

川から上がり、スカートを絞りながら夕実は言うと、私の方を向いた。

首筋に痣《あざ》が幾つもついている。キスマークのようにも見えた。

私が見ていたことに気がついてか、夕実はパッと首筋を片手で押さえた。

「成功させようね、あたしたちを苦しめている連中への復讐。そんなに難しくないし、きっと上手くいく筈《はず》だから」

昼間とは違った彼女の闇を映す黒い瞳が、私を囚《とら》えている。

「でも、どうやって？」

「考えないで今は。ただ、あたしを信じて。ねえ、上手くいくって言って、ひじり」

夜を削り取ったような黒い髪が、顔にかかっている。ぞっとするほど白い顔の彼女に見つめられると、身動きがとれなくなる。

「うん、きっと上手くいくよ」

私はそう言いながら濡れた彼女に抱き着いた。彼女が微《かす》かに震えていたからだ。

それから二人横並びで他愛のない会話を交わし、家から少し離れた場所で別れた。物音を立てないように、スニーカーを脱いで窓枠に素足をかけて部屋に入ると、細心の注意を払って建てつけの悪い窓を閉めた。

それからパジャマに着替え、トイレに寄ってから部屋に戻って布団の中に潜った。

何故、夕実はこんな時間に一人であんな場所にいたんだろう。

私は彼女のことを何も知らない。

カチッと廊下の灯《あか》りのスイッチを点《つ》ける音がしてから、不意に部屋の扉が開き母が部屋に入ってきた。

「あんたまだ起きてるの？　電気代だってかかるんだし、早く寝なさい。あんたみたいな愚図は勉強なんてしても同じでしょう。無理して進学校に入ったところで、成績は下から数えた方が早いようじゃ意味ないでしょうに。知ってる？　斜め向かいの二階堂《にかいどう》さんの家のお嬢さんは、公立だけど、ずっとトップで来年医学部を受験するんですって。しかも学費も自分で支払うそうよ。それに比べてあんたって顔も頭も悪いし、良いところが全くないわね」

母はよく私を誰かと比べて怒る。

「ごめんなさい。すぐ寝るから。おやすみなさい、お母さん」

母と言い争ったりしても何もいいことはない。従順なフリさえしておけば、それ以上文句は言ってこないから、何を言われても歯向かわず、まず謝ることにしている。

母の頭の中には理想の子供像があり、私がそれに近づくことすらできないことを知っている。私がその理想像に向けて、頑張る姿を見てくれれば、母が少しは労《ねぎら》って優しくしてくれると思っていた。でも、そんなことはなかった。母は成果主義者であり、経過には全く関心を持たなかった。

それに、理想像と現実の子はぴったりと同じでなくてはならず、だいたい同じというのさえ許されなかった。

母はかつて、田舎では珍しい野心を隠そうとしないタイプで、将来を期待されていたらしい。父から聞いたところでは、小さなミスコンに応募したこともあるし、アナウンサー試験を受けたこともあるという。その結果がどうなったかは知らない。

ただ、平凡な田舎に埋もれず、人から羨ましがられて目立つ人生を歩みたいと思っていたのだけは確かで、どうしてそんな人が平凡極まりない父と一緒になり、この田舎に埋もれることを受け入れたのだろう。理由は分からない。

私をことあるごとに叱りつけるのは、もしかしたら自分自身の現状への苛立《いらだ》ちをぶつけているのかもしれない。母から罵倒されるたびに、そんなことを思った。

私の内面を察してか、あんたまで馬鹿にしてと、母は時々手を上げることもあった。

肉体的な痛みより、無能だと言われる方が私はつらかった。

母は兄には優しく、慈愛の人のように振る舞っているからだ。

「妹と違って、上の子は気配りができるし、優秀だから。それに比べて、あの子は……」

呪詛《じゆそ》のように無限に続く母から侮蔑の言葉。

自室に一人でいる間も、母の声がずっと頭の中で流れ続け、胸が圧《お》しつぶされそうになったことは一度や二度じゃない。学校の連中はいつか別れがくるが、血が繋《つな》がっている母とは、見えない鎖で縛り合わされているような気がして、息苦しくて仕方がない。そんな日は、夕実の名前を呟《つぶや》くようにしている。

あのバスの夜から彼女の名前が私のしがらみをいつか、解きほぐしてくれるような気がしているから。

「夕実……」

名前を口にし、目を瞑《つぶ》ると、制服姿で長い髪を旗のようにたなびかせ、私に微笑みかけてくれる美しい彼女の姿が浮かぶ。

　彼女は私だけの女神だ。

いつものように学校の通学路を俯いて歩いていると、夕実から珍しく声をかけられた。

「おはよう」

「おはよう、昨日はね……」とそこまで言うと、しぃっと夕実は唇に指先を当てて軽い足取りで先に行ってしまった。

ただ、それだけのことで、私の気持ちは明るくなった。

いつも鉛の入った靴を引きずって歩いているような通学路。それが、夕実に会って挨拶しただけでこうも違うなんて。

学校に着くと上靴の中に、小さな紙片が入っていた。

広げてみると、そこには「今日四時にあの場所で待つ　Y」と書かれていた。

私はその紙片をドキドキしながらポケットにしまいこみ、上靴を履いて教室に向かった。

ドアを開けると、早速男子から軽く蹴られたし、侮辱的な言葉を投げつけられた。でもそんなのもう、どうだっていい。私は夕実と放課後に二人だけで会えるのだから。

きっと、そこで昨日の夜聞いた話の続きをするのだろう。どんな夢やおとぎ話よりも美しく、私を魅了する言葉――「復讐」。

今も私をゴミ屑と言いながら黒板消しで頭を叩いている女子や、それを指さして笑っている男子。こいつらに夕実はどんな復讐を与えようと考えているのだろう。

チャイムが鳴り、しばらくすると、いつものように青ざめた顔の夕実が教室に帰ってきた。

紙片の待ち合わせのことを確認したかったので、声をかけたが返事はしてくれなかった。その時は無視されたことに軽いショックを受けてしまったが、放課後に会った夕実は話しかけてくれた時のように打ち解けた様子で接してくれた。

「もう、学校では話しかけてこないでよ。吃驚《びっくり》しちゃった。だってひじりは復讐をする共犯者なんだから、親しいそぶりは見せない方が得でしょう。それに、ただ復讐するだけならクラスの嫌な連中には、直接刃物か、改造モデルガンで挑みかかればいいけれど、自分がしたいのはそうじゃないの。気がつかれないようにそっと、取返しがつかないくらいの状態にしてやりたいの」

夕実のように一人で自由に気高く美しく生きることができたら、どんなにいいだろう。

私はいつも夢想してばかりで行動に移せない。なのに彼女は毒を手に入れ、復讐の手段を準備している。

彼女は毒を隠し持つ麗《うるわ》しい女王蜂だ。

私はその傍《そば》に控える、選ばれた従者。

学校で彼女を虐めている連中は、いつか毒で喉や肺の腑《ふ》を焼かれ、地面を地蟲《じむし》のように藻掻き苦しみながら、私たちにしたことを後悔するだろう。

孤独だった私にできた美しい友人は、家でも学校でも生きる目的を教えてくれた。

思い出に浸る私の目の前で、母がコップにジンジャエールを注いで飲んでいる。

神経質な母は、自分のグラスを他人が使うことを許さない。

以前、間違えてグラスを使ってしまった私を見てヒステリックに怒鳴り散らし、あんたが使ったから穢《けが》れたと言ってグラスを叩き割って捨ててしまったことさえある。

母の愛用のグラスの内側に、毒を塗っておいたらどうなるだろう。

私も夕実のように、想像してみた。

母が愛用しているクリスタルグラスに飲み物を注ぐ。

そして、何も疑いもせずにグラスの中の飲み物を飲み干し、しばらくすると苦しみだす。

きっと母は自分の身に何が起こったかすら、理解しないだろう。

「何よ、気持ち悪い笑みなんか浮かべて、嫌な子ね」

気が付かないうちに毒で苦しむ母の姿を思い浮かべてニヤけていたようだ。

私は「別に」と言って自分の部屋に戻り、再び夕実の名前を呟いた。


必死で勉強して入った学校だから、本当は予習復習してやっとついていけるというレベルなのに、虐めの影響もあって私の成績は下がる一方だ。

私の父は、入学当時は進学校に通っていることを喜んでいるような言葉をかけてくれた。だけどそれ以後は、私の成績が上がっても凄く下がっても、全く関心を示さなかった。好きの反対は嫌いではなくて無関心だという。私は親にさえ愛されていないのだろう。

母は私を鬱陶しがっているようだし、父は私のことを今は見ることすらしない。

ここにちゃんと存在するのに、家ではまるで透明人間になったような気分だ。

「学校は吐き気を齎《もたら》すようなイジメで自分の存在を示され、家では私はどこにも存在していないみたい……」独り言の声さえも、壁の中に吸い込まれて行く。

三つのテスト

夕実《ゆうみ》にバスの中で話しかけられてから、もうすぐ一年になる。つらい時間を乗り越えられたのは、夕実との思い出に逃げ込めるようになったからだ。

夕実と会う約束がある日は、虐《いじ》めが普段と比べてつらくない。叩《たた》かれたり、私物を隠されたり、どんな悪口を言われたりしても、夕実との密会のひと時を思えば耐えられた。

私のことを虐げている愚かな連中は、夕実みたいな素晴らしい佳人と過ごす甘露な時間を知らない。

灯《あか》りのついていない図書館にそっと入る。郷土史の棚の一番端にある本の間に、メモがいつも挟まっていて、そこには待ち合わせの時間と場所が書いてある。メモを広げ、文字を読んだ。

『Hへ、今日午後五時にここでね。もし来るのが難しければ、この紙の隅に書かれた地図に×をつけて本を戻して置いてください。印が無ければ来られるということで、この場所で待っています』メモの地図に★印が書かれていた。

それは、ここから歩いて三十分ほど離れた場所にある、廃鉱だった。

本を棚に戻すと、私は指定された待ち合わせ場所までほとんど止まることなく、駆け足で向かった。五時よりも二十分以上早い時間についたにもかかわらず、夕実はそこにいた。薄暗い廃鉱の入り口で、青いブックカバーを巻いた文庫本を読んでいた。

「あら、早かったのね」

「夕実こそ」

彼女の声が脳に痺《しび》れるように染み込んでいく。私と彼女を繋《つな》いでいるのはクラスメイトたちから虐げられているという点だけだ。だから、もし私も遠巻きに虐《いじ》めを眺める立場の誰かだったり、虐める方だったら、彼女にクラスの中で気が付かれることすら無かったかもしれない。そう考えると、一瞬イジメをしている連中に感謝の気持ちすら抱きそうになってしまった。生きている宝石のような彼女の横に立っているだけで、胸が高鳴るのは何故だろう。

唇の端をつり上げて笑みを浮かべたまま、ページをめくる彼女の姿は絵画のようだ。

「何を読んでるの?」

「アンソニー・ホールデンよ」

聞いたことのない作家だったけれど、何を読んでいたのか説明する気は夕実にはないようで、パタンと文庫本を閉じると鞄《かばん》にしまった。

ふっと風に交じって、淡い芳香が辺りに漂う。

髪に香水を使っているのか、夕実のシャンプーの香りだろうか。

「ねえ、ひじり」

夕実が私の名前を呼ぶ声は何度聞いてもたまらない。

「あたしの考えている計画を、簡単にひじりに説明するわ。以前、毒を使って復讐《ふくしゅう》をするって話をしたのを覚えてる？　毒はいいわよね。力がなくても、ゴリラみたいな大男たちでも時間をかけずに何人も倒すこともできる。ライフルよりも強力で、狙いを定めれば確実よ。それに足がつきにくい。

ねえ、知ってる？　毒殺って犯人が分かっていない事件が多いのよ。例えば青酸コーラ無差別殺人事件は、犯人が未だに見つかっていないし、パラコート連続毒殺事件だってそう。宅配便で毒物を送った、くずもち毒殺事件も未解決事件よ。

毒を入れるところを見られずに、上手く相手に毒を与えることができれば捕まることはないの。でも、間違えないで飲ませないとね、あたしたちの復讐に巻き込まれて、無関係の人が命を落としてしまうとも限らないから。

そういう事件もあるのよ、ターゲットでない人が毒を飲んでしまったってことがね。それも一件や二件でないの。あたしはそんなドジは踏まないつもりだけど、注意はしなくっちゃ」

「毒は飲ませるつもりなの？　前に教えてくれた経皮毒じゃだめ？」

「皮膚についただけで死に至る毒は、扱いが難しいでしょ。だってターゲットとなる相手は複数だし。だから今のところ、毒は飲ませるつもり。それにこれを見て」

夕実が鞄から紙を取り出し広げて見せた。どうやら学校の地図らしい。

地図にはあちこちに小さな×が書き込まれている。

「これは監視カメラの位置。解像度は悪いからフードを被ったり、いつもと違う恰好《かっこう》をしていれば、多分あたしまで辿《たど》りつかないと思うけれど、あまり映りたくはないから、カメラの死角も調べてあるの。それと、復讐相手のクラスメイトのこと、ひじりはどれくらい知ってる?」

私は、ほとんど知らないと夕実に言った。憎んでいる相手の名前を思い浮かべるだけでも吐き気がするからだ。

憎悪している連中のことなど、何一つとして知りたくはなかった。

「駄目よそんなの。あたしは詳しく知ってるわよ。購買の利用率、曜日、弁当か否か、水筒を持参しているかどうか、所属している部活、通学路、体重と身長、健康診断の結果」

「ど、どうやって調べたの?」

「学校の鍵の管理なんて杜撰《ずさん》でしょ。鍵のコピーを作るのも簡単だし、ディスクシリンダーの鍵は簡単にピッキングで開くわ。学校の資料、個人情報の管理なんて誰もそんな真剣にしていないの。あたしはクラスの女子の生理周期だって大まかに把握しているのよ」

「そんな、それこそどうやって?」

「ひじりに足りないのは真剣さ。恨みをたっぷり持っているのは知っているわ。でも、共犯者として一緒に活動するには、もう少し熱意がなきゃ駄目」

琥珀《こはく》色の瞳が夕日に照らされて、光っている。猫を思わせる目に射抜かれるような思いがして、私は視線を逸《そ》らした。

「ひじりの覚悟が本物かどうか、試していい？」

私はその場でこくりと頷《うなず》いた。

「なら、簡単なテストをするわね。大丈夫。あなたならきっと合格できるから。そんな風に今にも泣きそうな顔をしないで」

夕実は私の腰に両手を回して、引き寄せると蠱惑的《こわくてき》に微笑み、囁《ささや》いた。

「テストは三つよ。一つは毒を盗んでくること。もう一つは毒を探してくること、最後の三つ目は最初の二つをクリアしたら教えるわ」

一つ目のテストの内容の詳細が説明されるのを待っていると、夕実が「どうしたの？」と言った。

「えっと、一つ目のテストの毒を盗んでくることだけれど、どこから盗めばいいのかなって思って」

「ああ、そういうこと。課題を聞いたら外に出てすぐに盗みに行くのかなと思っていたけれど、確かにそうね、それだと簡単すぎるわよね」

私はこくんと素直に頷いた。夕実は時々勿体《もったい》ぶった言い方をして、少し意地悪をする。

「でも、どうせだったら一緒に考えて答えに辿りつく方が課題としては楽しいわよね。ねえ、ひじりは毒ってどこにあると思う？」

「毒……毒物……理科室とか？」

「劇物はあるけれど、毒物はあるかしら？」

「劇物と毒物って違うの？」

「もう、本当にひじりって何も知らないのね。毒薬は劇薬よりも毒性が強いの。だいたい十倍くらいの差があるわ」

ペンをくるくると左手で回しながら、夕実は話し続けた。

「毒薬と劇薬の指定基準なんだけれど、強さの基準はマウスで調べられているの。例えば、ある毒物の強さを調べようとするでしょ。その場合、実験用のマウスに毒物を投与して急性毒性、つまりどれくらいの量を与えるとマウスが死ぬかを見るの。その量の違いが、毒性の強さの基準になるわけ。

百匹のマウスに投与して、半数のマウスが死ぬ量——五十パーセント致死量を示すＬＤ50をまずは見つけだすの。

ＬＤ50が劇薬の場合は、体重一キログラムあたり薬の量は百ミリグラム以下になるし、毒薬の場合は三十ミリグラム以下になるわ。それが毒薬と劇薬との違いよ。分かった？

ねえ、それよりもどこから盗み出すべきだと思う？」

「薬局かな？」

くすくすと夕実は笑う。

「本当にひじりって可愛いし、面白いのね。あなたといると飽きないし、楽しいわ。あのね、毒が学校の理科室や薬局にあったとしても、盗んだらすぐにばれてしまうの。盗難や災害などの緊急時の連絡体制が整っているし、それに経口に向かない物が多いの。硫酸なんて誰も飲まないし、かけたらそりゃあ悲惨なことになるけど、致死率はそれほどでもないから。

答えを言うね。古い納屋から農薬を盗んできて欲しいの。国が、農薬の保存方法と管理を定めているけれど、田舎の農家って守ってないことが多いから。

特にこの町みたいな、離農が急に進んだ場所とかね。先代は農家だったけれど、何を作っていたか具体的には知らないって人が多いし、どんな農薬をどこに保存していたかって、相続の時にもそんなこと話題に登らないし、興味もないでしょ。

最近の農薬は安全性の基準が高くて、致死率もかなり低いし、人体への害もほとんどないの。でも少し前の時代はね……酷《ひど》いものよ。今から数十年前のある年の統計によると、農薬による自傷および自殺者は四百八十名。そのうち不慮の中毒および曝露《ばくろ》による死者は九十二名。保管中の農薬の誤用による死亡事故が百八名。ちなみに誤飲を含まない数だから。農薬に汚染された用水路の水が、井戸や飲料水に混ざってしまったのを飲んだ場合の死者は、更にこの数を上回っていて、つまり農薬の管理をしていた人たちが、こんなにも犠牲になっていたわけ。それだけ毒性が強いものが、以前は簡単に入手できたの。

流石《さすが》にそんな危険な薬剤が、世の中に出回っているのはまずいと役所は考えたみたいで、苦味と刺激臭を薬剤に追加する義務と、毒性を下げるようにと指導を企業に対して行ったの。その結果、中毒事故は減った。でも元々出回っていた苦みも臭いも追加されていない強い毒性の農薬、例えばモラキソンの回収は上手くいかず、難航したわ。いや、していると現在進行形で言った方がいいのかしら。何せモラキソンの回収率は六割未満なの。以前話したモルラード除草剤の回収率も七割未満よ。そんな劇薬や毒薬が日本のあちこちの納屋や倉庫で眠っているのだから」

夕実の笑顔は、輝く宝石のようにキラキラと眩《まぶ》しい。

毒の知識を披露している時の彼女にはいつも見惚《みと》れてしまう。

「そのモラキソンが眠っている場所がもしかしたらあるんじゃないかって、街中であちこち探してみたの。そしたらあったのよ。求めよ、さらば与えられんって感じよね。

あのね、学校の横手にある土手を超えてずっと進んだ所に丘があって、先に鶏舎跡があるでしょう。その近くに、朽ちかけた納屋があるの。そこにある農薬を盗んできて。鍵は掛かっているけど、南京錠一つだけよ。あんなの名札についている安全ピンだけでも開けられるけれど、でも鍵を持っているから貸してあげる」

「えっ？　どうしたの、この鍵」

「あの手の南京錠ってね、鍵はほとんど同じものなのよ。だからこれ、少し離れた所にあるホームセンターで買ったものだけど、試してみたら開いたの。中に入ればすぐに分かる筈《はず》。濃緑色の瓶だから。誤って皮膚につけたりしないように気をつけて。ついてしまったら最悪死んでしまうし、霧散したものを吸い込むと、肺を傷《いた》めるから。だから必ずレインコートとゴム手袋を用意しておいて。

納屋に行く日や時間帯はひじりに任せる。納屋に入った時に、目に違和感があったら早く外に出て。もしそうなったら、農薬で、納屋の中の空気が汚染されている可能性があるから。その場合は諦めて必ず帰ってきて。喉に違和感があった場合も、ただちにその場から離れてレインコートを脱いで、すぐに目や髪や露出していた部分の皮膚を洗うこと。でないと大変なことになるから。

場所が場所だから、人に見つかることはほぼないと思う。だから、このテストはそれほど危なくはない筈。あなたの度胸試しと思ってね」

「度胸試し……」

夕実の言った言葉を繰り返すと、彼女は私の額に浮いた汗をハンカチで拭ってくれた。

「酷い汗だけど、大丈夫ひじり?」

ふわっと香水の匂いが漂う。

百合《ゆり》の花と紅茶、そして少し粉っぽさを感じる香りだった。

夕実からは少し不思議な匂いがする。香水は幾つも持っているのか、いつも香りが違う。

毒の入っている瓶は、もしかしたら元は夕実が使った香水瓶なのかもしれない。彼女の使っている香水の匂いは凜《りん》と澄んでいて、嗅ぐと気持ちが落ち着く。

「嫌なら別にしなくてもいいから。あなたも幼子《おさなご》じゃないし、理解していると思うけれど、これは立派な窃盗なの。もし見つかったら、虐められていて、相手はクラスの誰それにやれと言われたとか適当に言うか、自殺しようと思って楽に死ねる薬がここにあると噂《うわさ》で聞いて盗みましたと言えばいいわ。まだ学生だし、きっと注意くらいで終わるから。でも、一番は見つからないこと。毒入りの瓶の中身によって、自分がヘマをしないことね」

「夕実はもうその毒を既に持ってるんだよね？　置かれている場所を知っているくらいなんだから」

「ええ。でも、リスクは分散したいの。それに、仲間にする人にも少しは汚れ仕事をしてもらわないとね。あたしだけが全部お膳立てするのもおかしいでしょ。でも、無理にひじりにやってもらう気もないのよ」

「ううん。私やってみる。夕実がいなかったら私は虐められ続けてきっと、卒業の前に死んでしまっていたと思うから」

夕実は後《おく》れ毛を耳にかけ、こう言った。

「簡単なことだし、ひじりはちゃんとできると思うから、そんなに気負わないで。それに復讐にその農薬を使うかどうかは、まだ決めていないから。じゃあ、次に学校の外で会うのは最初のテストの結果次第ということにしましょう。盗んだら、図書館の例の本の間に、印をつけたメモを挟んでおいて。農薬の瓶はあの廃鉱にでも隠しておくといいから。ひじりの家で保管するのは危険すぎるでしょ」

「分かった」

「うん、いい返事」

夕実がぞっとするほど、寂しげな表情を一瞬だけ見せた。彼女は強そうに見えるし、私が知らないこともたくさん知っている。でも、彼女は、一人でいるのがつらかったのだと思う。私と同じように。だから、時々縋《すが》るような顔を見せるのだろう。私は彼女の友であり、共犯者であり、添木であり続けたい。

「ちゃんと盗ってくるからね、夕実」

「別に失敗してもいいのよ。それに小屋の状況も、あたしが行った時と変わっているかもしれないから」

夕実が腕時計に目をやった。

「あ、もうこんな時間ね。そろそろ解散にしましょうか」

「じゃあ、またね」

夕実は二、三度軽く手を振ってから立ち去った。

どきどきと鼓動が早く脈打っている。

「夕実のため、ううん。私のためにも農薬を盗む方法を考えなくっちゃ」

クラスメイトを殺してやりたいと思う気持ちは、未だ全く変わりはない。

でも、いざその材料となるかもしれない農薬を盗むという計画を具体的に考えてみると、なんだか途方もないことに手出しをしているんじゃないかという気がしてきた。

それは、話で聞いた毒性が恐ろしかったせいもある。

私はそそっかしい。毒の瓶をうっかり割ってしまったり、手についたのを忘れたまま口の端を拭ったりしてしまうことがあるかもしれない。

ぶるっと身体が震えて怖気《おぞけ》が走る。

「怖がり過ぎちゃ駄目だ、まずは行動だよね。それに……何よりも夕実の期待を裏切る方が怖いから。うん、それ以上に怖いことなんてないから」

自分自身に言い聞かせるように言葉を吐き出した。

目を瞑《つむ》り、繰り返し夕実の姿を思い浮かべる。そうすれば気力が湧いてくるような気がした。

ぐずぐずしてちゃ駄目、ここで止めたら彼女からの信頼も友情も失ってしまうかもしれない。よし、決めた、明日行こう、私は明日農薬を盗りにいく!

しかし、折角決意したにもかかわらず、家に帰ってテレビの天気予報を見ると、明日は雨の予報だった。

私は少し考え込んでしまった。

明日の天候は私によって有利に働くだろうか、それとも不利になるだろうか。

雨の日は外に出る人が少ないから、目撃者は少なくなる。

でも、出歩いている人が少ないからこそ、私が他の通行人と違った行動を取っていれば目立つし、印象に残ってしまいやすい。

毒の瓶の運送方法も考えなくてはいけない。

自転車は揺れるし、もし坂で転んでしまって、瓶を割ってしまったらと考えると、遠いが目的地までは徒歩で行った方が良さそうだ。

レインコートで出歩いても、雨の日ならば不自然でないし、フードで顔が分かりにくくなる。

農薬の瓶の大きさや重さはどれくらいだろう。日本酒の瓶くらいだろうか？

そんな瓶を目立たずに一本持ち運ぶには、どんな容《い》れ物が最適だろう。

雨の日に盗みに行った場合のデメリットは、足跡が残りやすいことだ。納屋のある場所の道は舗装されていなかったように覚えている。足跡が残るとまずい……。

色んなことを考えた結果、明日は、盗みに行かないことに決めた。

でも、嫌なことを先延ばしにしてしまっただけのような気がして落ち着かない。

ベッドに横たわると、シャワーのような雨音が聞こえ始めた。早くも降り始めたようだ。

何度も寝返りをうち、考える。行くべきだったのか、止めたのは正解だったのだろうか。

目を閉じても、鶏舎跡付近の様子が浮かんでくる。

考えごとを夜にする癖がついてしまっている。学校では意識を飛ばして、できるだけ何も考えないようにしているし、授業中は勉強を少しでも嚙《か》み砕いて理解しなきゃと必死だからだ。

カチカチとベッド脇にある時計の針の音がうるさい。

ぐるぐると納屋に行くことのリスクとデメリット、そして夕実の言葉がぐるぐると頭の中に浮かんでは消えた。そして、私は決心した。

「ああ、もう今から行こう！」

ぐずぐず悩んでいてもきりがないので、私はベッドから勢いよく飛び降り、全身黒い服に着替えた。

暑いけれど仕方ないと思いつつ、その上にレインコートを着て、クローゼットに入れっぱなしの少しサイズが小さくなったボロのスニーカーを出して履いた。

物音を立てないように、部屋のクローゼットをあさると昔使っていた黒いエナメルバッグが出てきた。

その中に古新聞と古着を詰めて、窓から外に出た。雨の日は雨音に紛れてしまうので、音を気にしなくていいだろう。

顔を上げると雨粒が当たって、少しほてった身体に心地良かった。

靴はすぐに濡《ぬ》れそぼって、ぐちょぐちょになってしまった。歩くたびに古いラバーの接着部分から雨水が染み込んでいく。

この姿は誰が見ても完全に不審者だよね……。絶対に補導対象のスタイルなので、どうかパトロール中の警察官に見つかりませんように。私はそんなことを願いながら進んだ。

雨は激しさを増し、さらに夜ということもあってか、外に出ている人は見当たらない。

時々、車のライトが道を照らし、タイヤが雨に濡れたアスファルトの上を通る音がするだけだ。それでも、用心のために立ち止まらず足早に歩き続けていた。

「暑い……」

汗と雨水でレインコートが蒸れてジャージに張りついてしまい、まるでサウナのようだ。

最初はスパイや探検のように思えた雨の中の夜歩きも、もはや高揚感はなくなってしまい、暑さのせいで頭がくらくらするだけだった。

「このまま歩いてたら倒れそう。暑すぎ」

優雅な振る舞いをいつも見せている夕実も、レインコート姿で汗をかきながら、農薬を探し回ったのだろうかと考えながら歩き続け、鶏舎跡近くの坂の前にやっとのことで辿りついた。

「はあ、遠かった」

ガサゴソと闇の中から音がした。

反射的にそちらを見ると、見知らぬボロボロの法被《はっぴ》を着た男の人と目が合った。

目的地に着いたことで気が緩んだせいだろうか。

今のいままで、そこに誰かいることに気がつかなかった。

こんな雨の日に、薄暗い場所で男が何をしているのか怖くなり、ぐっと身体に力が入り固まっていると、ガラガラと大きな音がした。

大きなゴミ袋を引きずっていて、中には潰れた空き缶がたくさん入っているようだ。

空き缶拾いのホームレスだろうか。この辺りに塒《ねぐら》があって帰るところなのかもしれない。

男はこちらを見ても表情一つ変えず、ガラガラと空き缶入りの袋を引きずりながら去って行った。

私がこれから何をするとか、どこに行くとか全く関心や興味がないのだろう。

「ふぅ」

緊張が走ったせいか、どっと疲れが出た。

それから、もう一息の場所と思われた鶏舎跡までの道程は、予想よりも坂がきつく、脹脛《ふくらはぎ》が痛んだ。ふうふう言いながら途中何度も休みを挟んで坂を登り切ると、ぷんっと雨と藪《やぶ》のにおいに鶏糞《けいふん》が混ざった臭いを感じた。

雨は叩きつけるように激しく降っている。レインコートはもはや意味をなさず、ジャージも下着も何もかも、ぐっしょりと濡れてしまっている。

これだけ強い雨だと足跡は、明日の朝になるころには消えてしまうだろう。今日ここに来た選択はたぶん間違っていなかった。これはツイていると思い、雨が降りしきる闇の中、ポケットに入れていた懐中電灯で辺りを照らしながら歩いた。

そして、私は枯れた茄子《なす》畑の横に、今にも崩れ落ちそうな納屋を見つけた。窓には木が打ちつけられていて、屋根はトタンだった。扉の横には錆《さ》びついた換気扇がついている。

虫に刺されたのか、手首と足の辺りがチクチクと痛痒《いたがゆ》い。

懐中電灯を口に咥《くわ》えて、エナメルバッグに入れていた鍵を取り出し、南京錠に差し込むとくるりと難なく回った。

納屋は古いのに、南京錠は錆びついておらず比較的新しく見えたので、時々ここに見回りに来ている人がいるのかもしれない。

しかし、納屋の中に入るとまず目に入ったのは、無数に張り巡らされた蜘蛛《くも》の巣だった。

懐中電灯で照らしても、納屋の中に煙が立ち込めているのかと錯覚するほどの量で、蜘蛛の巣のせいで、納屋の全てを見渡すことができない。

「わっ、ぷっ」

蜘蛛の巣は顔に張りつき、口の中にも入ってしまう。

たまらず外に飛び出し、レインコートのフードを下ろし雨水と一緒に顔を拭った。

「もう、本当に酷すぎる……」

納屋の中にもう一度入るのが嫌で、このまま帰ってしまおうかとすら思った。

でも、ここで投げ出しては夕実に見捨てられてしまうかもしれないという考えが過《よ》ぎり、気持ちを奮い立たせる。

闇夜や雨の中の納屋で虫や蜘蛛の巣への嫌悪感や、埃《ほこり》に塗《まみ》れることよりも、夕実に失望された表情を浮かべられるのが嫌だ。

「夕実、見ててね、私は必ず毒を持って帰って見せるから」

フードを被り直し、近くに落ちていた木の枝を拾った。

手に持った木の枝をくるくる回して蜘蛛の巣を巻き取り、懐中電灯で納屋の中を照らした。

古い壊れた農機具や、朽ちて割れたプラスチック籠《かご》、ボロボロになった毛布にロープ、羽根の割れた扇風機、色んな物が無造作に置かれている。

農薬の瓶はどこよ……。

辺りを照らしながら瓶のありかを探した。

蜘蛛の巣の状況からして、鍵をつけ替えた人はいたとしても、この中に入った人はここしばらくの間いない筈だ。

そして、ここに毒薬はあると夕実は言っていた。

夕実がすぐに見つけられたということは……入り口の近くだろうか。

足元を照らすと、ドアの横に、みりんの瓶のようなものが何本も転がっているのが目に入った。毒が入っていたら困るので、両手にゴム手袋をはめてから瓶を拾い上げてみたが、中身は空だった。

「これじゃ、ないのかな……?」

瓶を置いて、再び懐中電灯で照らして探した。

「どこ?　どこにあるの?」

あちこちを照らし続け、低い場所を見るためにしゃがむと、つま先にコツンと濃緑色の瓶が当たった。

「これ……かな?」

みりん瓶ほどの大きさで、三本とも同じサイズの瓶が並んでいた。

カタカナの文字でラベルに「ンソキラモ」と書いてある。

「これだ!!」見つけたことを飛び上がって喜びたい気持ちだった。

瓶の中身は一本は空で、残り二本は瓶の首まで中身が入っていて一度も開封されたことがないのか、口の所が赤色の蠟《ろう》で固められていた。

よく夕実はこれをこんな場所で見つけられたなと感心しながら、瓶と瓶がぶつかり合って割れないように、新聞紙を巻いてからエナメルバッグに入れ、チャックを閉めた。

これだけ散らかり放題の納屋なので、ここの持ち主が農薬の瓶が失せたことに気がつくことはないかもしれない。そもそも納屋には長いこと、誰も立ち入った形跡すらなかったのだ。

これは予想だけれど、古くて使われていない納屋などを中心に、夕実はホームセンターで購入した南京錠の鍵やピン等を手に片っ端から開けて探していたのかもしれない。

そして、お目当ての農薬の瓶を見つけたら、中身を確認して扉を施錠し直した。

夕実が見つけた時に盗み出さなかった理由は分からない。薬がある場所を確認するだけで持ち去る気がなかったのか、見つけた時に私をテストすることを思いついたからそのままにしたのだろうか。

入り口付近についてしまった足跡は、蜘蛛の巣を巻き取った木の枝を使って掃き消した。そして扉を閉め、南京錠をかけた。

鍵を閉めると、軒に一旦エナメルバッグを置いて、ゴム手袋を外した。

汗のせいもあって、指は白くふやけていた。

降り落ちる雨の冷たさを顔で受け止めて感じ、少し息を整えてからゴム手袋を二つまとめてビニル袋に入れ、エナメルバッグのサイドポケットにしまった。

「よいしょっと」

瓶をなるべく揺らさないように、バッグを背負った。

背中で瓶が割れたりすれば、私は毒液を全身に浴びて、たちまち死んでしまう状況だというのに、目的を達成した帰路だからか気分がいい。

家に辿りついた時には、雨は小降りになっていた。

「温かいお風呂に入りたいけど、もう皆寝てるだろうし、無理かな」

スローモーションのような動きで、ゆっくりと窓枠に手をかけた。クーラーの室外機に足を乗せ、ベランダの手摺《てす》りに摑《つか》まると、よじ登って窓を開けて部屋に戻った。

もう何年もかかる長い旅をして来たような疲れが体中に、どんと降りかかってきた。

その場に倒れ込みたかったけれど、身体中が汗や泥や雨水に塗れているし、髪の毛もごわごわになっていた。

ふらふらと幽鬼のような足取りで、レインコートとジャージと下着を脱ぎ捨て、タオルで身体を拭いた。

温かい紅茶かココアが猛烈に飲みたくなったけれど、今は我慢とぐっと耐えた。疲労と緊張のせいか手足が細かく震え、パジャマに着替えるのも一苦労だった。

「はあ……」

ベッドに横たわると、白い天井が見える。足元から数十センチ先に、他人の生命を脅かすことができる液体の入った瓶がバッグの中にある。

「ふふっ、ふふっ」

疲れているから、少しでも早く休んだ方がいいのは分かっている。

明日も学校があるし、私は夕実に図書館のメモの合図を使って報告をしないといけないし、その前に、今日盗んだ農薬の瓶も廃鉱まで隠しに行く必要もある。

夕実のテストはまだ完了したわけではない。

でも、彼女との繋《つな》がりがより強くなったような気がして嬉しさと誇らしさで胸が熱い。

「色々と大変だったけれど、やり遂げられたよ」

天井に向かって呟《つぶや》いたところで、コンコンとドアからノック音が響いた。

興奮し過ぎたせいだろうか、思っていたよりも大きな声が出てしまったか、外から帰って来る時に、音を立ててしまったのかもしれない。

「ちょっと待って」

レインコートやバッグをまとめて、クローゼットに大慌てで隠し、ドアを開けた。

そこに立っていたのは、母ではなく、兄だった。

ヒステリックな母より兄の方がまだ親しみが持てるので、ほっと胸をなでおろした。

もし、この場にいるのが母だった場合、私に色々と詰問を始めただろうし、それに答える内に私がボロを出して、盗み出した農薬のことがバレてしまっていたかもしれない。

母の私への干渉の仕方はとてもアンバランスで、無関心な時と過干渉な時で振れ幅がとても大きい。

「こんな時間に何？」

兄がドアの前に立っているだけで、何も言わないので私から話しかけた。

「オマエ、夜になんで抜け出してんの？」

「私、抜け出してなんかいないけど」

「ふうん。まあ、別にいいよ。お前が何をしようと自由だし。俺らの家族って皆さあ、秘密とか隠しごとだらけだよな」

「お兄ちゃんにも隠しごとってあるの？」

「あるよ」

「何？」

兄は私が抜け出していることに気がついているようだけれど、それを咎《とが》めたりする気はないようだ。じゃあ、何故兄は部屋に来たのだろう。

「本当は隠すほどのことじゃないんだけど、伝えると踏ん切りがつかなくなるから言わない。たいしたことじゃないんだけどな。まあ、夜に抜け出すのはいいけど、妊娠だけは気をつけろよ。あー、あと、ドラッグとかもやるなよ」

兄はどうやら、私が夜抜け出して、付き合っている男の子にでも会いに行っているか、不良とつるんで薬でもやっていると思っているらしかった。部屋に来たのも、たぶん純粋に心配してのことだったのだろう。

「あのねお兄ちゃん。私は付き合ってる人とかいないし、冗談でもそういうこと言わないで。麻薬とかもやんないから」

「じゃあ、別にいいよ」

「で、お兄ちゃんの秘密って何？」

「言いたくないんだから、掘り下げるなって。じゃあな」

バタン！　と強く音を立てて扉を閉められた。

家族の秘密に対して、私は興味はないので、答えを期待しての質問ではなかったのだけれど、私のことについて色々と聞かれるのが嫌だったので質問で返しただけだった。

あの態度からして、兄も兄で探られたくない秘密があるのだろう。

突然の来訪者のせいか、眠気や疲れが吹っ飛んでしまっていた。

クローゼットの扉を開け、私はバッグに入れていたゴム手袋をはめて、毒薬入りの瓶を取り出した。

夕実が毒入りの瓶にこだわる気持ちが少し分かった。

毒の強さや、致死量についての知識はないので分からないが、見ているだけで嗜虐心《しぎゃくしん》が沸き上がってくるし、その感覚は不快でない。

今まで削られる一方だった私の気持ちは、この瓶の中身を使えばたちまち晴らすことができる。

天気予報は外れたのか、翌日は朝から晴れていた。

私は学校に電話を入れて、今日は病院に寄るので遅刻すると伝えた。

昨日の行動のせいか、身体のあちこちが痛んだけれど、廃鉱まで行って農薬の瓶を隠した。入り口近くではすぐに見つかると思い、廃鉱奥の壁の窪《くぼ》みに瓶を入れ、近くにあった廃材をその上に覆って隠した。

それから学校に戻り、メモの合図を入れると教室に向かった。

昼休みの時間に登校したので、早速クラスメイトの一人からなじられたけれど、ガラス越しに景色を見るみたいに、体験していることに対してまるで現実味がなかった。

映画で酷いことをされている人を見ているように、今自分がされていることを、他人ごとだと感じる。農薬瓶を手に入れたことで、私の意識の中の何かが変わってしまったのかもしれない。

図書館の栞《しおり》の合図はちゃんと残しておいたし、翌日確かめたらその栞は無くなっていたから、夕実は確実に見てくれた筈だった。

合図に使っている本は、持ち出し禁止のシールが背につけられた、古い辞書の全二十巻のうち一冊で、私は手に取っている人すら見たことがないから、夕実以外の人が栞を抜き差ししたとは考えにくい。

なのに、夕実は翌日も翌々日も無反応で、本を何度確かめても返事が挟まってはいなかった。親しいところを見られたくないからという理由のせいかとも思ったけれど、あれだけ雨の中大変な思いをして行っただけに、夕実から何のリアクションも返ってこないのは悲しかった。夕実は時々私に凄《すご》くそっけなかったり、約束をすっぽかしたりすることがある。彼女も彼女で色々と考えたり、悩んでいるせいだというのは分かっているけれど、夕実のそういう態度には毎回傷つけられてしまう。

次の水曜日は、図書館で会える予定なので、その時に私を誉めてくれるだろうか。しかし、予想に反して毒を盗んで来たことを直接告げても夕実は無反応だった。

「ああ、そう」と、けだるそうに生返事をするばかりだ。

さすがにこの夕実の態度は、私に失望を通り越して怒りを覚えさせるものだった。たった一言だけでも、夕実から労《ねぎら》いの言葉をもらいたかったからだ。

「ねえ、夕実……私、結構頑張ったんだよ」

「そうね。知ってる」

窓の外を見ながらぼんやりした表情は変わらない。

「凄く大変だったんだけど」

私は夕実の顔を正面から見て、語気を少し荒らげて言った、そうすると夕実はハッと目が覚めたように態度を改めてくれた。

「ごめんなさい。少し考えごとをしていたの。それに今日は生理が重くって憂鬱で……」

座っていた椅子から立ち上がり、私の傍《そば》に立って夕実が微笑みながら、頭を軽く撫《な》でてくれた。幼子にされているような仕草で、少し恥ずかしかったが誉めてもらえたことが素直に嬉《うれ》しかった。

「大変な思いをしたのね、ごめんなさい。なのにあたしったら……」

さっきまでの怒りが、水をかけた塩のように融解していく。

物憂げな表情を浮かべる夕実に対して、とても悪いことをしてしまったような気がしたので、私は謝らないでと伝えた。

「ありがとう。あたしの味方はあなただけね。この広い世界に人間って、七十数億人近くいるんでしょう。その中で気を許せるのはたった一人、ひじりだけ」

夕実は左手で私の制服のスカーフの歪《ゆが》みを直してから、椅子に再び腰かけた。

「じゃあ、次の課題をひじりに教えるね。本当に無理しなくっていいから。嫌なら別に降りてもいいから」

「ううん、やる。一つ目の課題をクリアした時に充実感があったし、確かに大変だったけれど、チャレンジしてよかったと私は思っているから」

「そう言ってくれると課題を出す側としても、やりがいがあるわ。今度の課題はね、毒を自分で確保すること」

「でも、毒の確保って?」

「言葉の通りよ。盗んでくるんじゃなくって、毒を確保してくること」

「えー……どうしたらいいの、前よりかなり難易度が上がったね」

「そんなことないから。ひじり、あたしたちって毒に囲まれて生きているの。そうした中から探せばいいわ」

「そうなの？　知らなかった」

「最初の課題よりも二つ目の方がよほど簡単だから。あのね、人間って毒に対して耐性がとても強いの。聞いたことがない？　犬にチョコレートや玉ねぎを与えてはいけないって。人はね、肝臓の解毒能力がとっても高いから、アリルプロピルジスルフィドを含有する、玉ねぎみたいに毒性の高いものも食べられるの。チョコレートは、メチルキサンチンアルカロイドって猛毒が含まれていて、犬や猫が口にしようものなら嘔吐《おうと》や下痢を起こしてやがて痙攣《けいれん》発作に至ってしまう。アボガドも強い毒を含んでいるし、ガムなんかに入っている人工甘味料のキシリトールも、犬がちょびっとでも口にすると肝不全を起こしてしまうの。

でも、そんな人間でさえ参ってしまう毒が自然の中にはいたる所にある。ひじりなら少し考えれば何種類もすぐに毒を見つけられる筈よ。実は人が作り出したどんな毒よりも、自然界にある毒の方が強いのだから」

夕実は手を頭から肩に置き換え、とても愉快そうな表情を浮かべている。

「つまり、私は自然の中にある毒を見つければいいってことだよね」

「ええ、そうよ。やっぱりひじりは優秀ね」

夕実は私から手を離し、床に置かれた鞄を拾い上げた。

「今日はこれくらいにしましょうか。生理痛のせいもあって早く休みたいの」

「大丈夫なの?」

「平気よ。あなたはあなたの課題をちゃんと片付けて。楽しみにしているから」

夕実と別れてから、下校中に毒の採集について考えた。

自然の中にある毒……一番に思いつくのは毒茸《どくきのこ》だ。

今は夏だけれど、山の湿った倒木の横や、茂みのある場所にいけば生えているだろうか。

毒茸以外にも、強い毒のある植物を見つければ夕実はきっと誉めてくれるだろう。

「ただいま」

家に帰っても誰もおらず、シンと静まり返っていた。

居間の電気をカチっと点《つ》けると、ダイニングテーブルの上に食費ということなのか、千円札が何枚か置かれているだけだった。

最近家の中の雰囲気が変わった。父も兄も家にいることもまちまちになって、メモさえ置かれていない日もある。

兄が言っていた家族の隠しごとだが、多分母か父、もしくは両方が浮気でもしているのだろう。そして、兄は学校から禁止されているアルバイトに出かけているか、彼女だか悪友だかのところに入り浸っている。きっとそんなところだと予想している。

家族が私の行動にむしろ無関心であって欲しいので、このタイミングでの家族の不仲は私にとってむしろ都合がいい。家族といっても、ただ血の繋がりがあって、同じ家に住んでいるというだけだ。

私が苦しみ足掻《あが》いている時に助けの手を差しのべてくれる人は、ここにはいないし、孤独さも埋めてくれない。

「私には、夕実しかいないから……」

口癖のようになってしまった言葉を呟き、戸棚に入っていた菓子パンを手に部屋に戻った。早く、毒植物の採集をしておきたいので、そのための計画を部屋で立てることにした。

まず、本棚にあった周辺地図を広げる。茸がありそうな場所といえば山だろう。

バスの時刻表を確かめて、休みの日に朝から、バスで二十分の場所にある浅烏山《あさがらやま》に登り、毒茸を探すことに決めた。

毒のある物は触れるだけで、かぶれてしまうこともあるというから、農薬を盗んだ時と同じような装備で出かけることに決めた。

ただし、黒ジャージだと悪目立ちしてしまうので、古いシャツとジーンズ、そして藪《やぶ》の中に入る可能性もあるので、アームカバーを古着を使って作ることにした。

もう着られなくなったTシャツを採寸して、小学校から使い続けている手芸ボックスから布切り鋏《ばさみ》を取り出して、ザキザキと布を裁っていく。裁縫作業は針を進めている間は、無心になれるし、あまり嫌なことを考えなくてもいいので嫌いじゃない。一時間ほどで、両腕のアームカバーが縫い上げた。

何種類もの毒茸を採取する可能性もあると思い、台所から密封できるチャックつきポリ袋を取ってきた。

他にも軍手や、園芸用スコップを探しエナメルバッグに詰め込む。

私は、準備をしている間に、何か目的があって、物を作ったり準備したりすることが楽しいのだと知った。

毎日無為に過ごし、時間が少しでも早く過ぎ去ってくれることを願うばかりだった私に楽しさを教えてくれた夕実に感謝しつつ、目覚ましが鳴る前に起きて、荷物を持って山に向かった。

朝の空気は清々《すがすが》しく、観光地でもない場所だからか、登山口でバスを降りたのは私だけだった。

「よっし」

靴紐《くつひも》を固く結び直し、山道を登り始めた。

登山路は草が伸びていて歩きにくい。沢から水が流れる音がする。腐葉土が朝露で濡れていて、しっかり足元を見ていないと、何度も滑って転びそうになった。

日陰が多いので気温はさほど高く感じないけれど、湿度が高く、虫も多いせいか快適な山登りとは言い難い。

ある程度道の整備はされていたのだが、倒木もあって、山の奥や、道から外れた場所には行けそうにない。

しっかり整備された山ならスタスタ登れるのだろうけれど、そういう踏み固められた道には毒茸なんて生えていない気がしたので、家から行ける範囲で知られていない山を選んだ。でも、ここまで歩きにくいとは予想していなかった。

「目印になるような物を持ってくればよかった。ロープとかビニルテープとか。このままやみくもに歩いていると遭難してしまいそう」

夏の山は生命力に溢《あふ》れ、濃い緑がそこら中に生い茂っている。

しかし、茸らしいものは今のところ一つも見当たらない。

「行き当たりばったりすぎちゃったかな」

倒木に腰掛け、リュックから水筒を取り出して麦茶を飲んだ。

折角山に来たのだから、手ぶらでは帰りたくない。

「毒、毒のあるもの……茸でなくてもいい……これだけ植物があるんだもの、毒を含んだ草とかきっとある筈だよね」

きょろきょろと辺りを見渡してみたが、そもそも植物に詳しいわけでもない、なんとなく山に来ただけの私が見つけられるわけもなく、自分の能天気さに呆《あき》れるだけの結果となってしまった。

「そういえば、茸って……夏に生えるんだっけ……？」

松茸が秋の味覚と言われるくらいだから、この季節にはそもそも生えていないのかもしれない。

「あーあ、ダメだなあ私。一つ目の課題より簡単だって言われてもこれだよ。でも、手ぶらで帰るのだけは嫌だ。何でもいいから毒のありそうなものを探さなくっちゃ」

水筒をリュックにしまい、目に意識を集中させて一つ一つの植物をじっくりと眺めた。そのおかげか、少し離れた場所に赤紫色の実をつけたヨウシュヤマゴボウを見つけた。

「そういえばあれ、毒があるんだっけ……？」

小さい頃、葡萄《ぶどう》に似た実を園庭で見つけ、「食べられるの？」と誰かが保母さんに聞いていた。

すると、小さな手に乗った赤紫の実を保母さんは捨ててすぐ手を洗うように言い、毒があるから決して触れてはいけないと皆に伝えると、あの実のついていた草を根ごと引き抜いてしまった。

リュックからチャックつきポリ袋を取り出し、赤紫の実を潰さないように中に入れた。

「死んだりするくらいの強い毒があるかどうかは、分かんないけれど、夕実が言っていたのは毒の確保ってことだけだから、とりあえずこれでいいのかな？」

他にも何かないかと、地面の近くを眺めていると、ヨウシュヤマゴボウの株の近くに白くて丸い傘が幾つか連なっていた。

「あれ？　もしかして茸？」

マシュマロが地面に撒《ま》かれたようにも見える丸いものを、軍手で摘《つ》まみ上げてみたら思った通り、小さな茸だった。

「そういえば茸って柔らかい土壌とかに生えるんだっけ。この辺りの地面は腐葉土のせいか、ちょっと柔らかいもんね。なんだ、夏でもあるんじゃん」

少し目が山に馴染《なじ》んできたのだろうか、それとも見つけるコツや視線が低くなってきたからだろうか、その後も何種類か茸を見つけた。

見つけた茸の一つは、童話の本の挿絵に出てきそうな白い軸に赤い傘、ポツポツと白い模様が浮かんでいた。

他にも、木の根元近くに生えているところで見つけたのは、少してっぺんが茶色がかっていて、他は軸も傘も真っ白な茸だった。さらに、そこから少し離れたところに、茶褐色の傘が平たい小さな茸が朽ち木の洞《うろ》の中に生えていた。

「割といろいろあるんだ」

しかし、どれが毒有りで、無しかは分からない。

とりあえず見つけたそれぞれの茸を、先ほどのヨウシュヤマゴボウと同じようにチャックつきポリ袋に入れた。

ふと、小さい頃の山での思い出が頭に浮かんできた。

ここと は別の近くにある山に、何度か遊びに行った時のことだ。五歳か六歳くらいの頃だっただろうか、特に何をするまでもなく山をただ歩き、帰りに自販機でジュースを買って飲んで帰った。それだけでも、小さかったからか心から楽しめた。

木陰の涼しさや、山の木々を渡る風や空気を感じ、緑の匂いを味わった幼子の時の記憶が次から次へと蘇《よみがえ》る。

そして、続けて昔読んだ小説で、山に暮らす山人の話が載っていたことを思いだした。その本の中の山人は、山の中で自給自足で暮らし、時折春に積んだ山菜や狩りで得た獣の皮などを売りに里に下り、対価として金や塩を求める暮らしを送っていた。

学校も何も考えることもなく、日々の暮らしだけで、枷《かせ》のようなものに頭を悩ませることもない、山に紛れて一人で仙人のように暮らせればいいのに。

しかし、おとぎ話のような世界は存在しない。山には山の厳しさがある。

実際、私はこの近所の山でさえ、奥に踏み入ることができない。

「私、丈夫だけど山で暮らすのは無理だろうな。それに町にある物も結構好きだし、コンビニの新製品とか気になっちゃうから」

独り言を呟き、尻についた土や葉っぱの汚れを手で叩《はた》き落として、立ち上がると伸びをした。

「ん〜」

まだ山に入ってから時間はそれほど経《た》っていない。

バスが次にこの麓《ふもと》に来るのは二時間後だ。

それまで、ここで時間をただ無為に過ごすのはもったいない。

「毒……他に何かあるかな？」

他にもある筈だと思い、記憶を掘り返す。思い出は糸と糸で繋がっているように感じる時がある。そういえば、山菜採りに来た夫婦が、芹《せり》と間違えて毒芹を採取して食べて中毒になってしまったという話を聞いたことがある。他にも韮《にら》と間違えて、水仙《すいせん》を食べてしまったという新聞記事を見かけたことがあった。

毒性の強さは分からない。でも、探す価値はあるかもしれない。

水辺の近くに生える草だということは知っていたので、山の中で足を滑らさないように注意しながら沢の近くに行ってみたけれど、岩場のためかそれらしい植物は見つけることができなかった。

しかたなく、辺りをやみくもに探し、適当な植物を採取してリュックサックにしまった。

「この中のどれかが猛毒かもしれないから、念のために採っておこう」

そうこうする内に、バスが来る時間が迫っていることに気がつき、小走りでバス停に向かった。

皮肉なことに、水仙や毒芹と思わしき植物は家に帰る途中で、近所の土手や公園で見つかった。わざわざ山に入る必要はなかったのだ。

茸の毒の強さに期待だなと自分を納得させることにした。

毒の植物やら茸やらの入ったポリ袋は前の農薬瓶と同様に、廃鉱に隠すことにした。

軽くなったリュックサックを背にスキップ交じりの足取りで家に帰った。

二つ目の課題をおそらく私はクリアできた。これで夕実の信頼度はますます増すだろう。

残りは後一つだ。

そして、それを終えれば、いよいよ私か夕実が集めた毒で嫌な連中を殺すのだ。

いつも朝になると全身が、鉛で絡み取られているような気持ちになるけれど、今日は清々しさが爪の先にまで溢れ朝日の眩しさが嬉しい。

制服で蟻《あり》のように群れ、歩いている連中は、自分たちにもうすぐ何が起こるのかを知らない。

今日も明日も、永遠に似たような日が続くと思い込んでいる、愚鈍な連中だ。

席に着き、教科書を鞄から出す時に自然と笑みが漏れた。それに気づかれ、近くで話をしていた女子グループに絡まれてしまった。

「何その笑い顔、キモッ。朝からグロいもん見せないでよ」

「え？　こいつ笑ってたの？　見逃したからもう一回笑って見せてよ。大丈夫だって、ホラー映画とか結構見てるから、グロ耐性あるし。ほら、笑ってみろよ、早く！」

女子数名が詰め寄り、私を軽くこずいた。

「嫌よ」

自分でも意外だった。何故か反抗の言葉が口から自然に出た。

いつもなら俯《うつむ》いて黙っていることしかできないのに。毒を所持していることや、夕実の影響だからだろうか。

「え？　何？　お前やる気？」

「マジ生意気じゃん。柴木《しばき》ぃ～なんか、こいつ超調子こいてるから軽くやってよ」

「えっ？　朝から俺え？」

窓際で話していた男子の柴木がやってきて、いきなり私の下腹を殴った。

鈍い痛みが下腹部に広がり、私は両手で腹を押さえながら蹲《うずくま》った。

「これくらいの腹パンでいいか？」

女子の前で柴木はガッツポーズを得意げにとっている。私の方は見ようとすらしない。

ふふっとまた、私の口から笑い声が出た。

「やばっ、ガチで宇打《うだ》の頭おかしくなった？」

「えー、何、柴木にやられたのに、なんでお前笑ってんのさ、ふざけてんの？」

ふふっふふっつあははテヤハ！

噴き出すように笑いが止まらない。

あはっつははっはははっあははっはは。

殴られた腹を押さえながら、私は笑い続けた。

気持ち悪がられたのか、その日はそれ以上殴られなかった。

休み時間も皮肉を言われたが、いつもと違う反応を見せたせいか、机までやってきてわざわざ虐めにきたのは、二人だけだった。

放課後、私は家で着替えてから遠回りして、花々が生い茂る夕実の家に向かった。

農薬を盗んだことが既に発覚しているかどうかは分からないけれど、用心は普段からしておこうと思い、尾行を警戒しての行動だった。

これから、更に気をつけないといけないことは増えていくだろう。でも、夕実となら乗り越えられると思う。

そっと裏口から入ると、夕実は縁側でぶらぶらと長い脚を揺らしながら座っていた。

「毒を採取できたのね。教室で見た時に表情だけで分かった。やっぱりね、思った通り。あなたは見込んだ通りの人だった」

私は俯いて照れた。夕実に誉められると嬉しい。耳の辺りが熱いから、きっと今鏡を見たら真っ赤になっているだろう。

「何を採ってきたの？」

「茸とか草とか色々。廃鉱に埋めてある。表には落ち葉を被せてあるから見ても分からないと思う。それに、もし知らない人に見つかっても何か分かんないと思うし」

「ちゃんと隠してくれたのね、えらい。どんな毒性の茸や植物を採ってきたのか見たいわ。今から行ける？」

「えっ、今から？」

「ひじり、善は急げよ。あ、でも仲良く並んで歩くなんてことはしないし、心配しないで、先に行って待ってて。あたしは後で追いかけるから」

「どれくらい待てばいい？」

夕実は唇の下に人差し指を置いて「んー」と考える仕草をした。

「そうね、だいたい四十……ううん。三十いや、二十分くらいかしら。別に先に帰っててもいいのよ。隠し場所さえ教えてくれれば、だいたい分かると思うから。ああ、もうどんなプレゼントをもらうよりも嬉しい気持ちよ。早く見たいわ」

夕実のこういう表情は珍しい。前回毒を盗んできた時は反応が薄かったので、最初がっかりしてしまったが、今日は、体中から喜びを弾《はじ》けさせているようなリアクションを返してくれたので驚いた。いつもつかみどころがなく、予想と違う反応を見せてくれる夕実。気まぐれな猫科の生き物を思わせる彼女は、追えば逃げ、逃げればじゃれつくタイプなのかもしれない。私の心はずっと彼女の掌《て》の中で遊ばれるばかりだ。

でも、そういう関係も悪くない。

私は夕実の家の裏口から出て、人通りの少ない道を選んで歩き、たまに誰かつけられていないかと角を曲がる前にチラッと後ろを振り返った。ただ、やり過ぎるとかえって怪しく見えるのも分かっていたので、本当に一瞬チラッと見る程度にしておいた。

廃鉱は、前回来た時と何も変わっていなかった。

中は薄暗く、ヒンヤリとしていて、気温は外よりも四~五度ほど低く感じる。

大き目の歩幅で、十五歩入り口から歩いたところに、チャックつきポリ袋を埋めておいていたので、私はまずそれをスコップで掘り出した。

茸は萎《しぼ》んでいて、採取した時よりも随分小さくなっていた。中には黒い汁を出して溶けてしまったように見えるものもあった。

「あーあ、これじゃダメかも」

気を取り直して、他の草が入ったポリ袋を掘り返した。そちらは採取した時とあまり変わっておらず、ちょっとだけくたっと萎《しお》れているだけだった。

「ねえ、ひじりどれが採った奴？　この袋に入っているのがそう？」

掘り返した地面を戻している間に、夕実がやってきた。

白いシャツに、洗いざらしのダメージ・ジーンズを穿《は》いている。良く似合っていたが、いつも家で見る私服とは感じが違ったので驚いていると、手袋をはめた左手で摘まむようにポリ袋を手に取った。

「そう、夕実が持ってるその袋に入っているのが採ってきた茸。草は採取した時と見た目はそれほど変わらないけれど、茸はもう駄目かな。毒、抜けていたらどうしよう」

夕実は廃鉱の入り口で、ポリ袋の中身を光に翳《かざ》しながら言った。

「茸は判別が難しいから、間違っているかもしれないけれど、これはクサウラベニタケね。そちらのは分かりやすいわね。赤い傘と白い斑点からして、ベニテングダケかな？　こっちはシロタマゴテングダケかな？　こっちはドクツルタケかしら？」

「凄い！　見ただけで分かるの？」

夕実の博識さに感心していると、彼女は次に、土の上に置かれた草が入っている別のチャックつきポリ袋に手を伸ばした。

「似た種類の茸も結構あるから、違っている可能性も結構あるけれどね。でもベニテングダケは多分当たってると思う。ヨウシュヤマゴボウは間違えようがないわね。これは、水仙と毒芹かな？　あ！　凄い！　トリカブトの葉っぱじゃない。で、それぞれの毒性はひじりは分かる？」

私は首を横に振った。

「なら、あたしの知っている範囲で説明してあげる」

「ねえ夕実、茸はそんな風に傷《いた》んで見えるけれど大丈夫かな？」

「茸の毒ってしぶといからね、ちょっとやそっとのことで消えないのよ。昔から灰汁《あく》にさらせば食べられるとか、煮れば大丈夫とか、色んな毒茸から毒を抜いて食べる方法が伝わっているけれど、ほとんどが嘘《うそ》か迷信で、毒抜きができていない茸を食べて死んじゃった人がたくさんいるの」

「そうなんだ。夕実は色んなことを知っているのね。羨ましい」

「別に詳しいってほどじゃないわ。ほとんど本で読んで知ったことだし、本当に毒を生き物に与えて確かめたわけじゃないから実際には違うかもしれないけれどね。って、そんなに誉めないでよ。何だか照れる」

今日の夕実は何だか、いつもより幼く見える。二つ目の課題を私がクリアしたことで、より親しみを感じてくれて、心を許し始めているからかもしれない。

「で、これね。クサウラベニタケ。シメジにちょっと似ているから別名毒シメジ。食べると食中毒に似た症状の出る茸で、毒成分は溶血性タンパクとコリン、ムスカリンだったかな。致死性はないし、この手の毒茸って、何故か食べても平気って人がいるのよね。だから生えている土壌か何らかの条件によって、毒性に差が出るのかもしれない」

「ってことは、そんなに毒は強くないってことだよね」

夕実をがっかりさせてしまったのではないかと、心配になってきた。

「そうね。この茸の毒性は強くない。まあ、一つずつ見ていきたいし、順番に説明もしたいから待ってて。あ、こっちはドクツルダケじゃない。これは強毒の茸よ。英語名で『デストロイング・エンジェル』って呼ばれているくらいなの。破壊の天使ね、白色の姿を天使の羽根に例えたのかしら。この茸はテングダケ属の中では一番強い毒を持っているの。ドクツルタケの主な有毒成分は、ビロトキシン類、ファロトキシン類、アマトキシン類等。この茸一本の中に、成人男性の致死量を超える毒成分が含まれている。

たった12gを超える量を口にしただけで、死ぬのよ。

よく見つけたわね、この茸は食べてもすぐに死ぬわけじゃないのよ。最初の十時間から二十四時間は何も起こらない。毒ってね、効きに波がある場合があって、この茸の場合も長い潜伏期間があって急に下痢と吐き気、頭痛などの症状が食べた人に現れる。そして、何故か一度症状は治まるの。だから食べた人は食中毒にかかったけれど、治ったと勘違いしてしまうことが多いのよ。でも、その間も食べた人が異変を感じることができないだけで、毒は内臓を侵食し続けているの。それから数時間後には肝臓や腎臓が壊死《えし》し、バケツ一杯の黒い血を吐きながら多臓器不全に陥る。そして脳症を併発して死に至るのよ。

凄いでしょう。でもね、欠点があって、これまでこの茸で中毒死した人がとても多いから、毒として使用した場合、解剖時に茸の種類が特定されてしまう可能性が高いの。それに、茸を12g、全員に食べさせるのは、毒を飲ませるのよりも大変だと思うのよね。おまけに、最初の下痢や吐き気等の中毒症状が出た時に、医療機関で適切な治療を受けると、かなりの確率で助かってしまうの。だからかな……殺人事件で毒茸を使われることってあまりないのよ。

こっちのベニテングダケは、残念ながらそれほど毒性は強くないし、食べても死ぬことは稀《まれ》なの。うまみ調味料とかに使われている、グルタミン酸ナトリウムが凄く豊富に含まれているから塩漬けにして食べる人もいる毒茸なの。ただ、気持ち悪くなって下痢をしたり、吐き気に苦しんで人によっては幻覚を見るらしいわ。

次は草や木の実にいってみましょうか。この赤紫の粒は、ヨウシュヤマゴボウの実ね。ヨウシュヤマゴボウの毒性はフィトラッカトキシン、フィトラッカゲニンをアグリコンとする数種の配糖体の混合物で、街中でも生えている草だけれどね、実は猛毒なのよこれ。厚生労働省の記録を調べて読んだことがあるんだけれど、果実と根に有毒成分を含んでいて、この実を食べると腹痛・嘔吐・下痢を起こすの。

子供の手が届く高さに、見た目が美味しそうな色の実をたくさんつけるから、誤食事故も多いわ。幼児が食べると延髄《えんずい》に作用し、痙攣《けいれん》を起こして死亡するんですって。でも、致死量については、どれくらいなのか分からないわ」

その後も、採取した植物の種類と毒性を夕実はほとんどよどみなく説明し続けた。

「この集めた毒はどうするの？」

「ひじりはどうしたい？　持っていてもいいし、あたしが片付けておいてもいいし、これから捨てに行ってもいいわ」

「え、捨てるの？」

休みの日に遠くまでわざわざ採取しに行った毒植物や毒茸を捨てるという言葉が、夕実の口から出るとは思わなかった。

「この植物や茸を使ってすぐに、あなたが誰かを殺したり、苦しめたりしたいのであれば取って置けばいいし協力するわ。でも、今のところあたしはあたしの決めた毒と方法で、あなたと復讐をしたいと思っているの。それに、もしかしたら今日あなたが見つけてくれた、毒の植物や茸を使うかもしれない。でも、その時は同じ場所に採取しに行けばいいのよ。採った場所は覚えているでしょ？

それにね、あなたも今回のテストで気がついたでしょうけれど、人の身体を害する毒物なんて身の周りのそこら中にあって、誰でも簡単に見つけることができるのよ」

「私も夕実みたいに毒に詳しくなれたら素敵なのに」

「いま話したことだけでも、ひじりは普通の人より詳しくなったと思うわ。だって、ほとんどの人が毒に囲まれているっていうのに、毒に無関心で生きているから。でも、勉強熱心なのはいいことね。今日は、ひじりが色んな種類のを見つけてくれたから、最高に楽しい気持ちよ」

夕実が手に持っていた毒茸をチャックつきポリ袋に戻し、ビッと右手で封を閉めた。

「じゃあ、二つ目は完璧にやり終えたから勿論《もちろん》合格ってことで、三つ目のテスト内容を教えるね。それは、明日保健室に来て、ベッドの下にひじりが隠れること。時間は五時過ぎだから、五分前には隠れていて。絶対に遅れないでね」

「それだけでいいの？　ベッドの下に隠れて何をすればいいの？」

「息を潜めていればいいの。絶対、声を出さないこと。それが最終課題よ、頑張って」

夕実は私の頬に触れて、すっと目を細めてから私にぎゅっと抱きついた。

「どうしたの？」

「別に、前にひじりがあたしにしてくれたことへのお返し。嫌だった？」

「ううん。急にだったから吃驚《びっくり》しただけ」

「驚いた時のひじりの顔も素敵よ。あ、そうだそれとあたしが毒について調べたことを書いた手帳をあげる」

夕実は鞄から、赤い皮表紙の手帳を取り出して渡してくれた。

「もし誰かに拾われた時のことを考えて、筆跡鑑定されないようにペン先を継ぎ足してあたしが書いたの。毒で実験した結果も書いてあるのよ」

ぺらぺらとその場で捲《めく》ると、英語やドイツ語らしき文字の混ざったメモで、数式も多く、内容を理解するのはかなり手ごわそうだった。

「いいの？　これって大事なものなんじゃないの？」

夕実から大切なものをもらったような気持ちになり、上気した顔で彼女を見つめた。

「いいのよ別に。メモ書き程度のものだし、内容はほとんど頭の中に入っているから」

夕実はそう言うと改めて私を抱きしめてくれた。

胸の内から温かい、今まで感じたことのない感情が沸き上がる。

今、この瞬間が永遠に続くというのなら、悪魔に魂だってなんだって差し出してしまっただろう。

夕実と私の二人で、しばらく肩を並べて歩き、採取した毒物は、公園のゴミ箱に捨てた。

その後は分かれて、一度も振り返らずにそれぞれの家に帰った。

潤んだ夕日が空を茜色《あかね》に染め上げ、どこからかカレーのにおいがする。

「ただいま」返事をする人がいなくっても、私は家に入る時は挨拶をしてしまう。

喉がカラカラに乾いていたので、水を飲んだ。

夕実のテストのおかげで、毒を見つけるのが簡単なのは分かった。でも、夕実はどうやって復讐する相手に、それを食べさせたり飲ませたりするつもりなんだろう。本人も毒茸を使った殺人がないのは、食べさせるのが難しいからと言っていた。

夕実の復讐計画は、毒のことを知れば知るほど見当がつかず、難しいように感じる。

母は夜の七時過ぎに帰ってきた。母の気配を感じたら、なるべく自室に戻るようにしていたのだけれど、たまたまトイレから出た時に出くわしてしまって目が合ってしまった。

○8○

母は私の顔を見るなり、苦虫を嚙み潰したような表情を浮かべた。

「何よ、何してんの？　何か言いたいことがあるなら言いなさい」

「別に……ただ、トイレから出ただけだから」

「それは見れば分かるから、そうじゃなくって、ああ、もう！」

母は急にヒステリックになり、邪魔だからどいてと言い捨てて、寝室に入って行った。父はここ数日ずっと帰ってきていない。

母も私と同じように、誰かを殺したいと思うことがあるのだろうか。

皆が殺したい時に誰かを殺せる毒を持っていたら、この世界の平均寿命は何歳くらいになるだろう。人は群れで生きている。皆が皆を愛して生きていくことは不可能だ。人は誰かに憎み、恨み、嫉《そね》み、妬《ねた》んでしまうことだってある。それこそ、生きている限り。

ベッドに入り、寝る前に復讐を決行しないままの自分を想像してみた。

多分、自殺しなかったとしても、何をしてもいつも暗い気持ちを私はずっと引きずったまま、毎日を過ごし、楽しくない人生を送り続けるだろう。虐めの傷は一生残るからだ。

だけど、そんな気持ちにした原因を作ったクラスメイトも先生も、私のことを忘れてしまうだろう。年に一度思いだされることさえない。だって自分自身、虐められていて登校拒否になってしまったクラスメイトの顔も、名前も、思いだせないのだから。かろうじてその人がいたことを自分が覚えているのは、同じように私が虐められているからだ。

パチっと電気を消した。

近くの公園から花火をする騒がしい音が聞こえる。網戸の隙間から蚊取り線香や、湿気の混ざった夏の匂いが忍び込んでくる。そんなことを考えながら眠りについた。

夜更け過ぎに急に目が覚めた。小腹が空《す》いていたので、夜食になりそうな物はないかと台所にいくと、母が砂嵐になった画面のテレビを見つめながら酒を飲んでいた。私は何か見てはいけないものを見てしまったような気がして、足音を立てないように自室に戻った。

翌朝、兄は昨日は家に帰ってこなかったようだ。母は飲んだ酒の空き瓶もそのままに出て行ったようで、まだ六時過ぎだというのに家にいたのは私だけだった。

「別にいいんだけどね」

一人でいるのは気が楽なので、テレビで朝のニュースを見ながら炊飯器を開けると、ご飯が入っていたが酸《す》い臭いが漂っていた。傷んでいるようだったので、仕方なく捨てた。弁当のために、今から米を炊《た》いても間に合わないので、今日の昼食は購買で何か買うことに決めた。

学校は、いつもと同じように時間が過ぎ去っていく。ハムスターの運動輪のように、くるくると回り続け、私だけが心も身体も疲弊し続けている。昼休みに購買に行きたかったけれど、トイレに行った時に閉じ込められてしまったので、行くことができず、お昼ご飯を買いそびれてしまった。

　夕実はいつもと同じように、私と親しい素振りを見せないようにしている。私は三つ目のテストをクリアするために空腹のまま、保健室に向かった。放課後は部活動をしている生徒が多いせいか、私が誰かに捕まって虐められたり、足止めを喰《く》らうことはない。

保健室は北校舎の端にある。「失礼します」と声をかけてからドアを開けたが、そこには誰もいなかった。

　消毒薬のツンとした匂いが室内に漂っている。

　三つ目の課題の意味や理由を考えながら、ベッドの下のスペースを見た。

　埃が溜《た》まっていたので、本当は雑巾で床を拭いてから、その場に隠れたかったけれど、いつ人が来るか分からなかったので、手で少しだけ埃や溜まったゴミを除《の》けるだけにして、横になった。薄暗いベッドの下で私は、押し入れで眠るドラえもんは、こんな気持ちなのだろうかと思った。

　時間にすると五分、十分くらいだろうか、ガラガラと扉が開き足音の数から何人かが保健室に入ってくるのが分かった。

「おい、橘《たちばな》、そこの椅子に座れ」

　声は担任の市樫《いちがし》先生だった、夕実と一緒にいるようだ。

「耳ついてんのか橘、早くしろや」

もう一人の声も聞き覚えがある。確か数学教師の冨張《とみばり》だ。

それにしても、普段は優しいと評判の先生が、こんな高圧的な口調で話すだなんて知らなかった。

「お前は、相変わらずクラスで浮いているらしいな。今も先生のこと睨《にら》んでるから気分よくないぞ、分かってるのか?」

「おい橘、先生の言うこと聞こえてんのか? 俺のことも含めて馬鹿にしてんのか?」

もう一人違う声がした。

今度は若い男の声だ、声変わりもまだのようだから一年生だろうか。

聞き覚えがない声だし、たぶん同じクラスの男子ではないだろう。

高ぶる鼓動の音を、聞かれないかと冷や冷やしながら、息を殺してベッドの下で耳に意識を集中させて、外で何が起こっているかを推測した。

夕実はパイプ椅子に座らされているようだった。

「じゃあ、今日もいつものように撮影会としようか」

「前みたいに、まずは上だけ脱げよ」

先生二人と男子一人はベッド近くに立っていて、ポロライドカメラを使って夕実を撮影し始めたようだ。

パタパタとカメラのフィルムを振って、乾かす音がする。

「これは芸術作品だから、授業の一環と指導を兼ねた活動だからな」

「……馬鹿みたい」

「おい橘！　今、何って言った！」

「馬鹿みたいって言ったの。そんな言い訳するなら、最初からしなければいいのに。ロリコンの変態教師だから、あたしの写真を撮影して、それを見ながら自分で慰めてますって正直に言えばいいのにね」

クスクスと笑いながら、夕実が先生たちに言っているようだった。

「はい、指導イチ！」

スパン！　と何かを叩く音がした。

夕実が口答えしたから、やられたのだろう。おもわず声が口から出そうになったので、両手で口を押さえた。

「やっぱり橘は、色々と自分の事情とか分かっていないみたいだな。そういう歪んだ考え方がいけないんだぞ。お前はもっと指導が必要なようだな」

「毎回、橘はこういう目に遭っているよな。先生の前でバカなんじゃないか？　それともこういうプレイが好きだとか？　お前結構むっつりそうだもんな」

男子の声がし、フラッシュの光がベッドの下にまで届く。

「おい、早くブラも取れよ橘」

助けに入るべきだろうか。夕実がこんな目に遭っているのを、このまま黙って聞いていていいんだろうか。

時間にしてみればどれくらいだろうか、ベッドの下で身体を強張らせ続けていると、ドアが開いて、先生と男子の声は遠ざかっていった。

物凄く長い間じっとしていたように感じ、身体が固まったまま動けなかった。

「まだいる？」

夕実の声がして、ぶわっと涙が両の目から出てきた。

「どうして痛い目にあったあたしよりも、あなたが泣いているの？　おかしいわね。あら、埃でスカートが真っ白よ。はたいて落とさなきゃ」

ベッドのシーツが捲《めく》られ、下に潜んだ私の顔を見て夕実が言った。

「いつもあんなこと、先生や男子にされてるの？」

「今日のは別に大したことなかったから」

夕実は痣《あざ》だらけの身体の上にセーラー服を羽織り、スカーフを結んで鞄から取り出したプラスチックの携帯櫛《けいたいぐし》で髪を梳《す》いた。

「どうってことないのよ。でも、ひじりが急に態度を変えたら怪しまれてしまうから、あなたはいつも通りでいて。表情にも出しちゃ駄目よ。本当はここで話しているのも良くないのよ。誰かがうっかり見てしまうことだってあるから。だからここから出る時は、十分くらい間をずらして出ましょう」

「ねえ、夕実、どうして……あなたはそんなに強いの？」

「だって、その気になればいつでも相手を殺してやれるって思っているから。それだけがあたしを奮い立たせてくれるの」

髪を梳き終えると、夕実は何度か深呼吸をして、鏡で前髪を整えてから私の方を向いた。

「でもね、誰かに少しだけ知ってもらいたいって思って、ひじりのことを信じているからこそ、あたしがされていることを知られてもいいなって……ごめんね、迷惑だったよね」

私は首を横に振ると、夕実は寂しそうな表情で先に行くねと言って、鞄を抱えて保健室から出て行った。私は夕実に言われた通り、時間を開けて外に出た。

家に帰っても食欲もなく、夕食のほとんどを残してしまった。母親にさんざん嫌味を言われたけれど、部屋に戻り、ベッドに横たわって天井を眺めながら、今日あったことを思い起こしていた。

夕実をいたぶっていた連中のうち、話し声で二人は、先生の市樫と冨張ということは分かったけれど、何度思い返してみても、あの男子の声が分からない。

少し幼く、声変わりもまだ済んでいないような、少し掠《かす》れた高い声。

特徴がある声だから分かりそうなのに。先生と親しい男子、誰だろう。

「誰にあんな酷いことをされていたの?」と夕実に聞けばすぐに分かることだけれど、きっと彼女は答えない。それに私は自分で突き止めたかった。これも、夕実から出された新たなテストのような気がしていたからだ。

夕食をあまり食べなかったこともあって、真夜中にお腹が空《す》いてしまった。冷蔵庫の中を見るが、夕食の残りも見当たらず、ほぼ空だった。

母もどこかへ出かけてしまったようで、仕方なく冷凍庫を漁《あさ》ると、霜《しも》がたくさんついた冷凍のフライドポテトがでてきた。それをレンジに突っ込む。

「明日も、誰もいないようなら買い物に行かないといけないよね。でもお小遣いもあんまりないのに、どうしよう」

生きていくのは大変だ、早く大人になりたいと思う。しかし、そのためには毎日の学校を耐え忍ばないといけない。家を出て、すぐにどこかで働くという選択肢もあるのかもしれないけれど、私はまだ何かをしたいかが自分で分からないし、何もできない。

ヘナヘナの冷凍ポテトと、スープの素を溶かして飲んでから、これも生きていくためだと自分に言い聞かせながら生活費を探すために、あちこちの戸棚を開けてみた。でも、何も見つけられなかったので、親の寝室に入った。

家の中でも、物心ついてからはここには数回しか入ったことはない。

几帳面《きちょうめん》な母らしく、全てがキッチリと片付いている。

クローゼットを開けると鍵のかかっているキャビネットと、箪笥《たんす》の服の下に手持ち金庫が隠されているのを見つけた。

私は自分の部屋からヘアピンや安全ピンと、工具を持ってきた。三十分ほど色々な角度から鍵をピンで弄《いじ》っていると、カタっと乾いた音がして開いた。

中には株券らしきものや、切手シート、古い指輪や時計、そして商品券が入っていた。

商品券なら金券ショップにいけば現金に変えることができるし、そのまま加盟店で物を買うこともできる。商品券があることに胸を撫でおろし、枚数を数えた。

商品券は一万円のものが二枚、五千円が四枚、千円が八枚あった。これだけあれば当座の食費くらいは、まかなえるだろう。

商品券以外の物を中にしまい、服の下に手持ち金庫を戻した。

見つかった時に叱られてしまうかもしれなかったが、そんなことよりも食事の心配を毎日する方が嫌だ。

次に、鍵のかかった引き出しに取り掛かる。ピンを鍵穴に差し込んで二、三回かちゃかちゃと回すだけであっけなく開いた。

中に入っていたのは、私が産まれる前の家族写真と母の日記だった。

兄は、幼稚園の年少か年中くらいの年齢だろうか。いや、もしかするともっと小さい頃かもしれない。その小さい兄の横に、母が小さい子供を抱いて写っている。父は撮影者だからか写っていない。

「この赤ちゃん、誰なんだろう……?」

家族とは顔立ちがかなり違うし、髪の毛がもじゃもじゃの癖毛で、まつ毛も長い。親戚の子供だろうか?

他の写真も、兄とその赤ん坊と母が一緒に写ったものが多かった。

私は写真を見た後、日記をペラペラと捲った。母の神経質な字体で、私の父である夫への不満が書かれていた。

あまり読み続けていて気分がいいものでもなかったので、私は母の日記を閉じて鍵のついた引き出しに写真と共にしまおうとしたのだが、手を滑らせて落としてしまった。

すると、日記の間から古い写真が数枚床に落ちた。日記の間に挟んで保管されていたようだ。

「また知らない赤ちゃんと、お母さんだ」

母はにこやかに微笑んで赤ん坊の顔を見せている。

写真を拾い上げる時に、写真の裏面にびっしりと文字が書かれていることに気がついた。

『十二月三十一日、聖児《せいじ》とわたし。クリスマス生まれなので聖なる児と書いて、聖児と名付けました。こんなかわいい子が生まれるなんて、本当に神様からのプレゼントかも』

これは、私のもう一人の兄の写真なのだろうか。でも、何故この兄の存在を母たちは私に言わなかったのだろう。

もう一枚の写真の裏を見た。

『長男の良児《りょうじ》は夫に似ているけれど、二人目の聖児は、わたしたち二人どちらにも似ていなかったから不思議。本当に天使みたい。だから神様に呼ばれてしまったのかな。

生まれ変わりというものがあればと思い、もう一人産んでみたけれど、聖児とは全く違った子でした。もしかしたら、奇跡が起こって、もう一度あの子に会えるならと思っていたのに、ざんねん。

でも、少しでもあの子に近づいて欲しいから、聖児から一字を取って、聖の字の読みから「ひじり」と名付けました。

再びキャリア復帰のチャンスもあったけど、それを断念しての妊娠だったのに……』

それ以上先の文章は読むことができなかった。

私は寝室に入った痕跡が残っていないか、何度も確かめてから自分の部屋に戻り、ベッドに横になった。

私は要らない子だった？

生まれ変わり？　馬鹿じゃないの？

死んだ次兄のスペアのつもりで私を産んだ？

過去は過去と割り切ればいい。だって、私だってお母さんのことあまり好きじゃないし。

お父さんのこともどうだっていい。

でも、私は愛されて望まれた子じゃなかった。何かの原因で死んだっぽい次兄の代わりにと親の勝手な期待で作られた子で、そうじゃなかったから、似ていないから……私は次兄ほど可愛くなかったから……。

写真に映る赤ん坊と、母の誇らしげな顔が頭に浮かぶ。

この家の皆が私に無関心なのも、期待された子ではないからなの？

家も学校も私のことをツマラナイ人間として見下している。

ベッドの中でシーツを噛《か》んで泣き声を上げないように堪《こら》えながら、私は一人悩み、朝まで藻掻いた。

そして、朝まで泣き続けたせいで、パンパンに腫れた瞼《まぶた》を鏡で見て、少し吹っ切ることができた。

今はもういない、会ったことのない次兄なんかに人生を暗くされてたまるか。

母が私のことを愛していないことは薄々感づいていたし、最近も無関心な方が都合がいいと思っていたほどだ。

気持ちの整理がついて落ち着いたせいか、腹が減り始めた。

今日は、放課後に近所のスーパーに寄って、昨日見つけた商品券が使えるかどうか調べよう。まだ米や海苔《のり》や、冷凍野菜はあったから、今日の弁当は何とかなりそうだ。

台所に行って、海苔でも齧りながら米を炊いて、その間に冷凍野菜を解凍して調理しておこう。そこまで考えていた時に、ハッとした。家族の次兄や生活のことを心配するあまり、しばらく毒や夕実のことを忘れていたことに気がついた。

私は自分のことよりも、夕実のことを考えなきゃと意識を切り替え、昨日保健室のベッドの下で聞いたことを思い返したり、今後の彼女との計画についてあれこれ考えた。そのせいで、かなり気が高ぶったけれど、朝食を食べた後にうとうとして眠ってしまった。

テーブルに突っ伏した状態での、浅い眠りだったせいもあってか、久々に夢を見た。

夕実が白い階段の一番上に、女神のような恰好《かっこう》で座り、下を見降ろしている。

「残念、解毒剤なんてないのよ」

視線の先を見ると、教師が身体を芋虫のような姿に変えられて苦しんでいる。

「毒を飲んでああなったの。後で一緒に踏みつぶしてやりましょう」

夕実が言うと私の背中に銀の羽根が生えて、二人一緒に手を繋いで空を昇っていった。

夢は夢。でも、人の感情というのは単純なものなのか、夢見のおかげで二度寝からの目覚めは良かった。

時計の針は七時半過ぎを指している。

セットしておいた炊飯器の蓋を開けて、炊きたてのご飯を弁当箱に詰めると、海苔と鰹節《かつおぶし》をかけた。冷凍野菜は解凍してからフライパンで炒《いた》めた。おかずが寂しい気もするけれど、贅沢《ぜいたく》は言っていられない。

母も父も今日も帰らないのだろうか。兄の姿も見えない。家族は何故次兄の死を隠していたのかは分からない。ただ言いそびれていただけかもしれないし、言う必要がないと判断されていただけかもしれない。

聞く人もいないのに、「行ってきます」と声を出してから学校に向かった。

靴箱を見ると、夕実の上履きはそのままだった。

いつものように、クラスメイトに見つからないように、トイレで時間を潰して授業の始まるギリギリのタイミングで教室に入った。

起立、礼の挨拶が終わると、つかの間の安心が得られる授業が始まる。

そして、一時間目の授業の終わりのチャイムが鳴ると、待ち構えていたように奴らが私の机に向かってきた。

「今日もあんたの顔から腐臭がするんだけど」

こいつらは、授業の間ずっと、どうやって私を虐めるのかを考え続けているのだろうか。

夕実はまだ来ていない。遅刻なのか、今日は休みなのか分からない。

「無視すんなよ！」

上靴で背中を叩かれた。ゴム靴から、蒸れた足の悪臭が漂っている。

「これって言っておくけど、虐めじゃないからね。人生の厳しさって奴をあんたに教えてあげてるんだから、むしろ感謝してよね」

付き合っていられないと思い、うんざりしてしまった。

「何また無視こいてるんだよ、お前」

女子の誰かが私の頰を叩いた。

夕実はこいつらのことも、きっと何もかも把握しているのだろう。いま私は身体が竦《すく》んで動けず、誰かが私を叩いたということしか分からないのに。

「ちょっと最近態度悪いよね、何か勘違いしてない？」

筆箱の角で今度は背中を叩かれた。座っていた椅子の脚を持ち上げられて、私は床に倒れた。柴木は「これでいっちゃう？」と言いながら近づいてきている。

暴力は怖い。身体が動かなくなる、何も考えられなくなる。

焼けつくような悔しさに、後で身を焦がすのが分かり切っていても、反論の言葉一つ出てこない。涙が頰を伝うのが分かる。最近何故か、やたら涙もろくなっている。

感情が上手くコントロールできない。どうして、私はこんな目にばかり遭わないといけないんだろう。そして、私は小さな子供のように身体を丸めて泣きじゃくった。

おいおいと泣いていると、最初は泣くなと勢いづいていた連中だったが、チャイムが鳴る頃には私に手を上げることに皆飽きてしまったようだった。

教室のドアが開くと、国語教師の夏生《なつき》先生が入ってきた。

起立、礼の合図が聞こえたが、私は動くことも立ち上がることもできず、その場で泣き続けていた。

「宇打さん、泣いても状況は変わらないんだし、小学生や幼稚園児じゃないんだから。あなたみたいな情けない女性がいるから、女性の権利が狭められているのよ。自分の意思をはっきり持って、ちゃんと意見を言えるようにならないと。そうでないと、泣くという古くからの女の武器や、媚《こび》を使っていると判断されても仕方ないですよね」

夏生先生が私の傍《そば》で得意げに何か言っている。

私はそれでも泣くのを止めることができなかった。

「まだ泣き続けるつもりですか？　女の涙は武器だなんて時代はもう終わったんです。赤ん坊みたいで恥ずかしい。宇打さんから言いたいことや反論があるなら、口があるんだからいま言いなさい。言えないなら外に出て行って、授業妨害ですからね」

周りで私を笑う声がする。

でも、私は立ち上がることもできず、止めることのできない涙を流しながら、教室の床の上で身体を震わせていた。

「宇打さんはどうやら何も言わずに、反抗的な態度を取り続けるのですね。市樫先生には、今日の授業中のあなたの態度を報告しておきます」

夏生先生はそう言って、つかつかと教壇に戻ると、皆に教科書を開くように言ってそのまま授業を始めた。

クラスの皆が私を無視し、公然と授業を進め、休み時間になった。

三時間目の授業は移動教室だったので、よろよろと立ち上がり教科書とノートを机から取り出して廊下に出ると、担任の市樫先生に呼び止められた。

夕実に保健室で担任がした仕打ちを思いだし、怒りが沸き上がったが、普段通りでいて欲しいと言っていた彼女の声を胸に、気持ちを落ち着けることにした。

「ちょっと指導室に来なさい。さっき廊下で国語の夏生先生から聞いたけど、授業中に問題を起こしたようだな」

私は見えない糸で引っ張られるように、いろんな気持ちが綯交《ないま》ぜになったまま担任の後をついていき、指導室の席に腰掛けた。

窓から入る日の光が眩しくて顔をしかめると、カーテンを閉めてくれた。

「お前、夏生先生の授業妨害をしたんだってな。先生に対して暴言を吐いて叱られて、だだを捏《こ》ねて泣き喚《わめ》いていたって言っていたけど本当か？」

私は思わずカッとなって椅子から立ち上がって「違います！」と叫んだ。

自分でも驚くほどの大きな声だった。

「落ち着け。怒鳴ったってしかたないだろ。なんだってそう反抗的なんだ？　夏生先生はいろいろとお前のことを考えてくれてるんだぞ」

「私はやってもいないことを、やったように言われています！」

「どういうことだ？」

「私は先生の授業を妨害なんてしていないし、暴言なんて吐いていません！」

「夏生先生が嘘をついているってことか？」

「少なくとも誇張されています」

教師という職業の人間への不信感が、胸の中でどんどん大きくなっていく。どうしてこの学校という名の箱の内にいる連中は、ろくでもない奴ばかりなのだろう。

「宇打さあ、夏生先生が担任の俺に、お前のことで、嘘の報告をすると思うか？　言い訳するにしても、もうちょっと頭使え。授業中ちゃんと座って先生の話を聞いてたのか？」

私はその質問に対して、色んな気持ちが嵐のように渦巻いて俯いているしかなかった。

「なんだ、宇打も嘘をつき通す覚悟があるわけじゃないんだな」

「反省文を書いとけ、お前の内申書このままだとボロボロだぞ。そもそもだなあ……」

担任の市樫先生の言葉は、私の頭の中に入ってこなくなった。

夕実に酷いことをしている汚い男。私のことで嘘の報告を伝え、虐めに加担していると
しか思えない教師たち。頭の中の殺したい奴リストに、二人の名前を加えることに決めた。

でも、私は一人では毒を使って復讐を成し遂げる方法も思いつかないし、度胸もない。

ドラえもんの道具で、呪いのカメラというのがあったのを思いだした。確かそのカメラ
で撮影すると、中から写真ではなく人形が出てきて、その人形にしたことがそのまま、相
手に起こるというひみつ道具だった。

私なら、クラスの同級生や担任を撮影して、散々痛めつけた後に人形の首を捥《も》ぐだろう。

ふぅっとため息を吐いてから、気持ちを閉じて反省文の続きを書いた。

全く思ってすらいないことで、作文用紙のマス目を埋める。

私が悪かったです。反省しています。あのようなことは決してもう起こしませんという
文字が紙の上に並んでいく。後二行ほどで、用紙が埋まるなという時に、足音を聞いたの
でそちらに視線を向けると、涙で瞼を腫らした、夕実がいた。

窓の外と内で目があった。彼女は燃えるような怒りに包まれていた。

私はその姿に見惚《みと》れた。

窓の外から夕実は、口の形で「い・え」と、私に伝えてどこかへと去って行った。

反省文を書き終え、指導室から教室に戻ったが教室に夕実はいなかった。

次の授業はよりによって数学教師の冨張で、私は二度も当てられた。

反省文のこともあって、イライラしていたせいか頭が冷静に働かず、二度目の問いの答えに黒板の前でまごついていると、冨張先生が肩に手を置いてきた。

「おい、お前こんな問題もすぐに解けないのか」

毛虫や毒虫が肩に乗ったかのようにゾッとした。こんな嫌な奴には一秒だって触れられたくない。なのに、夕実はこいつを含め複数の男から放課後に、服を脱ぐように命じられて殴られていた。

私が嫌悪感からの怖気《おぞけ》と戦っている様子を見て、冨張先生も何かを感じ取ったのか、もういいから席に戻れと言って、他の生徒を当てた。

夕実は午後の授業も戻ってこなかった。今日は何故か早退者が多く、クラスメイトの三名が四時間目前に教室から出て行った。

今までこんなことは一度としてなかった。

私はいつものように一度家に帰り、荷物を置いて、着替えてから夕実の家に向かった。

復讐の決行日

蒸し暑く、風のない日なので体中に汗がまとわりつく。

アスファルトから熱気による湯気が立って、草木が揺らいで見える。

夕実《ゆうみ》の家の戸が、ギィっと開く音がして、中から手に紙袋を持った警察官が出てきた。

私はその姿を見て、硬直してしまった。何故、夕実の家に、警察官がいるのか分からなかったからだ。毒を盗んだことや所持していることがバレたのだろうか？

私は息をすることさえも忘れ、その横を警察官はこちらをチラリとも見ないで通り過ぎ、どこかに行ってしまった。

警察官の姿が見えなくなってから、私は急いで夕実の家に駆けこんだ。

「夕実、大丈夫だった？　さっき警察官が家から出てきたけど、どうして？」

夕実の家の中に入ると、甘い匂いが漂ってきた。

「あら、早かったわね。丁度いまパンケーキを焼いているところなの。口パクの伝言がちゃんと伝わったかどうか不安だったけれど、来てくれて良かった。あのね、リンゴのコンポートもあるから、後でアイスクリームを一緒にのっけて食べましょう」

拍子抜けするほど、夕実は落ち着いていた。

「あの、さっき警察が……」

「さっきも聞いたから知ってるわ。女の一人暮らしは物騒だからって、見回りのついでに寄ってくれただけ。心配しないで、復讐《ふくしゅう》の計画について、誰にも全く気が付かれてないから」

「本当？」

「嘘《うそ》なんて吐《つ》いても、仕方ないでしょう。それよりパンケーキのこと、聞いてた？」

長い黒髪を纏《まと》めた夕実は、左手でおたまを使っているのでフライパンにパンケーキの生地を注ぎにくそうだった。

「手伝おうか？」

「いいのよ、お客さんなんだから気を遣ったりしないで。ところで何枚食べる？」

「えっと……」

「決められないなら三枚でいい？」

「うん。じゃあ、三枚で」

夕実の焼いたパンケーキは端が少し焦げていたが、バニラの香りがして美味しかった。

「ねえ、ひじり、食べながら計画を立てましょう。毒も十分に揃《そろ》ったし、そろそろ実行しようと思うの」

いよいよこの日が来たと思った。

「同じ日に皆殺すの？　どの毒を使うの？」

暑さのせいか、また少し意識がぼうっとする。でも、夕実が大切な計画を話しているのにそんな素振りを見せては失礼なので、机の下で太ももを抓《つね》って意識を保つよう努力した。

「先生二人、冨張《とみばり》と市樫《いちがし》は同じ日に始末したいの。あたしに保健室で、あんなことした連中は絶対に許さない。あなたも嫌いな先生はいる？　ついでにやっちゃいましょう。

他の連中も警戒されるとやりにくくなるから、できるだけ早い方がいいと思うの。ねえ、ひじりが復讐したい人は何人？　クラスメイト全員殺してやってもいいけれど、もし殺したくない人がいたら教えて」

私は首を横に振った。

「別に、生きていて欲しい人なんていない……皆、私のことを人間として扱ってくれてさえいないから……」

「そう。なら皆殺しにしましょう」

「夕実は市樫先生と、冨張先生の二人だけでいいの？」

保健室で聞いた男子の声が気になる。あいつが夕実に何をしていたかは、声だけだったので具体的には分からない。でも、恨んでないわけがないと思った。

「うん。あたしはあいつら二人だけでいいの。あ、でも夏生《なつき》も追加してもいいかもね。あの女教師、あなたに対してこの間酷《ひど》い発言や扱いをしたらしいじゃない。ねえ、ひじりは、復讐の計画が失敗してしまって、捕まりそうになってしまったらどうする？　スパイ映画で、スパイがバレた時に、自害するために奥歯の中に毒のカプセルを仕込んでいる話があるでしょ。あんな風に、もし逮捕された時のことも考えておきたいの。あたしはこの世界に未練なんてないから、そうなったら自害するわ。苦しまずに死ねる毒があるの」

「そんな」

私は夕実の手を咄嗟《とっさ》に握ってしまった。

「失敗しても死ぬなんて言わないで。ねえ、さっき来ていた警察に何か言われたの?」

「ううん、さっきの警察官は全く関係ない。あのね、言っておくけど、もう決めたの。誰の影響でも、何かがバレたからじゃないの。あたしが、あたしの意思で決めたの」

「夕実、冗談でも死ぬとか言わないで」

「万が一の時の話よ。そんな顔をしないで、ひじり。じゃあ早速、計画を話しましょうか」

夕実はカチャカチャと音を立てて、パンケーキを切り分けながら話し続けた。

「本当は皆殺しじゃなくって、助かる人も何名かいた方がいいんだけれどね。でないとあたしとひじりだけが生き残ったら、誰だって変だと思うでしょう? だからと言って、学校内の生徒を無差別で巻き込むのも嫌なのよね。でね、あたしの考えた計画はこうなの。

来週体育祭の練習の時に、市樫が水筒を持ってくるように言っていたでしょ。あたしが毒をクラス全員の水筒に入れるわ。体育館で全校集会があるから、その間にね。

クラスメイトのほとんどが、あたしがいなくっても気にしないでしょ。で、ひじりは適当なところで、水を飲むとか保健室に行くとか言い訳して教室の外に出て。苦しみだすクラスメイトが、ばたばた時間差で出る予定だから。その混乱に乗じて、あなたは冨張と市樫に毒を飲ませて欲しいの。飲ませる方法は簡単だから。

保健室で、その日の十一時にあたしと会うことになっているの。あたしはその時間行けなくなったから、変わりにこれを預かっていますってこの錠剤を渡して。そうすれば疑わずに、あのバカ教師二人はそれをその場で必ず飲むから」

「先生は、苦しんでいる生徒を置いてでも保健室に行くかな?」

話を聞くだけで、色々と無茶がある計画に聞こえた。今日の夕実はちょっとおかしい。

「行くわよ。そういう風に仕向ける予定だから」

冷静で、いつも自信に満ち溢《あふ》れた夕実の表情に、翳《かげ》があった。

私は、夕実が最初から自害するつもりで、こんなに杜撰《ずさん》な復讐計画を立てたのではないだろうかと思い、問いかけた。

「ねえ、その計画本気なの? それで私たち復讐を遂げて逃げられると思う?」

夕実は蜜をたっぷり吸い込んだパンケーキを頬張ると、二、三度噛《か》んでから飲み込んだ。

「大丈夫よ、あたしを信じてひじり。それとパンケーキは冷えると美味《おい》しくなくなるから、もっと食べてよ。残されると悲しくなるから」

「あ、ごめん」

ここ最近、あまり得意でない自炊続きだったこともあって、夕実が作ってくれたパンケーキはありがたかったが、ボリュームがかなりあったので、胸につかえそうだった。でも、目を白黒させながら、飲み物で流し込みつつ無理して食べた。

「そこまで慌てて食べなくってもいいのに」

夕実が血のように赤い口を歪《ゆが》ませ、楽しそうに私が食べる様子を眺めている。

急に血糖値が上がったせいか、眠気が襲ってきた。私は夕実に断って洗面台に行って顔を洗った。タオルで顔を拭い、顔をあげると後ろに夕実が立っていて、鏡越しに目が合った。視線だけで物を切りつけられそうなほど、目に力が籠《こも》っていた。

「ひじり、決行の日は心配しないでいてね」

「あのっ……」

彼女の計画にただ従う方が楽だろうけれど、私は彼女を死なせたくはなかった。

「あのね、夕実が死ぬつもりなら計画を決行させるつもりはないから」

彼女に向き合って、ハッキリと伝えた。

「そんなに心配しないで、ずっと時間をかけて準備してきたのは知っているでしょう。保健室に行くのに誰にも見つからないルートを教えてあげる。指紋を残さないように薄いゴム手袋も渡しておくわね。考えてみてひじり、毒とあたしたちを結びつける証拠なんてどこにもないのよ。それに毒を飲んだ人たちの中に、あたしたちも入っていたら、警察はどう思う？　町の病院は小さいし、搬送先も決まっている。救急車はこの町には一台。警察もここにすぐ来られない。だって、その日は隣町で祭があって、警備の応援に行っているでしょうからね。熱中症対策を気にして、体育祭の準備の時に、教師は必ず水分補給をするように呼び掛けるはず。計画にはうってつけの日なの」

夕実はそう言い、私の手を取って洗面所から連れ出した。

白く長い指は、夏だというのに氷のように冷えていた。

ダイニングに戻ると、私の皿には追加のパンケーキが載っていた。

「駄目ね、あたしって。いっつも、作り過ぎちゃうの」

流石に、追加分を食べられるほどのスペースが胃袋にはなかったので、夕実の好意をありがたく思いながらも、これ以上は食べられないということを伝えた。

「本当にごめんなさい。お腹《なか》がもう一杯なの。もし良かったら、持ち帰ってもいいかな?」

「いいけど」

夕実がきょとんとした顔で私を見ている。

「でも、蜜が染みてくったりしちゃったし、無理して持って帰らなくてもいいのよ」

「ううん、無理しているわけじゃないの。家に帰ったら晩御飯代わりにしようと思って」

「あら、家族が旅行中か何か? 自炊が面倒だったらこれから何か作ってあげようか?」

私は、家の現状について夕実に話した。

「ふうん。それは大変ね。じゃあ今日、あたしが作り置きのおかずをこれから作ったげる。パンケーキはあたしが夜食に食べるから。ねえ、家にあるお米は後どれくらい? もし、残り少なかったら少し持っていって。ちょっと待っていて、一時間くらいで一週間分のおかずを揃えてあげるから」

パンケーキを切り分けていた、銀のナイフを右手でタクトのように振りながら夕実は語った。

「え、でも、そんなの悪いし」

「あたしとひじりの間柄で今更何よ。それよりも、もっと早く言って欲しかったな」

「ごめんね……私、夕実に頼ってばかりだよね。私一人だと本当に何もできない……」

「そんなことないわよ。あたしは、ひじりにとても助けられているんだから。それに、あなたは何もできないことないわ。少ないヒントで毒を採ってきたし、色んな行動もできたじゃない」

夕実は気分が高揚しているのか、少し息を荒らげていた。意外と頼られるのが好きで、世話を焼くのが嬉《うれ》しいと感じるタイプなのかもしれない。

長い髪をきゅっと結び、ピンで留めると冷蔵庫に行き、中を覗《のぞ》き込みながら早速何を作るかを考えているようだ。

「ねえひじり、一旦家に帰っておかずを入れる容《い》れ物とか、持ち帰り用の鞄《かばん》とか持ってきてくれないかな？　あたし本当にたくさん作るつもりだから。あなたを太らせる気で料理するから覚悟していてよ。痩せているより、あなたは少し肉がある方が魅力的だと思うのよね」

裏口から出ると、外はまだ明るく、アスファルトからはむあっとした熱気が漂っていた。どっと汗が吹き出してきたので、太陽光から身体を守るように日陰に入った。強い日差しを急に浴びたせいか、ふらついて壁に手をついた。

「まだまだ暑いな、家までワープして帰れたら便利なのに」

ハンカチで汗を拭き、地面がたわんでいるような錯覚を味わいながら歩き始めた。

「はあ」

息を荒くしながら家に帰り、玄関に入ると兄が立っていた。

「おかえり」

いなくてもいいのに、と思いながら「ただいま」と返した。

「お前、なんか体調悪そうだけど大丈夫か？」

「ちょっと暑いから、それで参っているだけ。お兄ちゃんは、ここで何してんの？」

「別に……それより、またこれから俺、外出するから」

「ねえ、母さんも父さんもいないし、家に何もないんだけど」

「ないって何が？」

「お金も食材も何もかもよ」

「そっか、頑張れよ」

兄は私の現状や生活に、やはり全く関心がないようで、ポンと軽く肩を叩《たた》くとそのまま出て行った。

「何よそれ」

私のことを放置して平気な親も、困っていることを伝えても何もしない兄も酷い。

何故うちの家族はこうなのだろう。私が亡くなった次兄であれば違ったんだろうか。

でもそうだとしたら、理不尽過ぎる。

どんなおかずを夕実が作るか分からないので、私は汁漏れすることも想定してビニル袋も念のために持っていくことにした。

めまいはマシになっていたが、まだ気分は少し悪く、うだるような暑さの中、ゆったりしたペースで歩いて夕実の家に向かった。

「あれ？　宇打《うだ》じゃん。お前の家、この近くなの？」

声をかけられて反射的に振り返った。

嫌な奴に出会ってしまった。確か同じクラスメイトの男子で、安東《あんどう》とかいう奴だ。

前髪を伸ばしてワックスで固めているのが特徴で、口の端によくヘルペスができている。

私が名前を覚えていたのは、髪型含め、クラスの中でもかなり目立つタイプだからだ。

返事をしないで、安東の前を通り過ぎようとすると、手首をグイっと摑《つか》まれた。

「何、無視してんだよ、学校の外なら強気なのか？　お前みたいな奴、俺はどこでもこの町の中なら好きにできんだからな」

私を虐《いじ》めている時以外は、安東のグループは、クラスの男子同士でよく深夜アニメの話をしているのを思いだした。きっと、こういうセリフを言うのがカッコいいと勘違いしている、救いようのない馬鹿なのだろう。興奮のせいなのか、目は赤く充血し血走っている。

「なあお前、こっち来いよ、いいものやるからさあ」

摑まれた手をぐっと身体の方に引き寄せられた。こういうことがあるから、自分の太いばかりで大した力を発揮できない腕が恨めしい。

安東の息は荒く、顔にかかって不愉快だ。甘ったるいガムのような口臭が気持ち悪い。

「離してよ！」

手に渾身《こんしん》の力を入れて引いても、安東の腕を振りほどけない。

「何してるんだお前ら」と野太い声がして、そちらの方を向くと冨張先生が立っていた。

「生徒同士で揉《も》めごとか？　どうした安東、そこにいる女子は宇打か……？」

冨張先生の声を聞いて、ひるんだ素振りを見せたので、私は安東の腕を振り払って、走ってその場から逃げた。


夕実の家に着いたのは、空が薄く藍色に染まり始めた頃だった。

「遅かったわね」

夕実は台所を、試合中のバスケットボールの選手のように素早く動きまわっている。

安東と冨張先生に会ったことを伝えようかと思ったけれど、忙しそうだったので言わないことにした。

ダイニングテーブルの上には、大皿が幾つも置かれていて、その上には色とりどりの料理が山のように載っている。

「夕実、本当に凄《すご》い量だね。まるで満漢全席みたい」

「どーしてもね、何の料理でも作り過ぎちゃうのよ。今、お皿に置いて冷ましているところ。全部を持って帰るのは無理だと思うから、この中から、好きな分だけ取り分けて持って帰って。それと家に親御さんいないのなら、今日晩御飯食べて行って。うちは、お客さん用の布団もないし、あたしは他人が家にいると眠れないから、泊めてあげることはできないけど、誰かと食事するのは好きだから」

「夕実の家族は？」

「色々と過去にあってね、離れて暮らしているの。時々伯父や伯母が、様子を見にくるけど、畑や田んぼをやっているもんだから、あれやこれやと食材を置いていってくれるの。伯母が大家族の人だったからかな、あたしの料理って伯母仕込みだから、小人数分作れないのよ。うちには大きい冷凍庫があるから、ドカっと作って、そこに小分けで入れて、少しずつ食べているのよ。そういえば、こういう話ってひじりにするの初めてね」

「そうだね。お互いの家のことって話したことなかったかも」

いつも夕実と会う時は、毒と復讐のことしか話していない。

夕実が家庭の話題は避けているのだと、勝手に思い込んでいたので、今までこちらから踏み込んで聞いたことがなかった。でも、夕実が気にしていないのならばと思い、この家のことを訊《たず》ねてみた。

「夕実の家は一人暮らしにしては大きいと思うけれど、誰か来たりするの？」

「元々伯父と、伯母の家で、二世帯住宅だったらしいのよね。古い家で親族が集まったりしていたみたいだけど、祖父母が年を取って介護施設に入ってからは、自然と人との縁も疎遠になってしまったの。それで、誰も住まないと家って荒れるでしょ。だから、あたしが丁度この家の近くの学校に受かったって理由で住むことになったの」

「そうなんだ。この家だけどね、食器や服も沢山あるけど、その理由も聞いていい？　夕実一人で着られない量があるよね。それに、お金はどうしてるの？」

「服は伯母さんの若い頃の服なの。それとね、娘さんがいたんだ。失踪しちゃったんだけどね……お金は親戚があたしを憐《あわ》れんでくれてるのか、定期的に口座に生活費を入れてくれているの」

「ご両親は？　遠くに別々に住んでる理由は聞いていい？」

「あたしとはうまくいってなくって……ごめん、ひじり。親の話はしたくない」

夕実は目を潤ませ、俯《うつむ》いた。

それ以上聞くことができそうになかったので、私は空腹ではなかったけれど目の前のおかずを一つ抓《つま》んで食べて、美味しいと手を取りながら誉めた。

すると花がぱあっと開くように夕実の表情が明るくなった。

「本当？　嬉しい」

「うん。凄く美味しい。でも、まだパンケーキがお腹に溜まっているから残りは家で食べるね」

小山のように積まれたおかずを、容器に詰めていると、夕実が急に椅子から立ち上がり、台所の戸棚から皮の張られた箱を取り出した。

「これ、あたしの宝箱」

箱を開けると色とりどりの硝子瓶《ガラスびん》が並んでいた。

「一番右端にあるのは〈ニナセットT〉。これはマクロライド系の毒物で、たんぱく質の合成を妨げて消化管障害を起こすの、その隣にある〈アマビクトN87〉はカーバメート系毒物、希釈しないで吸った人が呼吸器障害に陥って死亡する事故がいまも多い農薬よ。こっちは、〈クニナサカール〉で、シアン化合物なの。胃酸と反応して強い毒性を発揮するわ。そして、こっちは……」

一つ一つの瓶を指さしながら、夕実はとろけるような笑顔を向けてくれた。

「あのね、ひじり、あたしは嫌なことがあるたびに、この宝箱の中身を見ながら空想であいつらを何度も殺してやったの。でも、次こそ空想じゃなくって現実にできる。明日は夢がかなうのよ。あなたが心配する気も分かる。でも、やり遂げましょう」

「家の中に毒薬を隠してて大丈夫？　警察がここに時々来ているんでしょう」

「まあ、いいじゃない。それにひじりが盗ってきた〈モラキソン〉を使うつもりはないから心配しないで。あたしの毒で、あいつらを苦しめるだけ苦しめて殺してやりましょう」

彼女は宝石を指先で弄《いじ》ぶかのように、食卓の上で毒の瓶を弄っていた。

なんだか、彼女の言っている計画は相変わらず具体性に欠けたままだ。毒の保管についても、以前のような慎重さを感じられなくなったことを知らせようと思ったが、だんだん夕実の顔を見て一緒に話しているうちに、どうでもよくなってきた。

過去の毒物事件の話を夕実から聞いたけれど、どれもそれほど計画的ではなかったし、なんだか気持ちがふわついて、熱っぽくて考えることができなかったせいもある。

私と夕実は、ちょこちょことおかずを抓みながら深夜まで話を交わした。

そして、そろそろ寝たいという夕実の言葉でお開きになった。

「明日は忘れられない日になるね」

「そうね、ひじり」

「じゃあ、明日ね」

私は手を振り、宇宙飛行士が月面を散歩するようなステップで家に帰った。

気分も明るく、体重までも軽くなったような感覚があった。

今まで私に嫌なことをした連中を皆消せる。想像するだけで爽快だ。

家の電気は全て消えていて、既に皆眠っているようだったので、そうっと玄関のカギを開けて部屋に行き、制服のままベッドに横になった。

おかずを冷蔵庫に入れないといけないのだけれど、身体が急に鉛になったように動けなくなった。でも、意識だけは冴《さ》えていてなかなか寝つけず、うとうとしたと思ったらもう朝になっていた。

カーテンを開けると、外は抜けるような青空。

時計を見ると、六時にもうすぐなろうという時刻だった。

夕実の家から持ち帰ってきた、おかずの容器の蓋を開けてみた。どれも悪くなっていないようだ。半分を冷蔵庫に、残り半分を冷凍庫に入れた。入り切らない分は、朝ごはんとお弁当の具材にしよう。

実行の日だからか、あるいは夕実が作ったおかずだからだろうか、いつもより朝食の色も味も明確で鮮やかだった。

昨日は、夕実とずっと食べたり喋《しゃべ》ったりしただけだったし、計画では私がすることは先生二人を呼び出して錠剤を渡すことだけだ。失敗してしまったら、どうするかまでは聞いていない。でも、私が夕実よりいい考えを思いつくとは思えないし、それに失敗したところで今の私には失うものなんてほとんどない。一度は自死すら考えた身だし、家族からも要らないでき損ないのスペア扱いだ。夕実の計画を信じて、身を捧げるのが今日だという運命を受け入れよう。

朝日が眩《まぶ》しいし、些細《ささい》な音も砂糖の粉と光が塗《まぶ》されたように光って煌《きら》めいて見える。夜に降った雨でできた水溜《みずた》まりさえ、アスファルトの上で輝く黒水晶のように感じる。

上靴に履き替え、教室に入ると夕実がいたが、私たちは視線さえ合わさなかった。朝礼への移動の途中で彼女は抜けて、教室に戻って毒を入れることになっている。ふふふっと自然と笑いそうになるのを堪《こら》えるのに苦労した。

口の端が意識しないと上がってしまいそうだった。

私を散々虐め抜いてきた連中の、苦しむ様子がもう少しで見られる。

幸いなことに欠席している生徒はいないようだ。

〈キーンコーンカーンコーン　キンコンカンコーン〉とチャイムの音が鳴った。

これから全校集会のために体育館に移動する時間だ。

皆が「たりー」とか「今日暑いのに、やんのかよ」等と、口々に文句を言いながら立ち上がり、出口へと向かう。

私も皆の後に続いて、ゆっくりと立ち上がった。

その時、どさっと何かが倒れる音がした。

そして次に悲鳴が起こった。

――夕実だった。

長い髪が扇状に広がり、顔は蒼白《そうはく》で、身体は小刻みに震えていた。

外から「おい何を騒いでるんだ！」と言いながら担任の市樫先生が戻ってきた。

「先生、橘《たちばな》さんが急に倒れて……」クラスのリーダー格の女子の阿多地《あだち》が言うと、市樫先生が駆け寄り夕実の身体を起こした。

私はあんな汚い教師が夕実の身体に触れるなんてという怒りと、何が起こっているのか分からず、戸惑いで困惑した状態でその様子を眺めていた。

「なあ、橘さん息してないんじゃないか？」

「ちょっとヤバくない？　目開きっぱなしだし」

「もしかして、死んでる？」

　誰かの声が聞こえ、ふわっと身体が軽くなるような感覚と共に、私の視界は急に暗くなり、そのまま意識を失ってしまった。

　気がつくと教室の中は騒がしく、夕実の身体はまだ市樫先生の腕の中にあった。

　教壇の上にある時計を見ると、時間はほとんど進んでいなかった。

　意識を失っていたのは、ほんの数分のようだ。

　夕実の手足はゴムのように、だらんと力が入っていない。

　教室はざわつき、市樫先生も混乱しているのか、この場をどう収めていいのか、何をすればいいのか分かっていないようだった。

　保健の先生と教頭が教室に入ってきて、保健室に連れて行くようにと夕実の身体を抱えた市樫先生に伝えた。

「救急車を呼んであります。到着まで待たないといけないですが。皆さんは席について自習しておいてください」

　教頭の声で少し騒動は収まった。

「貧血かな?」「誰か息してないとか言ってなかった?」「肌の色が真っ白で血の気がなかったけど、病気?」「自習だっるぅ」「仮病で倒れて皆に注目されたかったんじゃない?」

　ざわつきの中で、色んな予想や情報が飛び交っている。

「橘さん細いし無理なダイエットし過ぎだったらしいから、そのせいじゃない? ヤバイダイエット・ピル試してるって話あったし」「女子が教室で倒れたからって皆騒ぎすぎじゃね？　どうせ貧血だろ」「あの倒れ方やばくなかった？　急にがくってなってたよね。芝居っぽかったからウケル」

そうだ、大丈夫。きっとあれはお芝居。私が知らされていないだけで、あれは今日行う復讐のために、必要な行動なんだ。そう自分に言い聞かせ、ゆっくりと立ち上がった。

その時、スカートのポケットの中に尖《とが》った物が入っていたようで、太ももにチクりと痛みが走った。手を入れるとカサっと指先が紙に触れる感触があり、取り出してみると三角に折られた方眼用紙だった。

「何？」

広げると、「次はあんただよ　知っているよ」とそこには青いインクのボールペンで、走り書きのような文字が書いてあった。

「どういうことなの」と思いながら席に着き、必死で考えている間に救急車が正門に到着し、皆と一緒に窓からストレッチャーが運び込まれる様子を眺めた。

結局、その日、復讐の計画は実行されなかった。

そして、夜八時過ぎに連絡網で、夕実が亡くなったという知らせを受けた。

目の前が真っ暗になり、ぶちっと何かが頭の中で、引きちぎられるような音が聞こえた気がした。

「嘘だ、嘘だ、嘘嘘!!　夕実！　夕実!!」

「お前どこ行くんだ!?」

すれ違いに、家に帰ってきた兄の呼びかけを背に、私は靴も履かず外に飛び出し、夕実の家へと向かった。家に着くと灯りはついておらず、しんと静まりかえっていた。

「夕実……」

裏口の木戸を押すと、キィっと軋《きし》む音をさせて開いた。

玄関や窓には、全て鍵がかかっていて中には入れなかった。

昨日は、一緒に腹がはち切れそうになるまで、パンケーキを食べて、大嫌いな先生やクラスメイトを殺す計画を楽しく話した。出会った頃には裏庭で毒の話をアイスコーヒーを飲みながら二人でしたり、西瓜《すいか》を食べた後に種を埋めたこともあった。

「死んだなんて嘘だ……」

座ると、涙が出てきた。そして吠《ほ》えるように声を上げて、身体を震わせながら泣いた。

泣きながら地面を叩き、髪をむちゃくちゃに掻《か》きむしった。

「夕実、夕実い……夕実なんで、どうして！　夕実!!」

彼女の名前を繰り返し呼びながら泣き続け、やがて慟哭《どうこく》は嗚咽《おえつ》になった。

どれくらいの間、私は泣き続けていただろう。涙も枯れ果てるというのは、こういう状態のことを言うんだろうか。涙さえ出ず、声を出し続けたせいか喉も痛くてガラガラになっている。でも、電話を受けた時と比べて、落ち着くことができていた。

そういえば以前読んだ本に、涙は溜まった感情を外に出す作用があると書いてあった。

手や膝についた砂や泥を叩《はた》いて落とし、ポケットに入っていたハンカチで目頭を押さえた。

今日あった出来事と、昨日の夕実が言っていたことを思いだした。

もしかすると、今日のことは夕実による覚悟の自殺だったのかもしれない。

昨日も感じていたことだけれど、夕実の計画は具体的ではなかった。

本人も失敗したら、死にたいと話していた。

夕実が最初から死ぬと知っていたら、私は絶対に計画を止めただろう。もしくは一緒に死のうと言っていたかもしれない。それほどまでに彼女に心酔していたのに。

昨日の夕実の様子がいつもと違ったのも、家のことを話してくれたのも、彼女は最後の夜のつもりだったからなのだろうか。

でも、それだとおかしい点が一つある。

私のスカートのポケットに入っていたメモだ。

あれは、誰が何のために入れたんだろう……。それとも、夕実が昨日入れて、私がずっと気がつかなかったのだろうか。いや、そうだったとしても、書かれた文字は夕実の筆跡ではなかったし、悪戯にしても書いてある内容がおかしい。もしかしたら、夕実は誰かに殺されて、私が次のターゲットってことなのだろうか。

計画がバレていて、私たちに毒殺される前にまず夕実を殺した。

その犯人が、私のポケットに手紙を入れた。犯人は一人……いや、もしかすると複数かもしれない。混乱していたとはいえ、あの時教室にいたのは市樫先生とクラスメイトだけだった。

私はどうして、あの時気絶なんてしてしまったんだろう。

意識が再びぼやっとしてきたので、自分の頬を、気合いを入れるためにパアンと叩いた。

ポケットにメモを入れたのは、気を失った女子の傍《そば》にいても疑われない、スカートに触れても不自然でない相手……クラスの女子だろうか。でも、あの時は教室内はざわついていたし、男子が私の傍にいても気にする人はいなかったように思う。ほとんどのクラスメイトが、夕実の方を見ていたからだ。誰が何をしていたかなんて、きっと誰も覚えていない。

夕実を失った悲しみで押し潰されそうだったが、誰かが彼女を殺したのかもしれないと思うと、怒りが悲しみの感情を塗り替えるように沸き上がってきた。

犯人を見つけなくてはいけない。だって、その犯人は私にとって唯一の大切な人だった夕実を殺したのだから。

裏庭から見える夕実の部屋の方に向いて、私は敵を捜し出して復讐することを誓った。

夏の群青色の夜空には、小さな砂のような星がまばらに輝いていた。

犯人さがし

このまま自分の家に帰るのは嫌だった。どこに行くか決めずに歩いている内に、夕実《ゆうみ》が泳いだ小川の方へ自然と足が向いた。裸足で歩いているので、アスファルトのざらつきや、小石が痛い。

「次はあんただよ　知っているよ」とは、次に私の命を狙うということだろうか。

知っているというのは、私と夕実が立てたクラスメイトと教師の毒殺計画でまず間違いないだろう。でも、計画はいつバレたんだろうか。立ち聞きしていた人がいた？　いや、人気《ひとけ》には気をつけていたし、計画のほとんどは夕実の家で立てた。夕実の毒を見たか、確かめた人がいた……？　でも、毒かどうかはパッと瓶を見ただけでは分からない……。

考えても混乱するばかりで、頭の中であぶくのように幾つもの仮説が湧き上がってくる。

小川に着くと、黒々とした水が流れ、街灯の光と、細く白い月が水面《みなも》に映っていた。

水の中から夕実が「あなたも泳ぐ？　まだ暑いわよね」と言って出てくる筈《はず》もなく、ただあの時の彼女の姿を思い浮かべるしかなかった。

美しく気まぐれで、残酷で甘美な復讐《ふくしゅう》をいつも口にしていた夕実。

「本当に、誰がどうして……」

用水路の縁にしゃがみ込むと、涸《か》れたと思っていた涙が再び溢《あふ》れそうになった。

ハンカチで目頭を押さえていたら、急に私の身体に黒い影が、がばっと覆い被さった。

そして、物凄《ものすご》い力で私の首を絞めにかかったので、私は無我夢中で暴れ、相手から逃れようと身体を捩《よじ》って藻掻《もが》いたが、相手はびくともしなかった。

――苦しい！　なんで⁉　どうしよう‼

このまま殺されてしまったら、何もできないまま犯人も分からずじまいになってしまう。そんなの嫌すぎる‼　こんなに早く「次」が来るとは思わなかった。誰なの、こいつ⁉

羽交い締めにされたまま、首を斜め上に向けて見ると、後にいる人物は顔を黒い袋をかぶって隠していた。その袋から覗《のぞ》く目が私の顔を見ていた。私は身体をくねらせ続け、力の限り藻掻き続けているが、相手は全くひるむ様子はない。

息ができないせいで、目がチカチカしてどくどくと脈が大きく打っている。

――嫌だ！　助けて‼　苦しい‼　痛い‼　凄く苦しい‼

心の中で声にならない声を上げながら、手足をばたつかせていると、近くに運よく犬を散歩する人が通りかかったのか、ワン！　と鳴き声が聞こえた。それと同時に相手の身体が私から離れたので、全速力で逃げだした。

無我夢中で一度も振り返ることなく、ただ喘《あえ》ぐように息を吐きながら、走り続けた。

周りの道を見ず、ひたすら走っているうちに、自宅の近くにいることに気がついた。

家に灯《あか》りが見えるから、今日は誰か家族がいるのだろう。良かった。こんなことがあった後は、嫌いで頼りないと思っている家族でも、いてくれた方がずっといい。

私は玄関の戸を閉めると、その場に崩れ落ちた。

「どうしたんだお前？　急に叫んで出て行ったと思ったらボロボロになって帰ってきて」

肩で息をするのが精いっぱいで、兄に言葉を返すことができない。

足の小指の爪は剝《は》げ、足の裏は傷だらけになっていた。

兄は、質問に返事をしないで玄関で荒い息を吐き続ける私に興味を失ったようで、ぷいっとそのままどこかへ行ってしまった。

ただならぬ様子の妹を見ても、何も思うことはなかったようだ。

玄関のドアの錠を何度も確認し、チェーンもかけた。

そして洗面台に向かい、鏡を見てぎょっとした。私の首には絞められた痕が赤くなって残っていたからだ。居間にあった救急箱を取って、私は部屋に行き、一人で足の傷を消毒してから絆創膏《ばんそうこう》を貼った。

気持ちが高ぶっているせいか、痛みはあまり感じない。

さっき、私を襲ったのは夕実を殺した犯人なのだろうか？

でも、あの場所に行ったのは私の気まぐれだった。そもそも、かなり大きい人だった。あんな体格の人はクラスにいない。以前見た浮浪者のような気もする。

きっと単なる痴漢が、人気《ひとけ》のない場所にいただけだ。

絆創膏を貼り終え、ベッドに座ると、シミの浮いた白い天井を眺めた。

「全部が悪い夢だったらいいのに。本当の私の人生はこんなんじゃなくって、それに夕実とも普通の友達で、今も彼女が元気でいて、図書館で本を読んだり、他の子みたいに机を並べてお弁当を食べたり、そういう関係だったら良いのに」

今までたくさん、祈ったり願ったことがあったけれど、ほとんどが叶《かな》った試しがない。

過去は変えられないし、現実の味は苦い。

こんな状態なのに空腹を感じている自分が情けなくなったけれど、学校にいる夕実を殺した犯人かもしれない誰かを突き止めるためにも、明日も登校しなくてはならないだろう。

階下に降りて、台所に行くと母が椅子に座って煙草をふかしていた。

「お母さん、どこ行ってたの?」

母は、しばらく見ないうちに十歳くらい老けたように見えた。

「冷蔵庫の中にお惣菜《そうざい》がたくさんあったけれど、あなたが作ったの?」

私は、友達に作ってもらったということを伝えた。

「そう……少しもらったけど、変わった味ね。さっき、味噌汁《みそしる》を作ったんだけど食べる?」

「うん」

冷蔵庫から夕実に作ってもらったおかずを幾つか取り出して食べていると、母が言った。

「あら、あんた温めずに食べるの?」

「別にいいじゃない……」

「せっかく作ってくれたおかずを冷えたまま食べるのは止めなさい。少しでも美味しく食べてもらいたいって、作った人はいつも思うものよ」

母は私からおかずの載った皿を取り上げ、電子レンジに入れた。そして味噌汁に火を入れ、お椀《わん》を用意すると葱《ねぎ》を刻み始めた。

「本当にちょっとした手間だからって、惜しむんじゃないよ。はい」

刻み葱の浮いた味噌汁と、レンジで温められて湯気の立っているおかずの載ったお皿が目の前に置かれた。

「食べながらでいいけどね、今日何があってどうしたか教えて。お兄ちゃんから聞いたけれど、あんたが裸足で急に外に出て行って怪我をして帰ってきたって」

どうして、珍しく母親らしいふるまいをしているのか分からないが、私は虚実交えて今日起きた出来事を伝えた。

「あまり親しくはないけれど、クラスメイトが目の前で倒れて驚いたの。外に出たのはその子が亡くなったという知らせを聞いて驚いたから。そして外では野犬に追われて、帰るのが遅くなってしまって……」

母は私の姿をほとんど見ないで話しを聞いているせいか、首の痕には気がついていないようだった。

私の話を聞いて、母は「ふうん」と一言だけ返し、台所に残った洗い物を片付け始めた。

母が洗い物を終えて、寝室に向かうと入れ替わるように兄がやってきた。

「なあ、今日の母さんおかしいと思わなかったか?」

兄の思わせぶりな言い方が、やや癇《かん》に障ったけれど、素直にうんと頷《うなず》いた。

「やっぱり、お前も気がついてたか。あのな、母さん浮気してるんだよ」

「えっ？」

「だからちょっと罪悪感からなのかな、俺たちに優しいんだよ。母さんって年のわりに結構美人だからモテるし、過去にも火遊びはあったんだけどな、今度はそんなんじゃなくって結構本気っぽいんだよ。両親が別れたらどうする？　俺は別に困らないし自活する予定だけど、お前はそういうタイプじゃないもんな」

兄のニタニタした得意げな顔が嫌だった。母さんが浮気？　そんなのどうだっていい。

「別に。私、部屋に戻って勉強するね」

食器を洗ってから階段を駆け上がった。

兄が「強がっちゃってなあ」と好き勝手言っているのが聞こえてきたが、私は無視してやった。

部屋に戻り、ドアの鍵をガチャリと閉めた。

空腹が満たされ、気力も充実している。私は現時点で起こったことを整理するために、ノートに書き出してみることにした。

夕実＝教室で亡くなった。犯人は不明
私＝スカートの中にメモ、おそらく気を失った時に入れられた。クラス内の誰かによる犯行

夕実の持っていた毒＝不明、家にまだある可能性がある
夕実の死因＝不明
市樫《いちがし》＝セクハラ教師。昨日は夕実を抱えていたから、スカートにメモを入れた犯人ではない
冨張《とみばり》＝セクハラ教師。時間割を調べたところ、夕実が倒れた時は特進クラスの授業を受け持っていた
謎の男子＝セクハラ教師二人と保健室にいた男子。これ以上の情報はなし。クラス内には似た声の生徒はいない
小川にいた巨漢＝私を襲った暴漢。クラスには同じような体格の人物はいない。事件との関係は不明

ノートにぐちゃぐちゃの線を何度も引き直し、犯人の候補となるような人を思い浮かべようとしたが、上手くいかなかった。夕実と違って私はクラスメイトのことをほとんど知らないし、興味もなかったからだ。

「クラスメイトは私を虐《いじ》めているどうしようもない奴か、虐められているところを見ても何も思わない屑《くず》の二種類しかいないもの」

机に頰をくっつけたまま、連絡網に並ぶ名前を眺める。

顔と名前が一致する者は稀《まれ》だ。だが、この中から犯人を見つけるためには、まずはこい

つら全員を覚えることから始めよう。

犯人を見つけたら、どうしよう。毒植物や毒茸《どくきのこ》を口に詰め込んでも、すぐに吐き出されてしまうだろうか。

ナイフで刺し殺す？

体格が自分より劣った者でないと、上手くいかないだろうし、そんなことをしたらすぐに足がつく。だいたい一対一でもナイフで殺せるかどうかは分からない。色々と考えれば考えるほど、私は今の状況を夕実に相談したいという気持ちが大きくなっていった。

翌日、学校に着いたら校庭に人の輪ができていた。

分からないことだらけで、こめかみがズキズキと痛む。

ホームルームの開始はいつもより三十分ほど遅く、担任の市樫先生から夕実の葬儀は身内だけで既に行われたことと、死因は心不全だったらしいと説明された。

私は心の中で「嘘《うそ》だ。違う、誰かが毒殺したんだ」と反論し、市樫先生を睨《にら》んだが全く気がつかれていないようだった。

夕実が死んだというのに、授業の進行は変わらず、話題にする人もほとんどいなかった。

小学校五年生の時、クラスに足の早い男の子がいた。確か苗字《みょうじ》は山田《やまだ》だった。彼は空手道場に通っていたが、その帰りにトラックの後輪に巻き込まれて亡くなった。

割と人気のある子で、友達も多かったのに一、二週間も経《た》つと皆忘れてしまった。机も片付けられ、靴箱から上靴がなくなり、棚のシールも剝《は》がされると、最初からクラスにいなかったようになってしまった。いま当時のクラスメイトに聞いたとしても、そんな子いたっけ？　と言われるに違いない。

それほど、死者は無力だ。時間の流れは残酷で、生者は死者を忘却する権利を持っている。だけど、私は夕実のことを絶対に忘れたりはしないだろう。それに、クラスメイトや教師二人にも忘れさせる気はない。

死をもって償わせるのだから。

一時限目が終わり休み時間になると、些細《ささい》なことが気に入らないと言われて、いつものように暴力を振るわれ、ゴミを投げつけられた。

犯人を見つけるために、個人を把握しないといけないというのに、吐き気や恐怖感からのパニックのせいで目を開けたり息をしたりするので精いっぱいだ。

人は簡単に変われない。

夕実のおかげで変われたと思ったのは、幻想だったのだろうか。

どうしてクラスメイトが亡くなったというのに、こいつらは変わらないでいられるのだろう。

惨めさに切り刻まれそうな気持ちの中、チャイムが鳴ったので、やっと私は解放された。

先生が入ってくると、さっきまでとても楽しそうに私を虐めていた連中は行儀よく席に座り、何ごともなかったように教科書やノートを開く。

私は床からまだ立ち上がることさえできずにいたので、先生にまた問題児だと叱られた。

「あのっ」

私がされていたことを説明しようとしたら「うるさい。早く席に着け」と言われた。

心がゆっくりと腐って死んでいく。

誰も助けてくれないし、夕実はもういない。


学校が終わり、家に帰ると兄は家にいないようだった。

母も夕食後に、自治会の集まりがあるとかで出かけるという。母は胸の開いたワンピースを着ていた。きつい香水のにおいが母から漂っている。あんなに入念に化粧を施して浮かれていたら、これから男に会いに行きますってバレバレなのに。

母の様子を見ながらそう思い、部屋に戻った。

幸いなことに、商品券を盗んだことはバレてはいないようだった。

父はずっと帰ってきていない。

兄は家族のことを色々と把握しているようだが、具体的に何が起こっているかを詳細に私に伝える気はないようだ。情報を小出しにして、私が困る様子を見て楽しみたいからか、面倒で言いたくないだけなのかは分からないが、私から兄に聞くことはない。

母は浮気の罪悪感からか、夕飯の準備を既に済ませていて、大鍋の蓋を開けるとカレーが入っていた。だけど私は夕実の作ってくれたおかずを食べるつもりだったので、母のカレーに手をつける気にはなれなかった。

夕実のおかずが、私の血となり肉となる。

肉とピーマンの甘酢あんかけを温めてから一口頬張った。

胃腸の働きをよくするといわれる八角が入っているのか、確かに独特の風味があったけれど、夕実が私のことを思って作ってくれたということが、胸を熱くする。

犯人の目星を早くつけなくてはならない。

未だにクラスメイトの顔と名前があまり一致しないのは、私が顔の区別をつけるのが苦手だからだ。

「そういえば、夕実が言ってた、私が病気かもしれないって。確か相貌《そうぼう》失認とかいう病名だったっけ……」

特徴のある人の顔は分かるし、声や仕草や髪型で区別ができる人もいる。でも皆がほとんど同じ制服を着ている学校で、それぞれの特徴を見つけだすのは、私には容易でない。

それに、虐められている間は、他人の声が異常に大きく聞こえていたり、歪《ゆが》んで聞こえることがある。

夕実はストレスが原因だと言っていた。

「あなたは私よりも、私のことに詳しかったんだね」

ふふっと笑うと、廊下の電話が鳴った。

十回を超えるコール音が鳴り、やがて切れた。そしてしばらくすると再び鳴り始めた。

私は返事が億劫《おっくう》なので、なるべく電話に出ないようにしているのだが、家の中には誰もいないし、こうも鳴り続けているということは、何か大事な用に違いない。

仕方なく電話に出ると、学内の関係者が事故に遭ったために、明日は急遽《きゅうきょ》休校になったと連絡網で誰かの親らしき人から告げられた。

「あの、事故って誰がですか？」

「警察も調査中みたいで、何も教えてくれなかったよ。じゃあ次の方に回してください」

ガチャっと電話が切られ、ツーツーツーという音が続いた。

私の知らないところで何かが起こっているのだろうか。

「おーい、お前知ってるかあ？」

兄が勢いよくドアを開けて家に帰ってきた。

「何を？」

「お前の担任死んだらしいな。バイト先にいる、俺の連れが教えてくれたんだ。夕方くらいに用水路に浮かんでたらしいぞ」

「えっ」

兄は靴を脱ぎながら、妹の知らないニュースを伝えてやれることが嬉《うれ》しいようで、べらべらと喋《しゃべ》り続けている。

「俺とそいつはさ、同じ年で年齢ごまかして働いてるんだ。でさ、パトカーや救急車が止まってて、立ち入り禁止のテープが張られてたもんだから、そいつバイト先に真っすぐに来られなくって遅刻しそうになったんだよ。やじうまがいたから、何があったのか聞いたら人が俯《うつぶ》せで浮かんでたって教えてくれたんだってさ。で、ちょうど引き上げられるところもそいつが見て、自分のかつて担任だった、市樫だと気づいたんだとよ。お前のクラスの担任って市樫って名前だったよな？　場所は橋近くの用水路だよ。あの辺りって時間帯によっちゃ全然人通りないし、不気味だったよな。なんであんな場所で死んだんだろうな。それに市樫ってやばい噂《うわさ》もあったんだろ？　未成年者とやってるとか、薬を常用しているとか、変な宗教に入ってるとか、ヤクザと関係あったとかさあ。

まあ、どれも噂だろうけどさ、他にも色々とあるって聞いたけど、どうなんだ？　お前、自分の担任のおかしな噂とか態度とか、何か気がついてた？」

――市樫先生が死んだ。しかも以前、私が襲われた場所でだ。

何故、どうして？　本当に全く意味が分からない。

兄が去った後、私は夕食を済ましてから部屋に戻り、机に肘をついて呟《つぶや》いた。

「夕実は自殺で、メモは偶然。用水路付近にいる大男が手あたり次第に殺したがっていて、偶然担任の市樫先生が犠牲になった？　でも、そんなことってありえる？　普通に考えたら、学内に誰か私の計画を把握していて、私たちの復讐に関わる人を、私の反応を見るために殺しているとかだよね。だとして、相手はやっぱり複数犯なのかな？　私は一人だし仲間なんてもういないのに。そうだったら……相手はいま、何を考えてる？　私はどうやって、対抗すればいい？」

自殺を考えたことはあったが、誰かにわけも分からぬうちに、殺されるなんてまっぴらごめんだ。しかし、どう考えても抵抗する手段が思い浮かばない。相手の姿も名前も分からない状態だからだ。

翌朝、ポストに新聞を取りに行くとくしゃくしゃになった紙が入っていた。広げると「おまえの代わりに殺してやったぞ嬉しいか」と青いインクで書かれていた。字は、前にスカートの中に入っていたものと同じだった。

「虐められているからって、私はやられっぱなしじゃない！」

私は紙をくちゃくちゃに丸めて、道路に向かって投げ捨てた。

これであのメモと、市樫先生が死んだのは、偶然じゃなかったことが確定になった。

私のクラスは男子が十六名、女子が十四名。夕実が死んで今は十三人だ。

スカートのメモは、クラス内で入れられたのだから、犯人のうちの一人はやはりクラスにいる可能性が高い。用水路で市樫先生を殺した人物が、私を襲った大男かどうかは不明だが、健康な成人男性を殺害できる人ということで、あの大男である可能性が高い。少なくとも犯人は二名だろうか。

「見てなさい。あなたはかつての私がそうであったように、手の内に他人の命があるという優越感に浸っているのでしょ。だけど窮鼠猫《きゅうそ》を噛《か》むという言葉通り、私はいまから必死になって、お前たちに反抗してやる。私を甘く見ないで！」丸めたメモが風に煽《あお》られて転がる様子を見ながら、私はそう言い放った。

その夜、私はまたこっそり家を抜け出し、何度も後をつけている人がいないかを確認し、道を変えながら進んだ。

幸いなことに、怪しい人影もなく、誰かにつけられているということはなさそうだった。普通に歩けば二十分ほどで着けるのに、そんなことをしながら進んだせいで、目的地の廃鉱に辿《たど》りつくまでに一時間以上かかってしまった。

土に埋められた農薬の瓶と、毒草の入った袋はあまり様子は変わっていなかったが、毒茸はグズグズに腐っていたので埋め戻した。

「良かった、ちゃんとあって。夕実、これを使ってみるね」

毒の入った瓶を手に取り、来た時よりも更に警戒して時間をかけて帰路についた。

もし今襲われたら、振り返りざまに毒薬入りのバッグごと相手にぶつけて瓶を割る気でいた。わずかな量で死に至る猛毒だ。私も中毒死する可能性はあるけれど、相手もタダでは済まないだろう。

でも、襲われることなく、私は無事に家に辿りつくことができた。

翌々日、学校に行くと亡くなった市樫先生の話題で持ち切りだった。

実は借金があって闇金に消されたとか、不倫がバレての自殺らしいよと皆が勝手な噂を口にしている。担任の死と夕実のことは、誰も結びつけてはいないようだった。

朝、全校生徒の集会があり、「亡くなった市樫先生のために」と黙祷《もくとう》があった。

校長は壇上で「警察からは、ランニング中に足を滑らせて、用水路に転落して亡くなった可能性が高いと説明を受けていますが、念のために引き続き様々な可能性を視野に入れて調査を行うそうです。もし、市樫先生が亡くなった日に、異常や普段と変わったことを何か見聞きした人がいれば、知らせに来てください」と言った。

「事件だったらやばいよね」

「市樫を殺したいくらい恨む奴って誰だろ？ 仲悪い教師っていたっけ？」

「聞いたけど、ヤクザの情婦と付き合ってたから殺されたって噂あるらしいよ」

「児童買春組織に関与していて、生徒の隠し撮りを売ってたって聞いたし、そういうことやってたから殺されたんじゃない？ だって、あの用水路は転落して溺れるような深さはないし不自然だよね」

「酔ってたんじゃないの？ 俺の親戚で風呂で溺死した奴もいるし」

「奥さんと二年前から別居中だったらしいよ。理由は浮気してたからだってさ」

「俺はかなりヤバイこの町にあるカルト教団のせいらしいって聞いた」

ひそひそ声が周りで聞こえる。

教室に戻ると、しばらくの間は隣のクラスの教師が、うちのクラスの担任も受け持つという話を聞いた。

今日は担任の死に衝撃を受けたのか、午前中は私にちょっかいを出すクラスメイトはおらず、平穏な時間がただただ過ぎ、昼食となった。

私は弁当を教室の隅で、できるだけ目立たぬように食べることにしている。

夕実が作ってくれた食材は、冷凍した分もあるけれど、なるべく傷《いた》む前に食べたかったから、白飯抜きで、二段ともおかずだけの弁当にした。

「いただきます」

小さな声で手を合わせて箸を取り、おかずを口にした。

夕実の思い出の入った料理は、少しも無駄にはしたくはない。

「あんたさあ、なんで隠れて弁当食べてんの?」

「人間みたいな物を食べるなんて生意気だから、餌を餌らしくしてあげる」

女子が、鉛筆削りの中身を開けてふりかけた。

「ほら、凄い美味しそうになったじゃん」

「あー、マジでうちらってセンスあるよね、最初のより断然美味しそうじゃん」

「早く食べて見せて」

ぐっと歯を食いしばった。

私は連中を少しでも面白がらせたくなかったし、どんな状態になっていたとしても、夕実の作ってくれた物を粗末にする気はなかったので、連中を睨みながら弁当箱の中身を口に運んだ。

「えー食べちゃうのお?」「すげえグロイ〜これは受けるな」「やっべー喰《く》ってるよ、こいつ」

好きに言えばいい、私は口の中が傷ついて血だらけになろうが、脅されようが喰い切ってやる。ほとんど嚙《か》まずに飲み込み、最後に水筒の茶で口の中に流し込んだ。

味は鉛筆の削り滓《かす》のせいか、木材と芯のザラザラとした食感がやたら残って不快だった。

吐き気が早速こみ上がってきたが、飲み込んだ。

「完食したの? どんだけ空腹だったんだよ。お前さあ、顔も態度もキモ過ぎ」

膝を叩《たた》いて男子が笑いながら言った。名前は川口《かわぐち》とかいう奴だっただろうか。

私は乱暴に弁当箱の箱を閉め「これで満足?」と言って、連中を睨みつけた。

そして小さな声で「殺してやる……」とつけ加えた。

その態度が影響してくれたのか、それともチャイムが鳴ったおかげか昼食後は、私に何か言いに来る人はいなかった。こんな思いまでして、何故私は毎日を過ごさないといけないんだろう。学校でどうして生き残るための決意を毎度しないといけないのだろう。

私はクラスメイトたちを殺してやりたいと改めて強く願った。

翌日学校を風邪をひいたと電話をして、ずる休みをすることにした。

クラスメイトたちを殺す前に、夕実殺害の犯人の目星をつけたかった。そのために軽いジャブを繰り出す準備をする必要があったからだ。

夕実がいなくなってから、まだそんなに経《た》っていないのに、色んなことが変わってしまった。学校は前よりずっとつまらない場所になってしまったし、体調も悪くて身体が重いし、めまいの回数も増えた。関節も痛むし、口の中が変に乾く。寂しさに心が耐えられなくて、身体に変化が出ているのかもしれない。

「上手くいくかどうか分からないけれど、見ていて、夕実」

私は天国にいる夕実に呼びかけた。

返事は勿論《もちろん》なかったけれど、彼女に見守られているといいなと思った。

翌日、私は弁当を詰めて少し遅れて学校に行った。

たまたまその日は事故があったとかで、バスの運行に影響がでたようで遅刻する生徒が多かったから、私が遅れて来たことは、目立たなかった。

学校ではいつも通り、私にとって不愉快極まりない時間が過ぎ、昼になった。

私は周りの連中に弄《いじ》られる前に、弁当を平らげ、後はお茶を飲んで、教室の隅で蹲《うずくま》るような姿勢でいた。すると、女子二名が席まで来ると、いきなり髪を引っ張って「何で人間みたいに偉そうに座ってるの？　あんた虫けらか家畜じゃなかったっけ？」と言われた。

私は髪を引っ張られた後も、ただ黙ってじっとし続けた。そして、昼食時間の終わりを告げるチャイムが鳴り始める前に、私の身体に異変が起こり始めた。

心臓がどくんと大きく脈打ち、身体中から汗が吹き出し始め、首筋に寒気が走った。そして、吐き気とめまいが同時に襲い掛かり、頭はキリキリと締めつけられるように痛んだ。口の中が急に乾き、私は犬のように舌を出して、荒い息をはっはっはっと吐くので精一杯だったが、気力を振り絞って意識を保った。

そんな状態の中で、私は芝居を打った。

「あなたね……毒を入れたのは……」

絞り出すような声で言い、私は辺りを見渡した。表情の変化を見るためだ。

驚き以外の表情を浮かべている、クラスメイトはいないかどうか。予想と違ったことが起こって困惑したり、怒りを目に宿しているクラスメイトはいないかどうか。

しかし、急に視野が狭まり視界が暗くなった。

『えっ⁉ 家で試した時はこんな症状は出なかったのに……』


気がつけば私は、病院のベッドに寝ていた。

そして意識が回復したことを確かめた看護師が、医師を連れて戻ってきた。

「何か悪いものでも食べた？ 胃洗浄をしたら症状は落ち着いたよ。喋れたら昨日と今日、口にしたものを教えてくれるかな？ それと、もし薬物を利用してたら正直に教えて。薬って認識がない可能性もあるから、見知らぬ人から飲み物や錠剤を渡されて、口にしたとかでもいいから」

医師に聞かれ、私は昨日の夜と朝ごはんの食材と、昼はお弁当を食べたことを伝えた。

「何か食べて味が変だったとか、見た目が古そうだったものは思い当たらないかな？　それとも生のお肉とか食べた？」

「いいえ。あ、でもお弁当の中にちょっと見慣れない具材があった気がします。……味は茸っぽかった気がします。あの私、虐められているので……誰かに嫌がらせで、毒のあるものか、古いものを、入れられたのかもしれません」

医師はその言葉を聞いても、表情一つ変えなかった。冷静な人というより、感情の起伏が少ないタイプのようだ。

「分かりました。ひとまず点滴を入れているから。具合がまた悪くなるようならナースコールで呼んでね。じゃあ、後はお願い」

医師は看護師に引継ぎし、カーテンを閉めて隣のベッドの患者と話を始めた。

看護師は、点滴の残量を確かめてから私に話しかけてきた。

「ナースコールは遠慮しないでね。お医者さんに、もし直接話しにくいことがあれば私を通じて伝えてもいいから。ねえ、ここだけの話もしかして、ダイエットピルとか脱法ハーブとか試したとかじゃないよね？　あなたの学校から最近何かの中毒みたいな症状の子が、時々診断に来ているみたいなの、麻薬とか本当にやってないわよね」

「やっていません」

一連の毒殺事件の容疑者にならないように、前もって自分も被害者になっておこうという考えと、クラスにいる犯人の反応を見るために中毒症状は酷《ひど》く出るが、毒性はあまり強くない、ベニテングダケを弁当に入れて食べた。採った日に毒抜きの方法を自分なりに試し、家で食べた時は軽い中毒症状しか出なかったのに、今回は視界にまで影響が出てしまったのは予想外だった。

残りの茸は、空き地に埋めて処分したし、自然物なので分解も多分早いから見つかることはないだろう。

でも、そんなことを看護師や、医師に話すつもりはなかった。

「まあでもね、色んなことがあるよね、思春期って。じゃあ、二時間くらいしたらまた来るから、ゆっくり休んでいてね。それと保護者の方に、学校からも連絡を入れてもらったのだけど、繋《つな》がらなかったみたいなの。入院の承諾書とか、費用のこともあるから、もう少し落ち着いたらそういう話もしましょう」

「入院費って高いんですか……」

「気になるなら、退院するまでに受付の会計で聞いてみて」

夕実を殺したかもしれない連中に、予想外のことをしでかしてやりたいという気持ちが強すぎて、早まったことをしてしまったかもしれない。

親は私の入院に対してどういう反応をするだろうか。そもそも、医師や学校は親になんて説明をしたんだろう。私が食中毒で倒れた？　それとも、毒入り事件の犠牲者になった？　ただ、入院した事実だけを伝えた？　どれだろう。

そして、どうして家族の誰も病室に来ないのだろう。私が期待はずれな代わりの子だったからだとしても、少しは心配して欲しかった。

「お兄ちゃんくらいは来るかなと思ったんだけどな」

毒は抜けたのか、気分はそう悪くなかったが、全身の関節が酷く痛んだ。

気を失っている間に、身体を強張らせたせいだろうか。

カーテンに囲まれた、白い空間を眺めながら、私が毒茸を食べたことは、そんなに意味もなかったし、犯人も単なる食中毒としか考えなかったのかもしれないと思い始めた。

「だったら、悪目立ちして苦しんだだけ、損したってことだよね……」

夕実がいなくなってから、ずっと私は一人で空回りばかりしてしまっている。


母が、翌日退院の迎えに来てくれた。

医師は母に食中毒と伝えたようで、冷蔵庫の中のおかずは全て捨てたことを告げられた。

夕実のおかずを私のしでかしたことのせいで、もう食べることができなくなってしまったことを知って、私は帰りのタクシーの中で泣いてしまった。

本当に私は馬鹿だ。

母は私の隣にいるのが嫌なのか、助手席に座っている。

そして、前を向いて、私の方を見ないままでこう言った。

「ごめんね、しばらく家のこと放っておいて、外に出てしまっていて……」

謝るくらいなら、ずっと家にいればいいのに。もし私しかいない時に、変質者が家に来て殺されたりしたらとか考えないのだろうかと、心の中で母に、言い返してやった。

「冷蔵庫の中の古い物を食べたんだよね。古くなった食材って怖いのよ、食中毒を起こす菌が増えるから。食べるものがないからって、入院するほど古い物を食べるとは思わなかった。今日はまだ本調子じゃないだろうから、お粥《かゆ》を炊いたげる。それと梅干もあるから それで食べなさい。分かった？　二日ほど家で休んで、それから学校に行きなさい」

して欲しいことをしてくれず、しなくていいことをしてばかりの母がやっぱり大嫌いだ。

「冷凍していたおかずまで捨てちゃったの？」

「全部綺麗《きれい》にしといたから」

「お母さんは全く分かっていない……酷いよ……」

酷いのは、自分の計画のせいというのは理解しているけれど、誰かに八つ当たりをしたかった。

母は私の言葉の真意を聞くこともなく、家の前でタクシーから降りた。

家に入ると玄関に白い小さな花が飾られていた。

私が花を見ていると、母が話しかけてきた。

「花屋さんで見つけてね。退院祝いと思って、久しぶりに花を活《い》けてみたの」

ただ、それだけのことだったけれど、私は母をちょっとだけ許してしまいそうになった。

私は誰かに気にかけてもらうことに、きっと飢えているんだろう。

台所の食器立てに、夕実のおかずが入っていた容器が洗われて置かれていた。

それが、夕実の空っぽの棺桶《かんおけ》のように見えて悲しくて仕方がなかった。

私は母に言われた通り、二日間学校を休んだ。その間は部屋にこもり、母の運ぶお粥と水だけを口にし、夕実の思い出に浸ったり、ああすれば良かったこうすべきだったと過去のことを悔いたりしていた。

毒茸を食べたことで、得られた情報はほぼなく、食べたことで私の犯人への疑惑が晴れたかどうかも不明なままだ。

二日間ゆっくり休んだからかどうかは分からないけれど、最近私を悩ましていためまいや頭痛は登校する日の朝には消えていた。

探偵のクラスメイト

数日ぶりに学校に行くと、一人の男子を囲んで、教室の真ん中に人だかりができていた。

その真ん中にいたのは、クラスのリーダー格の女子でも男子でもなく、今まで目立ったことのない背の低い地味なメガネをかけた男子だった。

鞄《かばん》を机の上に置き、誰かが虐《いじ》めにきやしないかと冷や冷やしながら教科書とノートの整理を行っていると、輪の中心にいる男子が、演説口調で話す声が聞こえてきた。

「僕が思うに、今までの事件って全て繋《つな》がっているんじゃないかと思うんですよ。だって平和な田舎町の学校で、こんな恐ろしいことが続くのは変じゃないですか。しかもこのクラスに関わる人ばかり、こんなことが起こるなんて不自然でしょ？　もし、このクラスをターゲットにした連続殺人事件が進行しているとしたら、皆さんはどう思います？」

私の席の近くの子たちがひそひそと、輪の中心の男子のことを話し始めた。

「あいつの親って、興信所の所長なんだって」

「ええ、じゃあ本物の探偵の子供ってこと？」

「そうらしいよ」

「ホームズとか金田一《きんだいち》気取り？　ブ男のくせに目立ちたがってんのかな？」

輪の中にいた男子の近くにいた一人が急に声を荒らげ始めた。

「おい、出利葉《いでりは》、探偵を気取るなら、まずは犯人候補を呼び出せや。お前は橘《たちばな》や担任が死んだのは殺人事件だと思ってんだろ。なら、犯人の名前を今すぐに言ってみろよ」

「まだ犯人が誰かまでは分かっていません。でもね、僕は親のツテもあってこんな物を持ってるんです」

制服のポケットからペンを取り出した。

「これはカメラと録音機能がついたペンです。他にも僕は、色々と探偵道具を持っています。犯人に警戒されるとまずいからどこにとは言わないけど、すでにあちこちに仕掛けてあるんですよ」

「なんだよ勿体《もったい》ぶるなよ、で、誰なんだ犯人は？」

椅子を漕《こ》ぎながら、別の男子が言った。

「ですから、まだ分からないんですよ。でも、調査である程度目途はついているってことだけは言っときます」

彼が言い終えるや否や、皆が口々に色んなことを言い始めた。

「えー、それだけだと分からない」

「なんだよ、それ結局何も言ってないも同然じゃん」

「ねえねえ、実は誰が犯人か分かってるんでしょ？　あたしだけ教えて」

「出利葉君、人が死んだのが事故じゃなくって、殺人事件だっていうのは本当？　ねえ、そのペンの使い方とか、他の探偵道具についても教えてくれない」

話題の中心にいるのが嬉《うれ》しくてしょうがないという表情で、椅子の上に立って名探偵のように振る舞う出利葉を見て、私はあほらしいと思った。

本気で犯人を捕まえる気があるなら、黙って調査を続けて、警察に証拠を突き出せばいい。それをしないのは、ただ家にある探偵道具をひけらかしたいだけに違いない。

本物の探偵がどういう人なのかは知らないが、こういうタイプではないのは確かだろう。

毒茸を食べて、周囲の表情を見て犯人を絞ろうとした私の決死のアイディアはいま思うと、正直言って、どうしてあんな手を選んだのか分からないほど愚かなことだった。でも、あの時から少しずつクラスメイトを観察するようになり、幾つか気がついたことがある。

それは積極的に虐めに加担しているメンバーと、そうでないメンバーがいることだ。

人の顔を覚えるのが極端に苦手な私にとって、これだけでも随分と進歩だ。

先ほどの男子の名前と顔は一致していなかったけれど、目立った行動のおかげで頭の中で関連づけることができた。

出利葉融《とおる》、出席番号は二番だ。

「おーい、お前らまだ騒いでるのか。早く席に着けー」

隣のクラスの担任の冨張《とみばり》先生がやってきた。保健室で市樫《いちがし》先生とそして男子生徒の誰かと、夕実《ゆうみ》にいかがわしいことをしていた先生で、夕実が殺したいと言っていた二人の教師のうちの一人だ。

チャイムが鳴り、数学の授業が始まる。

死んだ者たちのことなど忘れてしまったかのように、クラスメイトが教科書を読み、黒板に書かれた質問に答え、配られたプリントの問題を解いていく。

カッカッカッカと鉛筆の芯が、紙の上を走る音がする。

問題を解きながら、夕実のことを考えていると、ふいに「キィアアア」という声が聞こえた。絹を裂くような悲鳴というのは、こういう声なのだろうか。

このクラスで三人目の死者が出たのは、授業の最中のことだった。

教壇のすぐ前の席に座っていた女子生徒が、ふいに立ち上がり身体をのけぞらせた。口から真っ白な泡をぶくぶくと涎《よだれ》と共に吹き出し、目から血の涙を流しながら自分の頭を掻《か》きむしった。そして、窓の近くまでふらふらと近寄ると「ああ！」と声を上げて口から泡を飛び散らせながらいきなり飛び降りた。

本当に一瞬の出来事だった。誰かが止める間なんてなく、「どうしたの？」と彼女に声をかけることさえできなかった。

確か、あの席に座っていた女子の名前は柊先《ふきさき》さんだ。時々私の陰口を言っているのは知っていたが、虐めには積極的には参加せず、どちらかというと傍観している人だった。

しばらくの間、凍りついたように誰も動かなかった。動けなかったのだ。

そして数拍の間を置いてから、少しずつ話す人が増え始めた。

「あれっ、何……」

「嘘《うそ》っ」

「マジ？　えっ？　飛び降り……？」

小さな声で戸惑いの反応が広がり、急な動揺が着火点となって皆、パニックに陥った。喚《わめ》いている人、蹲《うずくま》って震える人、騒ぐ人、怒っている人、反応は様々だ。

そんな混乱の中、私の気持ちは妙に凪《な》いでいた。

嵐の中、一人風のない場所に立っているような、周りの景色を水槽越しに見ているような心地だった。どうして自分自身が、こんな風に落ち着いていられるかは分からない。それは、この出来事が私のために仕組まれているように咄嗟《とっさ》に感じ、驚いている表情を見せて犯人を喜ばせたくないと考えたせいかもしれない。

冨張先生は教室から飛び出し、飛び降りた柊先さんを確認しに行っているようだ。

窓側には他クラスの連中が張りついていて、階下の状況を見ている。

パニックを鎮めるのに、一番効果的なのは生贄《いけにえ》なのだと私が知ったのは、この時だった。

「あのさあ、これって出利葉、お前のせいだよな」

クラスのリーダー格の男子が皆の前で声を上げた。柴木《しばき》だった。

「えっ？　どういうことですか？」

出利葉が戸惑いを浮かべた表情のまま、席から立ち上がった。

「つまりさあ、これってなんか盛られたんだろ。どう考えても殺人事件って奴じゃん。しかも橘から始まって、次は市樫で、これでクラスに関わる死人は三人目だよな。偶然でこんなに次々と人が死ぬわけないだろ。次は誰だよ？　もしかしたら俺かもしれないよな。今朝探偵グッズをこれ見よがしに披露してたけど、真犯人はお前、当然分かってんだよな出利葉？　犯人の候補を絞ってるみたいなこと朝言ってたけどよ、誰が怪しいのか今すぐに教えろや」

出利葉は蛇に睨《にら》まれた蛙《かえる》のように、その場で縮み上がっていた。

「えっと、まだ調査中というか……分からないんです。だけれど、少なくともこのクラス内で犯行が続いているということは、このクラスと何らかの関係があるという可能性が高く、しかし、最初の橘さんと、今回の柊先さんのケースは、教室内での出来事という共通点がありますが、市樫先生は学外で亡くなっているので、二つの事件とは無関係の事故かもしれません」

「だらだらとさえずってるんじゃねーよ。犯人は誰なんだよ？」

さっきまで喚いていた人や泣いていた人も、二人のやりとりを注視しだしたため、混乱は収まりつつあった。

「わ、分かりません」

「本気で考えろ!!　命がかかってるかもしれないんだぞ!!」

出利葉は柴木にグーで殴られ、後ろに吹っ飛んで机に寄りかかった。

顔の右側がみるみる腫れあがって鼻血も流していた。

「親父《おやじ》さんからくすねてきた、自慢のペンマイクだかを、あちこちに仕掛けてんだろ？

本物の探偵の息子なら、お前なりの推理もできあがってんだろ。それかアレか、お前が共犯だったりすんのか？　最後のチャンスだ、誰が怪しいとかだけでもいいから言えよ」

「ぼ、暴力を振るわれても、僕の意見は変わらないですよ。分からないことは分からないと言います。ここで誰かが怪しいと言ったら、その人がリンチに遭うんでしょ。僕の発言で誰かが犠牲になるなんてごめんだ」

「じゃあ、なんでお前は、探偵ごっこみたいなこと提案したんだよ。お前が言わなきゃ俺も聞くことなんてなかったんだよ‼」

「ほ、本当に殺人事件かもしれないことが、こんなすぐに起こるだなんて、思っていなかった。それに僕は、親から宣伝になるぞって言われて、道具を持ってきただけなんだ。皆今まで僕のことになんか興味なかったし、親が探偵だからって覗《のぞ》き屋だとか不倫暴き屋だとか、面白がっていただけで関心なんてなかったじゃないか」

「うるさいんだよ！　本当は犯人の目途がついてて、そいつと取引とかしてるんじゃないだろうな」

柴木の蹴りが出利葉の腹にまともに入り、彼は蹲った。

私も喰《く》らったことがあるから知っているが、柴木は手加減ができない。

当たりどころが悪かったのか、出利葉は声も出せず震えながら痛みに耐えているようだ。

「俺はなあ、黙って殺されるつもりはないからな」

柴木はエナメルバッグを肩に、教室から出て行った。

「お、俺もここいるの嫌だから」

「ねえ、一緒に帰らない？」

女子も男子も、そんなことを言いながら一人二人と教室から出て行った。

皆このままここにいては、次の犠牲者になってしまうと感じているのだろう。

先生が戻ってくる様子もなく、今日はこのまま授業が再開されなさそうだったので、私も鞄の中に教科書とノートを詰め込み始めた。

しかし予想は覆された。副担任がやってきて、席に着いて自習をするように命じた。その時クラス内に残っていた生徒は皆「えー」と言い、席に戻った。

途中、気分が悪いと言って早退した生徒が二名いたけれど、それ以外は放課後まで皆クラス内にいた。


放課後、部活に入っていない私は学校に残っていても用事がないし、教室にいると弄られるのが分かっているので、なるべく早く帰りの準備を終えることにしている。

鞄を肩に担いで席を離れたところで出利葉に声をかけられた。

「ちょっといいかな？」

「何？」

「君はこの一連の事件をどう考えてる？」

答える気はなかったので、私は何も言わなかった。

でも、出利葉は私の沈黙の意図をくみ取らず、都合がいいように解釈したようだった。

「やっぱり何も思いつかないよね。これから君と僕で推理して犯人を見つけない？」

この問いかけには、どう答えるべきなのか、少し迷ってしまった。

「危ないから乗り気じゃないかもしれないけど、できれば宇打《うだ》さんに犯人さがしを協力して欲しいんだ」

「何故、私なの？」

聞くと、出利葉は決まり悪そうに頭を掻《か》きながら答えた。

「実は前から話したいって思ってたんだ」

「私と？　何故？」

「宇打さんが強い人だから。虐められていても、学校に来続けてるだろ。ずっと凄《すご》いなって思ってた。今日初めて柴木君のパンチと蹴りを喰らったけど、もう二度と喰らいたくないよ。今も身体のあちこちが痛いんだ」

「そう」

「僕は一度やられただけで、かなりめげそうになってるっていうのに」

「別にどうってことないから」

「そう言えるのはやっぱり凄いよ。ねえ、犯人のことについて、ちょっと相談させてくれないかな？」

「私は学校では、誰とも話したくないの」

「あ、そうだよね。犯人がクラス内にいるかもしれないんだから、聞かれると駄目だもんね。じゃあ、これからショッピングセンターに行こうよ」

「あなた私の話を聞いていたの？　学校の誰かに、クラスの子と一緒にいるところを見られたくないの。あなた、私と話していると虐めに巻き込まれる可能性があるってのに、よく話を続けられるわね」

「別に。今日の僕を見ていただろ。どうせ虐めのターゲットにされることはもう確定したよ。だから別に気にならない。それに、ショッピングセンターで話すところを見られても、問題ないと思うよ。ああいう人がたくさん出入りしているところって目立たないから。一緒にいるところを見られても偶然会ったとか適当なこと言えばいいし、そもそも同級生のことなんて皆それほど関心ないよ」

「でもほら、私と一緒にいたら、変な噂《うわさ》とか立てられるかもしれないじゃない」

「噂なんて気にしなけりゃいいよ。反応すると面白がられるだけだ。じっと亀みたいに首をすくめておけば皆忘れるよ。どうして君はさ、小さなことをいちいち気にするの？」

「何よ、あなたも私が悪いっていうの？　私が私だから虐められるっていうの？」

「誰もそんなこと言ってないよ。君はどうしてそんな風に受け取るんだ」

「だって……」

そこで、私は言葉に詰まった。言いたいことがあまりにも多すぎると、人は口を閉じてしまう。だって、クラスの皆は私が私だから虐めたくなると言うから、だって、母さんも私が愚図だから虐められて当然だって言っていたから、私は次兄の代わりになれなかったから、だって、だって……。

「ごめん、そんな顔しないでくれよ。宇打さんのことを困らせたくって言ったわけじゃないんだ。うーん。とりあえず、君もほら、探偵の仕事って気にならない？　親父からさ、いろいろなテクニックを伝授されているんだ。信用しないかもしれないけど。だから人通りの多いところで目立たないし、クラスメイトに見つからないコツも知ってるから。

君は僕から二十メートルくらい離れて歩いていてよ。後はゲームセンターで合流すればいいからさ。ゲームセンターってさ、薄暗いし音がうるさいし、周りもゲームに集中しているから人に知られたくない打ち合わせとかに、結構有効なんだ。それにあそこのゲームセンター死角がかなりあるんだよ。テーブル型の台のゲーム機に座って、プレイしているフリさえしてればいいんだ。あの店のアルバイトは、こちらから呼びかけない限り、入り口近くの定位置にいるし」

「そう。でも、純粋にあなたとどこかに行くつもりはないの。ごめんなさい」

しばらくの間は一人で気持ちを落ち着けたかった。

「別にいいよ。そんな風に断られることもなんとなく予想していたから」

出利葉は少しきまり悪そうに、ガサガサと頭を掻いた。

もし夕実が同じことを言ってくれたら、私は喜んでついて行っただろう。

私はいなくなってからも、彼女のことばかりを思い追いかけている。

秘密を誰かと共有すればするほど、夕実の影が薄くなってしまいそうで、嫌だ。

　家に帰ると、玄関先で旅行鞄を持った母とすれ違った。

　母は私を一瞥《いちべつ》もくれず出て行き、兄が二階から降りてきた。

「さっき父さんと大喧嘩《おおげんか》してたんだよ。リビングに行ってみな、色んなものがひっくりかえってるから」

「喧嘩の原因は？」

「さあ、母さんの浮気がバレたか父さんの浮気、もしくは両方かもね。どうせ母さんはこれ見よがしに出てったけど明日の朝くらいまでには帰ると思うよ。鞄の中身を詰めて出て行ったわけじゃないから」

「じゃあ、あの旅行鞄は何？」

「空なんじゃない？　ポーズだよポーズ。引き留めて欲しかったのかもしれないね。お前が入院してからはさ、これからはいい母親になるとか言って俺にもなるべく家にいるように言ってたのに、本当に勝手な人だよな。父さんも呆《あき》れているよ」

「お父さんは家にいるの？」

「いるよ、リビングで酒飲んでる。俺に付き合えって言ってきたけど、酒は苦手なんだ。お前が付き合ってやれば？　未成年だけど、こんな日は父さんもうるさく言わないかもね」

「えー」

今日は兄が妙に饒舌《じょうぜつ》なようだ。

マザコン気味なところがあったから、母から女を感じるのが嫌なのかもしれない。それか兄貴風を吹かして、妹の私に関わろうとしているのだろうか。

おそるおそるリビングに行くと、父がソファーに沈み込むように座っていた。

「ただいま」

呼び掛けてみたが返事はない。

「あの。お父さん……」

シャツのボタンはかけ違えているし、髪の毛も油っぽいしぐちゃぐちゃに乱れている。久々に部屋の中で見た父は、落ちぶれた小汚い中年男性にしか見えず、これじゃ母が愛想を尽かすのも無理はないと思ってしまった。

部屋の中はむっとするほど酒の臭いが漂い、少し小便の臭いも交じって感じたので、父はもしかしたら漏らしているのかもしれない。

「お父さん、大丈夫……？」

父は手近にあった、栓の開いたビール瓶をそのままグッと呷《あお》った。口の端からだらだらと飲み切れない分が溢《あふ》れてシャツに広がっていく。

「うるさい！　お前は部屋で勉強でもしてろ!!」

机をバンっと叩《たた》いたので、私は仕方なく部屋に戻った。

突然の同級生の死、出て行った母、落ちぶれた父、今日見たことが何度も何度も浮かんでしまい、参考書やノートを広げてみてもさっぱり内容が頭に入ってこない。

そんな時、私宛ての電話がかかってきたと兄に呼ばれた。

「もしもし」

受話器を取ると上擦《うわず》った男子の声がした。

「あのっ。ごめん、僕が言ったことで気分悪くしていたら謝っておきます」

「もしかして、出利葉君？」

「あ、そうです。電話って何か緊張しちゃうね」

「別に。ところで用は何？」

「えっと、あ、はい。君に謝りたかったのと、もし気分を害していなかったら、推理を手助けしてくれないかなってお願いを再度ですねえ……」

「いいわよ」

「えっ。返事早いですね」

「もう、こういうやりとりが面倒。それに頭の中がぐちゃぐちゃで、他のことが手につかないの。いまから出利葉君が言っていたゲームセンターに行くから、そこで落ち合いましょう。じゃあね」

ガチャっと乱暴に受話器を置いた。

「ちょっと出かけてくる」

父の反応はなかった。カーペットにまで酒のシミが広がっているし、虚《うつ》ろな目をしていた。心が壊れてしまった人の表情というのはこうかもしれないなと思い、鍵と鞄を手に玄関を出た。兄の靴は玄関になかったので、私より先に外に出てしまったようだった。

私の家族は本当に気ままで勝手すぎる。イライラしながら、ショッピングセンターに向かい、途中にあった金券ショップで母から盗《と》った商品券を換金した。

これくらい、親から私への慰謝料として許されるだろう。

ゲームセンターは想像していたよりも、いかがわしい場所で、煙草の臭いが充満している上に薄暗く、大きな音がそこら中で鳴り響いていた。

出利葉は、入り口近くのゲーム機の椅子に座り、私の顔を見るなり立ち上がって、こう言った。

「奥の死角の席に行こう。メモは持ってる?」

「ここって予想していたより、ずっとうるさくて嫌な場所なのね」

「そう言わないでくれよ」

出利葉の後についていき、奥の席に座ると彼はポケットから紙を取り出して見せてきた。

「これはクラス名簿なんだけれど、君はどう思う?」

「どう思うって何? あなたが知っていることを先に言って」

「うちのクラスは男子が十三人、女子が十二人だろ」

「そんなことは知ってるから」

「まあ、いいから名簿を見てよ」

担任：市樫《いちがし》　學《まなぶ》　死亡　用水路で不審死（事故？　殺人？）
1. 安東《あんどう》　志信《ゆきのぶ》　学園長の親類。クラスのナンバーツー。趣味はアニメ
2. 出利葉《いでりは》　融《とおる》　探偵（仮）↑まだ父の見習いなんで。ウケル？
3. 川口《かわぐち》　繰多《そうた》　多数派につくタイプ。陰湿なチビなのに女子ウケが良い
4. 木羽《きばね》　優図《ゆうと》　周りに流されやすい
鞄にキャラグッズのキーホルダーつけ過ぎ。安東と親しい
5. 久遠《くおん》　隆壱《りゅういち》　口喧嘩が強い。身長がクラスで一番高い
8. 柴木《しばき》　塁《るい》　暴力野郎。男子のリーダー格
9. 近藤《こんどう》正道雄《たみおた》　親が警察官。格闘タイプ。リョナラーのアニメ好き
10. 佐藤《さとう》陸久夫《りくお》　特進からの編入。家が成金で、学校に寄付もしている
母親が保護者会の役員
11. 田沢《たざわ》　水鳥《みどり》　補導歴有りだが、近藤と親しいせいか学校では無処罰
12. 矢部《やべ》　幸三《こうぞう》　柴木と幼稚舎から仲がいいデカブツ。前世は多分ゴリラ

「このメモの内容はあなたが調べたの？」

「そうだよ」

「こう見ると、うちのクラスって問題児だらけね。あれ？　十二人しかいない？　それと

ここにあるリョナラーって何?」

「意味が分からないなら、知らないままでいいよ。で、女子は君を除くとこんな感じだ」

1．阿多地弓弦《あだちゆずる》　女子のリーダー格。義兄が学園の経営陣にいる
　　　　　　　この町では名家の子
2．五十嵐凛音《いがらしりおん》　気が強い負けず嫌い。貝塚と一緒にいることが多い
3．貝塚《かいづか》ジュン　陰口が好き。男子のグループとも仲がいい
4．古久保櫻子《こくぼおうこ》　阿多地グループの一人。流されやすいタイプ
5．鯖地友梨佳《さばちゆりか》　越境入学で遠くから通っている。芝崎とは幼馴染《おさななじみ》
6．芝崎希実枝《しばざききみえ》　成績の上がり下がりが激しく、ややヒステリックなタイプ
7．鈴鹿麻子《すずかあさこ》　柴木とよく話している。明るく声が大きい
8．柊先磨樹《ふきさきまじゅ》　飛び降り。死亡?
9．綿鍋鈴花《わたべすずか》　阿多地グループ。阿多地さんに、よく虐めの方法を提案している
10．橘《たちばな》夕実《ゆうみ》　死亡

「この情報ってどこまで正確なの? それに女子の情報は少ないのね」

「親父の顧客が結構学校の関係者もいるから、割と正確だと思うよ。メモは僕の主観も入ってるけどね」

「あれ？　女子も人数が合わないじゃない」

「ここに四月に転校していった、女子の依田京子《よだきようこ》がいるから、人数は合うんだけれどね。でも、男子は合わないんだよ」

「プリントミスじゃないの？」

「そうだと思ってたんだけど、実は入学式の時に、沢渡高良《さわたりたから》って奴がいたのを思いだしてね。クラス分けの時まではいたけれど、翌日からいなくなったんだよ」

「それって、ただ単にその人も転校しただけじゃないの？」

「いや、クラスにはいることになってる。連絡網にも名前あったし。今のクラス名簿からだけ抜けてるんだよ。それが気になってね。ところで、君は橘さんと親しかったよね」

「えっ？」

「気がつかれてないと思ってたの？　僕はクラスメイトのことを観察してたんだけど、君って、よく橘さんのこと見ていたよね」

「偶然よ。あの人ね、美人だったから、自分もああなりたいなって思って憧れていただけ。それに見ていただけで、なぜ仲が良いことになるの？」

「見ていただけか、違うかくらいは分かるよ。時々目で合図しあっていたよね。僕、結構そういう勘は働くんだよ。それで父親の仕事を手伝っていたこともあるからね。それと、知ってる？　夏生《なつき》先生と市樫先生はダブル不倫関係だったんだよ」

「それって言っていいの？　顧客の機密情報とかじゃないの」

「君は僕の言ったことを、べらべら無責任に言いふらすタイプじゃないだろ。二人は学内でなく、とある宗教団体が運営母体のカルチャーセンターで親密になっていったらしいよ。ねえ、橘さんの仇《かたき》を討ってやろうよ。僕はね、犯人はクラスメイトの誰かだと思っている。君の知っていることを全部どんな些細《ささい》なことでもいいから、教えて欲しいんだ。君が昼食時間に倒れて入院したことがあったけれど、僕はあれも犯人の仕組んだことだと思ってる」

私は途中までは、出利葉の言葉を聞いていて期待を抱いてしまったが、最後の一言でがっかりしてしまった。

「あのね、あの事件は私の自作自演なの」

「え？　何のために？」

私は、出利葉に自分で採ってきた毒茸を食べたことを打ち明けた。

理由については、夕実のことは殺人だと予想していたことと、スカートに次に私が狙われているかのようなメモが入れられていたことを知らせた。ただ、夕実と復讐《ふくしゅう》の計画を練っていたことは教えなかった。

「自分で食べたとは思わなかった。君って案外大胆なんだね。でも、これで結構分かったことが増えたな、情報を整理すると……」

その時、小走りで男子がやってきて、出利葉の肩を叩いた。

「よう、お前、探偵やってんだって？　今日さ、お前の学校の奴に聞いたよ。で、犯人が分からないから殴られて泣いたって噂はマジ？」

「それはガセだよ。ほっといてくれよ」

「誰？」

出利葉にこっそり聞いた。

「同じ塾に通ってる兼近《かねちか》君だよ」

「あれ？ 横にいるの女？ 彼女？ お前の趣味に理解ある女っているのかよ。もしそうだったら凄いよな」

「クラスメイト。ちょうど事件の話していたんだよ。怖いねって」

「ふうん。俺も混ぜてよ。推理とかしてみたいし」

「邪魔だから、あっちに行って」

兼近の顔をじっと見据えながら言った。

「なんだよ、そんなに大きな声で言わなくってもいいじゃん」

デリカシーのない男に見えたので、はっきり言わないと分からないのだろうと思って強く伝えたが、効果はなかったようだ。

「あのね、亡くなったのは、私の友達なの。だから面白がるようなのは不愉快だから。それにいま出利葉君と話しているから、あっちに行ってくれるかしら」

ここまでズバっと言えば大丈夫だろうと思っていたのだけれど、私の見込みが甘かったようだ。兼近は目を輝かせて、私に近づいてこう言った。

「えっマジで？　友達が死んだの？　だったら新聞や週刊誌に載ってない情報とかも知ってんじゃないの？　色々と噂されてんじゃん。生徒と教師は実は集団ヒステリーでの連鎖自殺だったとか。不倫関係に悩んでの心中説とか、汚職事件の関係者で、ヤクザに殺されたとか、宗教か麻薬シンジケート絡みとか、色んな説を聞いてるんだけど。で、どれが本当？」

「どれも出鱈目《でたらめ》よ」

追い払うのは難しそうなので、適当に受け流すことにした。どうして世の中には他人の気持ちが分からない人がこんなにも存在するのだろう。

「じゃあ、真相は？　もったいぶらないで教えろよ。俺、ゴシップとか超好きなんだよ。それに、この町って変な宗教が横行してて過去に事件があったりしただろ。あれって関係あるのか？」

出利葉も苦手なタイプなのか、かなり億劫《おっくう》そうな態度で答えている。

「全く何も見当もついてないんだよ。だから二人して話し合いながら途方にくれてる。単なる不幸な事故が続いただけってのが今のところ一番有力な説かな」

「んなわけねーだろ。事故であんな変な死に方するかあ？　お前の学校を早退した奴と、さっきまでフードコートに一緒にいて、色々と聞いたんだけどさ、二人目の女子って急に口から泡をふきながら暴れて飛び降りたんだろ？」

「偶然ってね、続くと意味を見出す人がいるんだよ。陰謀論好きっていうのかな。それと偶然が重なることをシンクロニティって言うんだけど、例えば、こういうエピソード知ってるかな？

アメリカ合衆国大統領のエイブラハム・リンカーンと、ジョン・F・ケネディには奇妙な共通点がある。

リンカーンが大統領に選出されたのが一八六〇年で、ケネディは一九六〇年。どちらも現職の副大統領を破っての当選で、両者ともに大統領在職中に子どもを亡くしている。二人とも暗殺されたのは金曜日で、どちらも頭部を撃たれている。二人ともに南部出身のジョンソンというファミリーネームをもつ大統領が後を継いでいるし、リンカーン(Lincoln)もケネディ(Kennedy)も七文字、他にも暗殺に纏《まつ》わる十以上の偶然の共通点があるって言われている。

つまり、サイコロの目は、全部同じ確率でどの目も出るってことになっているけど、一の目が百回続けて出ることだってあるかもしれない。そういうのだと思う、この事件もね。それに、大阪のどっかの町で、水曜日だか木曜日だかに同じくらいの年齢の青年の自殺が連続したニュースも何年か前にあっただろ。稀《まれ》な出来事が狭い範囲で続くってことはあるんだ。そこに物語を見出したくなるのは人間の性《さが》なのかな？」

出利葉の横で兼近は「んーっ」と顎の辺りを摩《さす》りながら、首を傾《かし》げた。

「それってお前、探偵のはぐらかすテクニックとか使ってない？　本当のこと言ってる？」

「そんなテクニックないよ。それに僕たちだって怖いんだよ。もし、これが連続殺人だった場合、犯人が身近にいるってことだろ？　犯人となるような相手が分かれば警察に言うよ。僕たちだけが犯人の目途がついていても、それを隠す理由なんてないだろ」

「いやいや、あるじゃん。例えば容疑者に脅されているとかさあ」

どうして、この男は他人の災難を愉快に語ることができるんだろう。出利葉も真面目に相手にしないで、追い払えばいいのにと騒音の中で思った。

「その場合、僕たちが脅されている事実も含めて警察に伝えればいいよね」

「えっと、弱みを握られているとかで、警察に言えないとかあるかもしれないじゃん」

「殺されるかもしれないって恐怖の方が、その握られている弱みより勝ると思うけれど。まあ、ゴシップ好きの兼近君にとっては、僕たちが殺されるかもしれない騒動の渦中にいた方が面白いんだろうけど、この話題はここまでにしてくれないかな」

「あ、分かった！　実はお前らが犯人なんだろ。でなきゃ、平気な顔してあの学校になんか通えないよな」

「いい加減にしてくれよ兼近君。面白がって僕たちを殺人者だと思い込むのは勝手だけど、もう少し他人の気持ちに配慮するってことには思い至らないかな」

「わりぃ、わりぃ。でもさ、お前らの学校、トータルで三人も死んでる割には騒がれてない、つーか話題になってないよな。ＴＶも来てないし、俺の学校なんかさあ、そんな事件あったっけって言う奴も結構いるぐらいだぜ」

　そういえばそうだ。どうして大きな事件として騒がれないのだろう。学内で生徒が一人死んだ時点で大騒ぎになってもおかしくないというのに。

「やっぱ進学校とかって関係ある？　そういや、お前らの学校ってやっぱりガリ勉だらけなの？」

「僕らは普通科だから、それほどでもないよ。特進コースは受験に向けて入学直後から違うカリキュラムで勉強漬けらしいけどね。だから、ただの普通科の生徒はこんな風に、放課後自由に過ごす余裕もあるわけだよ。ニュースにならない理由は、こんな田舎の事件に世間は関心がないってだけじゃないかな？　そろそろ夕飯の時間だから、僕は帰るよ。君とのお喋りは正直かなり疲れるしね」

「そうなの？　じゃあな。なあ、もし犯人の情報とか分かれば俺にぜってー知らせろよ」

「警察の次に、兼近君に必ず連絡するよ」

彼と別れ、出利葉とゲームセンターの外に出た。

「騒がしい人だね。それにあんなにゲームセンターがうるさい場所だなんて、知らなかった。まだ耳が音でぼわぼわする」

「あの騒音のおかげで、盗み聞きをかなり防ぐ効果があるんだけれどね。今日は兼近が来たから相談どころじゃなかった、ごめん。まあ、歩きながら話そうか」

「ねえ、私も気になったんだけれど、どうしてこの事件は世間で騒がれていないの？」

「色々と学校のスキャンダルになりそうな要素を含んでいるからじゃないかな？　うちの学校の理事は、割と政治的な力を持っているんだよ。親父から聞いた情報なんだけどさ、うちの学校は議員や党員の子供が通っているし、小さい町にある学校とはいえ、県内随一の進学校だろ。臭い物に蓋をできるくらいの権力者や、関係者が揃《そろ》ってるわけだよ」

「そんなものなの?」

「多分ね。そろそろ僕の家だ。じゃあ、また明日」

「さようなら」

小さく手を振って、出利葉を見送った。

情報の収穫を得たような、そうでもないような気持ちだった。

出利葉は、誰とでもあんな感じで話すのだろうか。私はまだ、肝心な部分は何も彼に打ち明けていない。「また明日」って言っていたけれど、明日もこんな風にだらだらと推理を披露する気なんだろうか。結局、誰が夕実を殺したのかは糸口すら摑《つか》めていない。だいたい、出利葉が犯人ということもありえる。彼の探偵道具を使えば、私と夕実の計画を盗み聞きできたかもしれないのだから。

私に話しかけてきたのも監視や、情報を得るためかもしれないし、柴木に殴られたことも私への関心や信頼を得るための演技だった可能性もある。

「ああ、もう分かんない!」

空に向かって言い、私はもやもやした気持ちを抱えたまま家に帰った。

学校は夕実や担任の市樫先生が死んだ時とは違い、柊先さんの死を学校はなかったかのように処理した。黙祷《もくとう》も集会もなく、救急車で運ばれた後どうなったかの説明もない。柊先さんと親しかった子たちは、家に行って確かめようとしたらしいが、彼女の親は何も教えてくれず本人がいなかったことや、家族の雰囲気からして多分生きていないか、入院していたとしても、見舞いができるような状況ではないということだった。

灰色に彩られたザラザラした時間が過ぎていき、出利葉とは、時々クラスで情報のやりとりをすることはあった。私がそっけなくしているせいなのか、前のように外で二人だけで話そうと誘ったりすることはなかった。

そして、夏だからだろうか、夕実の幽霊が学内に出るという噂があちこちで広まった。

「ねえねえ、知ってる？　こないだ隣のクラスの山口君も、髪が長い女の幽霊見たんだって、髪が長くて制服着てたって言ってたから、それって死んだ橘さんだよねえ」

廊下にいる女子がこんな噂をしていた。

夕実の幽霊なんているわけがない。もしいるとするなら、悪霊になってこの学校の先生やお前らをきっと呪い殺しに来たのだろうし、それより先に私に会いに来てくれる筈だ。

ドンっとすれ違い様に、男子の矢部に蹴られた。

廊下に膝をついてしまい、振り返ると二人の男子、柴木と近藤もいて「ブスと目が合っちゃった」と笑っていた。

私はグッと唇を嚙《か》みしめたまま、重い足取りで実習室へと向かった。

夕実に、幽霊でもいいから会いたい。

そう強く、授業中に思ってしまったからだろうか。

窓の外に、チラッと黒く長い髪と白い肌の少女が見えた気がした。見間違いかと思い、もう一度窓をじっと見ていると、その姿が揺らぐように現れて、すぐに消えた。

「夕実⁉︎」

思わずその場で立ち上がって声を上げてしまった。

クラスメイトの皆が私の方を見ている。

「どうしたんですか？」

しかもよりによって、夏生先生の授業だった。この教師は何かと私を悪く言うし、そのために平気で同僚に嘘《うそ》を吹き込むような人だ。

「いえ……。なんでもありません」

「なんでもないのに、あなた立ち上がったの？　よほど宇打さんは先生の授業を妨害するのが好きなんですね」

「……すみません……」

「謝れば全てお終《しま》いだったらいいでしょうけど、世の中そういう風にはできてませんよ。あなたねえ、真面目に授業を受けていないってことですよね」

反論すると、言葉尻を捕らえて更に追及されたり、あれこれ言われたりするのが目に見えているので、こういう時は母への対応と同じで、何も言わないか謝り続けるかに限る。

考えてみると、夏生先生は私の母と似たタイプなのかもしれない。

「すみませんでした」

「だからねえ宇打さん、謝れば済むわけじゃないって言っているでしょう」

「あのう、先生」

おずおずと出利葉が手を挙げて、発言した。

「授業が進まないですし、それくらいでいいんじゃないですか。それに、市樫先生や橘さんが亡くなるし、柊先さんの事件も立て続けに起こって、僕もですが、皆まだ気持ちが落ち着いてないから、動揺してしまっていると思うんです」

「はいはい。分かったわ、出利葉君。じゃあ、続きを進めましょうか」

出利葉の助け舟のおかげで吊るし上げはいつものように長く、ねちねちと続かなかった。

チャイムが鳴り、出利葉の机に行ってお礼を伝えると、彼はこう言った。

「ああ、別に大したことないよ。僕も聞いてるだけで不愉快だったし。あの先生、男子生徒には甘いというか反論できないんだよ」

「そういえば、女子にしか注意しているの見たことないし、聞いたことがないかも」

「どこの世界にも、異性に強く言えない人はいるからね」

出利葉と話していると、クラスの女子の五十嵐と芝崎、鈴鹿の三人がやってきた。

「ちょっと来てくれる？」

私の腕をぐいと強引に引っ張り、廊下の隅に連れ出した。

「あのさ、最近の幽霊騒ぎだけど、あんたがやってるんじゃないの？　何かさあ、ほらやりそうじゃん」

「霊感あるフリしてるかまってちゃんって寒いよ。さっきも授業中に橘さんの名前を呼んだりして何アピール？」

「ほら、口があるんだから、黙ってないで何か言いなよ」

頬を軽く手の甲で叩《はた》かれた。

出利葉をあまり信用できない理由の一つに、私が休み時間中に虐められている時には、決して助けてくれないというのがある。でも、それは彼が探偵の子をアピールしだしてから、柴木や矢部から時々暴力を受けているけれど、その時に私が助けたりもしていないので、おあいこだと言われれば仕方ないかもしれない。

ちょっとムカっときたこともあり、私は少しだけ相手に言い返した。

「本当に幽霊がそこにいたんだから、仕方ないでしょう」

「はぁ？　見間違いでしょ。そもそも幽霊なんているわけないじゃない。霊感なんて勘違いに決まってるし。宇打ってマジで頭悪いよね、よくこの学校に入れたね」

「そうよ、眼科か脳の病院にでも行ってきたら？　宇打の脳みそは腐ってるって診断出るんじゃない？」

「そもそもの話、もし、本当に幽霊がいて、幽霊が見える人がいたら、殺人犯を見つけるのも簡単だし、未解決事件のほとんどが解決するでしょ。だからあんたの嘘確定。はい、早く謝ってよ、嘘ついてすみませんでしたって」

頰をぐいっと強く抓《つね》られた。伸びた爪が喰い込んで痛い。

「あのですね、皆さんの幽霊否定談義は興味深いですが、それくらいにしましょうよ」

出利葉の声だった。私が虐められている姿を見て、いつものように先にどこかに行って
しまっているとばかり思っていた。

「何、あんた？　さっきも授業中にこいつのこと庇《かば》ってたけど、もしかしてできてんの？」

「違うよ。僕と宇打さんはそういう関係じゃない」

「あー、こいつ今日言い返してきたのも男ができて、調子こいてんじゃない？」

「最近前ほどかまってないから、たるんでるんじゃないかな」

「ちょっと久々に思いださせてあげよっか」

肘が、私の胸の下辺りに入った。

男子の力と比べればどうってことのない威力だったけれど、平然としていると相手が苛《いら》
立《だ》つので、ぐっと蛙《かえる》のような呻《うめ》き声を出し効いているフリをした。

出利葉はその様子を見て怖気《おじけ》づいてしまったのか、走ってどこかへ行ってしまった。

しばらくの間、三人から悪口を言われたが、やがて飽きてしまったのか、「今日はこれ
くらいにしといてやるから」とチンピラの捨て台詞のようなことを言って、去って行った。

連中がいなくなってから、制服の裾をまくって打たれた所を見たら赤い痣《あざ》ができていた。

以前は青痣が絶えず、内出血で身体の一部が黒い染みのような痕がそこら中にあったけ

れど、今は身体も暴力を受けることに慣れてしまったのか、女子の力で打《ぶ》たれた程度では、さほどダメージを受けなくなっていた。

私は髪の毛の乱れをトイレで直してから、教室に戻り席に着いた。

今日はこの授業が終われば、学校から帰れる。

家も愉快な場所ではないが、一人になれる部屋があるだけマシかもしれない。

さっき私を見捨てて逃げた出利葉は、教壇近くの席でノートに一生懸命何かを書き込んでいた。夕実のように苦楽を共にし、この状況から逃げ出す手段を講じる相手になってくれそうにはない。痛みを感じるたびに、心をチクチクと攻撃されているような気持ちになる。

チャイムが鳴り終わると同時に、私は、鞄を持って俯《うつむ》いたまま小走りで教室から玄関に向かった。下駄箱の中の靴を摑んだ時、指に鈍い痛みが走った。

「いったあ」見ると、人差し指と中指の腹の部分がスッパリ切れて血が滲《にじ》んでいる。

靴の内側を見ると、テープで剃刀《かみそり》の刃が張りつけられていた。私は親指と薬指で剃刀をそっと靴の内側から取って、その場に投げ捨てた。パッと火花のように私の指先から赤い血が飛び散り、花崗岩《かこうがん》でできた床の上に落ちた。

靴に履き替え、指先から滲む血を吸いながら、この鉄錆《てつさび》の味を絶対忘れないと誓った。

翌日、学校の下駄箱で、上履きの中に何が仕掛けられていないか確かめてから履き替えた。教室に入ると、私の指先に貼られた絆創膏《ばんそうこう》を見てか、古久保と、貝塚がクスクスと笑っていた。あの二人が剃刀をしかけた犯人のようだ。

学校に来るたびに不愉快な思い出が増えていく。

でも、それが私の復讐心への燃料となっている。燃え盛るような怒りを胸に、私は席に着いた。鞄から教科書を取り出し、机の上と棚に置く。それだけのことをするのでも、指先に鈍い痛みを感じる。治るのに、どれくらいかかるだろう。

「おーい、お前ら席に着け」

チャイムが鳴ってから、二分ほどして冨張先生がやってきた。

「じゃあ、前回の授業の続きからやってくぞ。教科書の二十八ページを開け」

黒板にチョークで先生が、文字を書くカッカッと音がし、皆がノートを取り始める。


パンっと何かが割れる音がした。

電球か何かが破裂したような音だった。

皆が咄嗟に、音のする方を見ると、窓の向こうに夕実の顔が浮かんでいた。

首から上だけ、青白い顔をした夕実が長い髪を靡《なび》かせ、こちらを虚ろな目で見ている。

それは、生者の顔ではないように見えた。

「夕実……」

私が呟《つぶや》いた声を掻き消すように悲鳴が起こり、皆の前で夕実はすぅっと消えた。

キャーキャーと悲鳴を上げ続けている者、夕実のいた方向を見続けたまま身体が固まっている者もいて、教室は大騒ぎとなった。

「何あれ、何あれ？」

「幽霊マジ見た。視《み》えたよね？」

「呪い？　ヤバイよね。はっきり見えていたけど、怖すぎ。お祓《はら》いとかやんないと悪霊に祟《たた》られるんじゃない」

「静かに！」

先生がバンと手で黒板を叩いた。

「静かにしろ！　授業を続けるぞ」

先生は何も見ていなかったのか、それとも平静を装いたかったのか幽霊に関心がないのか、そのまま何ごともなかったように授業を続けた。

休み時間になると、クラスメイトは小さなグループに分かれ、皆がさっき見た幽霊について語り始めた。

「昼間だけどばっちり見えてたね」

「橘さん、教室で死んだからやっぱりここに未練とかあるんじゃない？」

「でも、どうして橘さんだけなんだろ？　柊先さんも学校で死んだわけだしさあ」

「幽霊っぽい見た目じゃなかったからじゃない？　ほら、橘さんは色白で超ロングだったから」

「何それ、見た目だけでなれるとか決まるって無くない？　それに実は、柊先さんは入院中で死んでないって噂もあるんだよね」

皆が夕実の幽霊を見たと噂している。でも、あれは本当に夕実だったのだろうか？

ほんの一瞬だったし、昨日廊下にいたのを見た時も、声は聞いていないし、夕実と同じ髪型の似た誰かだったのかもしれない。

私は他人と顔の区別がほとんど分からないのだから。でも、私以外の人も夕実の幽霊と認識している。それにあの長い髪……あれだけの美しいロングヘアは珍しい。

でも、本当にあれが夕実の幽霊だったとしても……どうなのだろう。

幽霊の概念というものを知っているわけではないけれど、怪奇特集の番組で見聞きしたことがある。幽霊は朧気《おぼろげ》な湯気のような存在で、ただぼんやりと見えるだけで何もできない。それに、幽霊になった人への思いが強い人の前に現れるのだとも聞いた。

毎日、彼女のことを思っているからこそ、あの世からやってきて少しだけ姿を見せてくれたのかもしれない。そう思いたいけれど、夕実の性格からして、皆の前であんな風に現れないような気がする。

「ねえねえ」

後からちょいちょいと肩を指で突つかれた。

出利葉の声だ。

「今日の放課後、二人だけで話したいんだけどいいかな？　できれば前みたいな邪魔が入らない場所で」

「……」

前のように、うるさい場所で無為な時間を過ごすのは嫌だったので、返事はしなかった。

「橘さんの幽霊に関する話なんだ。絶対後悔はさせないから」

私の嫌そうな表情を見ても、なおも誘うのではっきりと言葉で意思を伝えることにした。

「私、絶対って言葉を軽々しく使う人って好きじゃない。それに正直行きたくないから」

「分かった。じゃあ、絶対はもう絶対に使わないよ。でも立ち話でいいから、放課後五分だけくれないかな？」

はぁ……。

あまりこちらの意図することが伝わらないようだ。そういう意味では、ゲームセンターで話しかけてきた、兼近という男と似た者同士なのだろう。誘いを断るということにも労力が必要なのだと感じ、私は仕方なく押し切られるような形で承諾した。

幽霊騒ぎの方が楽しいと感じる人が多かったのか、今日は誰かから呼び出されたり、殴られたり悪口を言われたりすることは無かった。やはり私の存在など、暇つぶし用の玩具《おもちゃ》の一つくらいにしか認識されていないのだろう。

放課後、視聴覚室近くの廊下に出利葉に誘われ、そこで二人で話をすることになった。

「まず柊先さんは亡くなったみたいだよ。生きてるって噂もあるけど、本当に死んでる」

「そうなんだ」

予想できていたことだったし、夕実以外のクラスメイトの生き死になどに関心はなかった。

「親父が司法書士の資格も持ってるからね、戸籍から調べたんだ。除籍になっていたし、葬儀のことも警察関係者から裏を取ってるから、間違いないと思う」

「伝えたかったことってそれだけ？」

「まさか。あのね、幽霊騒ぎだけどさ、まずは昨日廊下で、宇打さんがクラスの女子に虐められていた時に見てしまったものの話をしていいかな？」

「別にいいけれど」

「君が夏生先生の授業中に見たのは、実体を持った人間だよ」

「えっ？　どういうこと？」

「だから誰か実体を持った人が橘さんのフリをして、あの場所に立っていたってことだよ」

「証拠はあるの？」

「幽霊がいた付近を調べたら、埃《ほこり》の上に上靴の跡があったからね。足のある幽霊はいるのかもしれないけどさ、それよりも生徒の誰かが、幽霊のフリをしたって考えるのが自然だと思うっていうのが理由。あの場所は生徒の立ち入りが少ないからね。でも、どうして橘さんの幽霊に見せかけた誰かは君に姿を見せたかったのだろうね？　一体何をしたかったのだろう。宇打さんは心当たりはないかな？」

「ないわ。それに私だけに見せたかったどうか、あの状態だったら分からないでしょ」

「それはそうか。でね、僕は幽霊なんてものは信じてないんだ。意味のない行動をする人は、疑ってかかるべきだって、よく親父が言ってるセリフなんだよ。だから幽霊のフリをしていた人物は、橘さんを装う理由があったんだと考えるのが自然だと思うんだ」

その時、もしかしたら青い文字のメモを入れたのや、夕実を殺したのは、出利葉ではないかという疑いが頭に過《よ》ぎった。でも、だとしたら動機や今私といる理由はなんなのだろう？　もし、私を殺したいと、思っているならばさっさと私を殺せばいいのだ。男子の中で小柄とはいえ、力は私より強いだろう。探偵道具も持っているし、親のコネやツテで色んな人に知られたくない情報を知っているだろうから、それを使って他人をゆすることだってできるだろう。

目の前にいる出利葉からは、今のところ殺意や悪意を感じない。でも、私もそうだったが、加害を加えたいと思った時点で、気取られないように思いや計画をひた隠しにする人もいるだろう。

殺したい相手の前で、笑顔でい続けられる人はいる。

「肝心な話はその先にあるんだ。僕はその時の状況を見てピンと思いついたことがあったんだよね。幽霊のフリをした人がいたと考えて僕は何をしたと思う？」

「別に興味ないから言わなくっていいわ。ところでもう五分くらい経《た》ったと思うんだけど、帰っていい？」

「ごめん。じゃあ、あと一分だけいい？　今日クラスの皆が見た授業中の幽霊。あれって僕の作品なんだよ」

「どういうこと？」

「昨日宇打さんが廊下で見た幽霊は、誰かが扮《ふん》した偽幽霊で、今日のは僕のお手製映像ってことだよ」

「はい？」

出利葉が得意げな表情を見せて、鞄を廊下に下ろしてジッパーを開けて中から古そうな機械を取り出した。

「宇打さんはこういうの、何か分かる？」

「全く分からない。ねえ、出し惜しみとかしないでくれる。一分と言ったら一分しか話さないで」

「ごめん。じゃあ、十分ほどくれるかな？」

「もういいから、あなたの約束は適当だってことが分かっただけで充分」

苛立ってきたので立ち去ろうとすると、こう言われた。

「悪かったよごめんもったいぶって。これ、映写機なんだ。それに少し手を加えて皆に画像を見せたんだよ。簡単なトリックだったけど上手くいったと思わない？　皆も教室で驚いた顔してたよね。あの時の気分は最高だったよ！　実はさ、僕の親父が趣味で個人映画の製作してたその手伝いもしていたから、映像の知識があるんだ。それとさ、昔読んだ本に幽霊の見せ方っていうのが書いてあって一度試してみたいなって思ってたんだよ」

「なんのためにそんなことしたの?」

出利葉はいつもポイントがちょっと外れている。だから、クラス内で目立ち始めた瞬間に、虐められることになったのだろう。

「幽霊を見せたら、犯人か何かの手がかりになりそうなことを見せないかと思ってやっただけ。ま、純粋にクラスの皆の前でやりたかったっていう理由もあるけどね」

「ふうん。そう」

下駄箱に着いたので上履きを履き替えた。今日は剃刀は仕込まれていなかった。背後には、出利葉がにこにこしたまま立っている。もしかして、このまま出利葉は家までついてくる気なんだろうか。悪気がないとはいえ、このノリは鬱陶しくなってきた。

「あなたが今日、教室の幽霊騒ぎを起こしたことは分かったし、昨日の昼間に廊下で見たのは幽霊じゃなくって人間というのも分かった。それでいい? 満足?」

「あ、うん」

「じゃあ、さようなら」

出利葉と別れ、家に帰った。

夕実の幽霊はいなかったという事実を知り、胸の中に寂しさが広がっていくのを感じた。

私はたとえ幽霊だったとしても、彼女に会いたいと思っているからだろうか。

最近、自分の気持ちが分からなくなることがある。

私は、これからどうすればいいんだろう。

最初に幽霊のフリをしていた人は、誰なんだろう。

気になったので、ノートにクラスメイトの名前を書き出してみた。

夕実と背格好が近いのは、五十嵐凛音と古久保櫻子だ。

でもそのうち、五十嵐は私を虐めていた連中の中に交じっていたから違うだろう。

この二人のうちどちらかが、かつらでも被って夕実の幽霊のフリをしていたんだろうか。

だけど、何のために？

それに、クラスメイトとは限らない。そもそも出利葉の言うこともどこまで信用できるか分からない。足跡だって、以前からあの場所にあった可能性もある。考えていると、ピンポーンと玄関のインターフォンが鳴った。

「はーい」

出ると、そこにいたのは出利葉だった。

「犯人が分かったよ」

「その前に、どうして私の家が分かったの？」

「僕の家に、住んでいる人の苗字《みょうじ》が一軒一軒書いてある住宅地図があるんだ。君の苗字って珍しいだろ。それに、近所の人に念のために女子生徒が住んでいるかどうか聞いたら、すぐに答えてくれたよ」

「早く上がってよ。近所の人に見られて、変な噂されたくないから。それと犯人の名前を教えたらすぐに帰って。もう二度と来ないで。今日はうちに兄がいるから」

「分かった。犯人は、安東志信と田沢水鳥の二人だと思う。じゃあ、僕は帰るから」

「待って、何故その二人だと思うの？」

出利葉は私の顔を見て、メガネのブリッジに指で触れてにやっと笑った。

「言っていいの？　長居することになるかもしれないけど」

相手の言いなりになるのは癪《しゃく》だったが、しばらくはいていいと出利葉に伝えた。

「根拠は、安東と柊先さんの二人は付き合っていたと最近分かったことと、安東が学園関係者ってことだね。それに、二人は金銭関係のトラブルがあった。で、その金銭関係のトラブルの延長上に田沢や橘さんも絡んでいたらしいんだよ」

「まさか、それだけが根拠とか言わないでしょうね。安東が学園関係者だからって、どうして犯人なの？　夕実が絡んでいるとか、他の情報もよく分からないんだけど」

出利葉のことをできる限り目に力を込めて、睨《にら》んでやった。

「そんなに質問を立て続けに出さないで、まずは僕の話を聞いて欲しいんだ。柊先さんは何故か、安東か田沢に、このままだと殺されるかもって言っていたらしいんだよ。それに、君はスマートピルって知ってる？」

「いいえ」

「僕は一錠だけ持ってる。成分がよく分からないから怖くて飲めないんだけど、頭がよくなる薬って言われてて、学校の中で流通してるんだ。合法的なものかどうかも分からない。

とある宗教団体が製造に関わってるって噂もあって効き目もヤバイらしいよ」

「そんなもの、あなたはどこで手に入れたの？」

「安東から。あいつ、学校の経営陣と知り合いだから、色んな噂が元からあるんだよ。成績がいいのは、事前にテスト内容を教えてもらってるからだとかね。僕は大して親しくないのに、安東がある日急に話しかけてきて、これを飲むと集中できるよってくれたんだ」

「凄く怪しげに聞こえるけれど、それだけで殺人の容疑者にするのは無理じゃない？」

「それが今年の春くらいで、実は前からそういう変な錠剤が、安東と田沢の周辺でやりとりされてるって言われていて、死んだ柊先さんはこの薬にどっぷりハマってたんだよ。ここまできたら怪しいと思うでしょ」

そういえば、入院した時にも医者や看護師が、薬の話をしていた。

「柊先さんが仮にそうだとして、何で夕実は殺されたの？」

「橘さんは美人だったから、彼女のことひそかに気になるって言ってた男子は結構いたんだよ。で、安東は依存性の高いこの薬を、橘さんにも人を通じて保健室で勧めていたらしいんだよ。薬漬けにして、柊先さんのように自分の支配下に置くためにね。当然、そんな計画を知って彼女の柊先さんは面白いわけないだろ。そのことで安東と喧嘩をしたことで、今までの薬代を出せって安東と田沢に詰め寄られていたらしくってね。柊先さんはかなり追い詰められたようなんだ。彼女は精神の安定を得るために、他種類の薬も服用するようになっていたみたい。でも、安東の薬は依存性が高いらしいんだよね。飲んだら脳がシャキッとして集中できるようになるとか、ダイエット効果があるとか、アメリカでは〈ヌートロピック〉とかいう向知性の薬らしいけど……」

出利葉はそれから、べらべらと自分の持つ脱法ドラッグについての知識を披露し始めた。

「あなたがドラッグに詳しいのは十分理解したわ。で、夕実が殺された理由は？」

「だから安東が柊先さんを使って、橘さんを殺せる薬を服毒させた。思い通りにならないならいっそってことで……それで、実行犯の柊先を口封じのために精神的に追い詰めて、別の薬を飲ませて殺したのかもしれない。いや……それも不自然かな？　橘さんも安東と田沢が薬を扱っていることは知っていたから、そのことをこれ以上言い寄るならバラすと言ったから殺した？　それとも……もっと違う理由の可能性もあって……」

出利葉はああでもない、こうでもないと部屋の中を忙《せわ》しなく歩き始めた。推理に没頭しているのか、ぶつぶつと独り言を呟き始めた。そして時々、手をポンと叩いて頷《うなず》いたり、笑みを浮かべたりしだした。

「人が死んでいるのに楽しそうね」

聞いた推理の内容が適当に聞こえたこともあって、皮肉を込めて言ってやった。

「だって退屈な田舎町だし、こういうことが起こると実際にね、被害者たちに申し訳ないけど、ちょっとわくわくする。僕がおかしいのかな？」

「あんたは私の友だちが犠牲者だって忘れてない？」

「忘れてないよ。忘れたりするもんか。でも、そう言う宇打さんも、なんか表情が最近明るくなったし、僕の話を聞いてくれているじゃないか。それとも、僕の推理に関心があるわけじゃなくって、聞いてくれている理由は、宇打さんは単にお願いされることに弱くって、流されやすいってだけなのかな？」

「そうかもね。でも、いいじゃない。染まりやすくったって……流されやすい人なんてどこにでもいるわ。私を虐めている連中も、他の子に合わせてとか、なんとなくって程度の子がどうせほとんどでしょ。自分で考えて行動する人の方が少数派なのよ」

心の中で、「夕実のような」とつけ加えてやった。夕実は自分で計画し、自分の手で復讐を考えていた。彼女のように、自分で現状を変えてやろうと抗《あらが》える人は稀有《けう》な存在だ。

「そうだ、次は宇打さんの推理か意見を聞かせて欲しい」

「私、ずっとずっと一人で、夕実以外の誰かと家で、話したりするだなんて思いもしなかった。ただの生徒が、あんたが言うような理由だけで、同級生を殺すとは思えない。ドラッグの話も初耳だし。それにそういうのに関わっている人なら、もっと静かにことを進めるんじゃないの？　校内でだなんて目立つし、単なる偶発的な事故に見えるように殺すとか。だって、自分に疑いがかかる可能性だってあるわけでしょ？　あんたの推理は本当に穴だらけだよね。田沢や安東の関係もよく分かんないし、話を聞いた印象を正直に言わせてもらうと、多分さっき名前が出た人たちは違うんじゃないかな？　急いだ結論が大外れでないならいいけど、殺人の容疑者よ。もっと真剣に考えるべきじゃないの？」

「そうだね……。僕は結論に急ぎすぎるって親父にもよく言われるんだ。ごめん。君といるといつも謝ってばかりだ」

「夕実を殺した犯人を見つけるんなら、もっとしっかりした根拠の推理が聞きたかった」

「そういう意見が出るってことは、宇打さんは橘さんのことを、やっぱり凄く大切に思っていたんだね」

「あの人は私にとって、特別過ぎる人なの」

「そういえばさ、君は一般受験でうちに入ってきたろ。橘さんは僕と同じで内部進学だったんだけど、ある時から急に雰囲気が随分変わったんだ」

「そうなの?」

考えてみると、夕実のことをどれだけ自分は知っていただろう。

「うん。以前はもっと親しみを持てる感じだったよ。特に親しい人がいたとか、そういうのは知らないけれど、あんな風に一人を貫く孤高の佳人って印象ではなくって、身だしなみにも無頓着で割と男子にも女子にも分け隔てなく好かれていた。でも、いつからか皆と線を引いたっていうか、距離を置くようになって、休み時間もどっか行ってるし、雰囲気が凄く暗くなったんだ。それに容姿もぐっと大人っぽくなって香水とかもつけるようになったし。それとなんだろう、言葉でうまくいえないけど、違和感というか、不気味なタイプに変わったなって」

私は、出利葉に夕実に言われて保健室のベッドに隠れていて目撃したことを伝えた。

「えっ、なんでそれ、僕に今まで言わなかったの? っていうか、そうだよね、言う義理もないか。でも驚いた。じゃあ誰かが先生たちと共犯で、橘さんを口封じに殺したとか?」

「だからもっと丁寧に推理して、思いついたことをすぐに口に出してるだけでしょ」

ああだこうだとくだらない推理を、出利葉はその先も繰り返し続け、結局彼が帰って行ったのは八時過ぎだった。

この男は、無駄話が好きなのか、誰とでもこういう会話運びしかできないのだろうか。

でも、一人で考え込むのに最近疲れてしまっていたからだろうか、最初は不快だったが話しているうちに、だんだんと会話のやりとりが、少し楽しいと思い始めていた。

「じゃあ、続きはまた明日。明日は僕の家に来なよ。探偵道具も見せてあげるから」

「明日になってから考える」

玄関のドアを閉めて、どうして咄嗟に断らなかったのだろうと思った。

夕実以外の人に気を許しつつある自分に、後ろめたさを感じながら、母の作り置きのおかず と味噌汁《みそしる》を温め直して食べた。

出利葉を信用していいんだろうか。彼が犯人である可能性だってあるのに……。

でも、推理はポンコツだがリサーチ力はあるし、犯人かもしれない奴に対して出利葉の存在が牽制《けんせい》になる可能性もある。本物の探偵の息子という存在だ、気にならない筈がない。利用できるなら、利用して損は無いだろう。

しかし翌日、学校に出利葉の姿はなかった。

二日後も三日後も学校に来なかった。一週間ほど経《た》ってから、彼はミイラのように包帯だらけの姿で学校に現れた。

休み時間は本人に話しかける機会がなかったので、放課後になるのを待って、私から声をかけてみた。

「どうしたの？　その怪我」

「襲われた。暗がりで急だったし、大柄の男だったということ以外、痛みでどんな奴だったかもよく分かんなかった。酷《ひど》いもんだよ、骨も三ヵ所折れているんだ。親には自転車で転んだって説明した。割と心配性なんだよね。だから誰かにやられたって伝えると面倒になることが目に見えてるから、言ってないんだ」

「警察に話した方がいいんじゃないの？」

「言っても捕まえてくれるかどうか分からないし。それに、この学校が物騒過ぎるって、最近母親から転校を勧められてるんだ。今の時期だと中途半端で、受験に影響が出そうだし、友達がいるから変わりたくないって僕は言ってるんだけどね」

「あなたに友達なんていたの？　知らなかった」

「宇打さんのことだよ。少なくとも僕は君のことを友人だと思ってるんだ。君が否定するのは織り込み済みだけどね」

「そうよ、よく分かっているじゃない。友人と呼べるのは夕実だけだから、それは変わることはないわ」

「友達はたった一人でなくってもいいんだよ。宇打さんとは物騒な話ばかりしているけど、それでも結構楽しいんだ。もし、君が嫌でなければもし、犯人を僕が突きとめて……いや、僕なんかが見つけなかったとしても、誰かが見つけて捕まえて、もう襲われたりしないって分かったら普通に一緒に遊んだりしようよ」

「遊ぶって、どんな風に？」

「友達らしく同じ本を読んで感想を言い合ったり、ボードゲームしたりって、こういう話していいのかな？　気持ち悪いって思わない？」

「正直言うと、少し思う」

「少しだけ？　もっと引くかと思った」

「じゃあ、言い直す。かなり引く」

「なんだよ、それ……あ、そうだ今日僕の家に来なよ。こないだ探偵道具を見せる約束したままになってたろ」

出利葉がガチャ歯を見せて笑いながら言った。

「別に約束なんかしてないし、探偵道具なんて見たくない」

「じゃあ、家に来て友達らしく遊ばない？」

「えー、あなたの親に何か言われない？　っていうか、行く前提なの？」

「怪我したりで、踏んだり蹴ったりの僕と、少し遊ぶくらい良いだろ？　家には私服に着替えてから来てよ。親には同じ学校の生徒じゃなくって、兼近と同じ塾の子だって説明するよ。そうすればあまり嫌な顔されないと思う。で、うちに勉強しに来るって予《あらかじ》め伝えておくからさ」

子犬を思わせる出利葉の目と、怪我の痛々しさもあって、この人も不安なのだと思った。自分が殺されるかもという状態は尋常じゃない。平常心を一人で保つのは大変だ。

「分かった、行ってあげるから待ってて」

「やった！」

もし出利葉に尻尾があれば、千切れんばかりに振っているだろうという喜びようだった。

家に帰って着替えてから、念のために勉強道具も鞄に入れて、出利葉からもらった家の場所を記した住所と手書きの地図を見た。

私の家が、やや辺鄙《へんぴ》な場所にあるというのもあるが、出利葉の家は学校を挟んで町の反対側に位置しており、行くのに軽く四十分くらい掛かりそうだった。

歩いていくのはちょっと面倒な遠さだ。

でも、出利葉は前にこの距離を歩いてきたのだと思い、よしっと気合を入れて外に出た。

五時過ぎとはいえ、まだ外は昼間のように明るくアスファルトの表面が熱で揺らいで見えるほど暑い。汗のせいで、服が肌にべったりと張りつく。

毒茸を食べた副作用なのか、それとも入院で筋力が落ちたのか、最近以前より体力がなくなった。途中痛い出費だなと思ったが、コーラを自動販売機で買って飲みながら歩くと、出利葉の家に辿《たど》りつくことができた。

探偵の家族の住む家は、特にこれといった特徴のない普通の一軒家だった。

建売なのか、似た形の白い屋根の家が並んでいる。

ピンポーンとインターフォンを押すと「はーい」と出利葉の間のびした声がした。

「宇打さんだよね？　今、母さんは買い物に出てるし、鍵開いてるから入ってきて」

家に男子と二人きりはさすがに嫌だ。どうか他の家族の人がいますようにと願いながら玄関の扉を開けて入った。

「あ？　融の友だち？　あいつは二階の部屋だけど」

入ると口ひげを生やした男性がいた。出利葉の父親というには若く、兄としては年老いて見える。

「おじゃまします」

軽く頭を下げて、二階に上がった。出利葉の部屋のドアには「とおる」と書かれた焼き板のプレートがかかっていた。つたない文字で書かれていたので、小学生くらいの時に工作したものをそのまま使い続けているのだろう。

「あ、宇打さん。適当なとこに座ってよ。今、お茶持ってくるからさ。それともジュースがいい？　マウンテンデューもあるよ」

「さっき玄関でダンディな口ひげの男性がいたけど、あれはお父さん？」

「ああ、あの人は和彦《かずひこ》叔父さん。フリーランスで記者をやってるらしいよ。金欠になると、何か仕事になりそうなことや手伝えることはないかって家に来るんだよ」

「ふうん」

「じゃ、お茶取って来るから。あ、パソコンは絶対に触らないでね」

出利葉がドアを閉めてから、部屋の中を見回してみた。

兄以外の異性の部屋に入ったのは、初めてだ。

壁には映画のポスターが貼ってある。机の上にはパソコンとラジオ、床の上にはCDコンポ、本棚にはずらりと漫画が並んでいる。

「お待たせ、ファンタがあったから持ってきた。ポテトチップスもあったから、開けるよ。のり塩だけどいい？」

「好きにして別になんでもいいから。で、これから何するの？」

「友達なんだからリラックスして過ごしてよ。音楽聴く？　あ、うちMTV入ってるから階下のリビング行ったら観《み》られるよ。宇打さんは洋楽聴く？」

「音楽に興味はないんですけど」

私の母親はピアノを家で時々弾いていた。父も母も音楽は生演奏でないと価値がないというようなことを家で言っていて、兄がCDを聴くことさえいい顔をしなかった。

録音された音は丸みがないとか、深みがないとかライブ感を味わえないということだった。それについて兄が、親に対抗して言い争いになっているのを何度か見た。

「じゃ、じゃあ、かけさせてもらうね」

哀愁を帯びたギターがCDコンポから流れ始め、そしてボーカルの暗いしゃがれた声のような歌が続く。

「これ、なんって曲なの？」

「METALLICAってバンドの『The Black Album』ってアルバムに入ってる曲で、『The Unforgiven』だよ。アイン・ランドという小説家の作品『アンセム』をモデルに書かれた曲らしいんだ。自分らしく生きられないことへの執着と罪、原罪と人生みたいなのがテーマなんだ。良かったら貸してあげるよ。『HOLIER THAN THOU』もいい曲だし、このアルバムに入ってる『SAD BUT TRUE』もいい曲だよ、自分自身同士がお互いに干渉しながら認め合えないんだ、操り人形と操者を鏡に映して、問いかけるような内容と受け取られる歌詞もあって……」

「英語の歌って、意味がよく聞き取れないんだけど」

「う、うん。でも聴いていると、分かるのもあるし面白いよ。叔父さんが聴いていてカッコいいなって思って洋楽聴き始めたんだ。僕はこういうヘビィなのが好きなんだ。歌詞も意味を調べると深いし、考えるのが好きだから……それにほら、邦楽は恋とか出会いとか友情とか歌詞のテーマが軽いし、僕は邦楽より洋楽派なんだ」

「へえ、でも、あまり興味ないから。私の兄もそうだけど、音楽は音楽でしょ。内容の意味を語られると興味が持てなくなってしまうの。音は音でしかないのに。それに私の偏見かもしれないけど、洋楽を聴いてる人って自分語りが多くない？」

「ご、ごめんなさい宇打さん」

「別に謝らないで」

出利葉が沈黙する中で、曲が流れ続けている。説明を聞いてしまったからか、歌が私を責めているような気持ちになってきた。思ったことをそのまま言うのも、ほどほどにした方がいいかなと思いながら、ポテトチップを抓《つま》んで食べた。

「やばいっ」

時計を確認して、出利葉が急に慌てだした。

「どうしたの?」

「薬を飲まないと。化膿《かのう》止めと痛み止めだからね、ちゃんと時間通りに飲んどきたいんだ」

内服薬と書かれた紙袋から白い錠剤とカプセルを出し、ジュースと共に飲んだ。

「水じゃなくっていいの?」

「別にいいんじゃない? で、事件のことをそろそろ話そうか。宇打さん、ちょっとこれ見てくれるかな?」

出利葉がパソコンの電源に向かう。

「こないだチャットで気になる噂を目にしたんだよね」

「チャット? インターネットの噂なんかを当てにして、推理なんかできるの?」

「怪しげな情報やデマも確かに多いけど、噂を集めるならインターネットが最適だよ。ログを取っておいたんだ、ちょっと待ってて」

出利葉はカタカタとギブスで固められた手で、器用にキーボードを叩く。しばらくすると文字列がずらっと表示された。

「ここ、見て」

「どれ?」

小さい画面に表示された文字は読みにくく、彼が指で差した箇所を見ても咄嗟には判別できなかった。

「ここだよ。あの学園は呪われている。死者はまだ終わりではない。更にこれから増える。聖なる娘が生贄《いけにえ》となる日まで。ねえ、この聖なる娘ってひじりさんのことじゃないかな?」

「これって誰かの悪戯《いたずら》かもよ。インターネットって、ゴミみたいな情報が無数に転がってる場所ってイメージが強いんだけど」

「これだけじゃないんだ。僕は、チャット以外にも幅広く、アングラ系のサイトや、掲示板のログもチェックしているんだよ。これはこのチャットの表示があったのと同じ日の『絶望の世界』ってサイトの掲示板のログなんだけど見てみて。同じような書き込みがあるんだよ、そしてどれも同じハンドルネーム。あ、絶望の世界だから呼び名は湖畔《こはん》か。湖畔やハンドルネームっていうのはネット上で発言する時に使うペンネームみたいなものなんだ。それが『青インク』なんだよね」

「えっ?」

「宇打さんのスカートのポケットに入っていたメモが、青インクで書かれていたって言ってただろ。それを知ってるのは、君と僕と書いた本人だけだと思うんだ」

「そうね」

「で、こっちも見てよ。これはうちの学校の裏サイトの書き込みなんだけど、ここでも青インクが同じような発言を唐突にしている」

「あなたの自作自演ってことはないわよね……」

「まさか、書き込みの時間を見てみるといいよ。僕が学校にいた時間に書かれてる。宇打さんの家は部屋に個人のパソコンある？」

私は首を横に振った。

「そっか、じゃあさっき見せたログの書き込みのあるサイトを実際に見せるよ」

出利葉がマウスを操作すると「終わらない夏休み」という画面が現れた。

「ヤバっ。趣味のサイトをブラウザ起動時に出るようにしてた。見なかったことにして」

「あなたが何をインターネットで見てようが本気で興味ないから」

どうせHなサイトだろうなと思った。兄もそうだが、思春期の男がその手の何かを見ていることは女子のほとんどは気がついているというのに、何故必要以上に隠すのだろう。目の前で堂々と見られたらそれは不愉快だが、こっそりと自分の部屋で見ている分には私はどうでもいいと思っている。

出利葉はマウスを動かして、幾つかのウィンドウを閉じてから「もういいよ。ここを見て」と言った。

「どれ？」

「ほら、ここ{とか、}ここ{とか」}

出利葉は青群青色の画面を指さし、『青いインク』と名乗っている人物の書き込みを見せてくれた。

時刻は二週間前の水曜日の昼間の十二時や一時だった。確かにその時、出利葉は学校にいた。でも、それだけで彼が書き込みに関わっていないという証拠にはならない。前にゲームセンターで会った兼近と名乗っていた男子や、別の繋がりの人や叔父にこの文章をインターネット上に書き込みして欲しいと頼むこともできるからだ。だけど、出利葉がそんなことをする必要があるだろうか。『青いインク』のメモを入れた人物が出利葉だとすると、今私は危機に瀕《ひん》していることになるのだから。

「宇打さん、顔色悪いけど大丈夫？」

「平気よ」

生唾をごくりと飲み込んだ。出利葉はクラスメイトなのだから、あの混乱の中でメモをスカートのポケットに入れられる可能性はあった。出利葉が犯人だとすると辻褄《つじつま》の合う点が他にもあるかもしれない。

今日家に呼んだのも、前のクラスメイトの名前を出して犯人だと言ったのも推理を私にミスリードさせる目的なのかもしれない。

「もしかして、緊張してる？　だったら僕と同じだ。実は友達を家に招くのって小学生以来なんだ。間が結構持たないもんだね」

「そうね、私、もう帰っていいかな?」

「待って」

出利葉が服の裾を摑んだ。

「服が伸びるから止めて」

「ごめん。お願いだよ……迷惑かもしれないけど、あと五分だけでいいからいて欲しいんだ……怖いから……」

消え入りそうな声だった。裾を摑んでいるギブスが巻かれた手は、見ると震えていた。

「襲われてから、殺される夢を見るんだ。家を出てすぐに、知らない人に殺される夢なんだ……家にいても、窓から誰かが入ってこないか不安なんだ。僕は、君みたいに強くないし……度胸だってない……僕の態度が不快だったら謝るよ。だからお願いもう少しだけここにいて欲しいんだ……」

小刻みに震え、絞り出すような声に、嘘は含まれていないような気がした。

不安な時や孤独な時に、一人でいるつらさは知っている。私が今強く見えるのは、夕実の意思を受け継いでいると思っていることと、死をさほど恐れていないからだろう。

「分かった。しょうがないから、もう少しだけいてあげる。棚にある漫画読んでいい?」

「好きなの読んでいいよ」

ぱあっと表情が明るくなり、出利葉は心の底から嬉しそうだった。

これが演技だとしたら、役者になれるだろう。

「じゃあ、適当なの読んどく。あれ、この箱は何？」

「あ、それは絶対に開けないで！」

出利葉が必死になって、箱を私の手からひったくった。しかし、その反動で箱が床に落ちて中身が散らばってしまった。どうやらビデオかゲームのパッケージのようだった。

その中の一つ目の大きなアニメ絵の少女が上半身裸で胸元を押さえているパッケージが私の足元に転がった。拾い上げると「しゃぶり姫〜陰の章〜」と書かれていた。

「これって」

「み、見た？　ってか見ないでよ、宇打さん、ど、どうしよう、それは……あのっ」

顔が驚くほど赤くなっている。どうやらよほど見られたくないものだったのだろう。

「別にどうってことないから。見られたくないならもっと隠し場所を工夫しなさいよ。きっとあんたの親も気がついてるわよ」

「そ、そんなこと言わないでよ」

少し出利葉のことをからかうのが面白くなってきたので、落ちているパッケージを拾い上げてタイトルを読み上げてやった。

「これ何って読むの？　闘神都市II、とうしんとしつー？　そんなに際《きわ》どそうに思えないけど。こっちはデザイア？　鬼作？　狂った果実？」

「やっ、やめてくれないか、死にたくなるほど恥ずかしい」

出利葉の渾身《こんしん》の叫びを聞き、悪い気がしたので、それ以上からかうのは止めることにした。

「ごめんなさい。じゃあ、神経衰弱でもする?」

「もう僕の精神とプライドはボロボロだよ。この五分で十歳くらい年取ったんじゃないかってくらいダメージ受けたから」

「えー、この程度で? 殺人犯に狙われているかもしれない、私の前でそれを言う?」

「僕だって狙われてるかもしれないんだぞ」

「そうね」

二人で笑い合い、それからトランプで7並べと神経衰弱を遊んでから、犯人に関する推理を少し交わしてから帰路についた。

出利葉とは、奇妙な関係の友情が築かれる予感がした。あんがい単純なことで人は打ち解け合えるのかもしれない。

出利葉の家からの帰り道、夕日で辺りはオレンジ色に染められていた。

考えてみれば、私が殺そうとしていたクラスメイトの中には、出利葉も入っていた。

あの時はクラスの皆が本当に憎くて仕方なく、こんな気持ちを抱く原因を作ったクラスメイトはできるだけ、苦しみながら死んで欲しいと、本気で願っていた。でも、今は出利葉の死を願ってはいない。彼も私と共通するところがあることを知ってしまったし、どんな風に話して、どんな風に笑うかも知ってしまったからだ。

最近は夕実や市樫先生、柊先さんの死と、幽霊騒ぎで虐めは減っている。もしかすると虐めが減った原因に出利葉の影響もあるかもしれない。一人でいるより群れていた方が他人には狙われにくい。もっと早くクラスメイトを知るようにしていれば、夕実以外にも私を守ってくれる人と出会えたのだろうか。

毒殺の計画を立てることもなく、夕実と一緒に楽しい時間を過ごせたり、虐めや不条理に立ち向かう方法を、毒以外に見つけることもできただろうか。

私は計画性に乏しく、いつも行き当たりばったりで、感情も流されやすい。それでいて負けず嫌いでプライドが高い。生きづらい性格だなと我ながら思う。

殺そうと思っていた人の一人だったんだよと、出利葉に告げたらどんな顔をするだろう。

「難しいな、人との関わり方って。私は出利葉君の友達に向いている性格じゃないよ。何を思うかは自由だけれど、もし犯人が捕まったとしても、あなたが今日語ってくれたような関係にはなれないと思う」

彼の家の方を見ながら私は一人呟いた。

それから四日後に、新しく担任になる先生が赴任してきた。

新しい先生は大学受験を視野に入れた、教育強化型のタイプで、私語は許さず小テストをやたら頻繁にする先生だった。授業初日には、クラス全体のレベルを知りたいと、四枚も小テストをやらされたくらいだ。

そのおかげか、クラスの雰囲気は私にとって良いように変わった。

出利葉と話すようになってからも、休み時間には相変わらず私の目の前で皮肉を言い、ノートの角をいきなり頭頂部に落としたり、背中に卑猥《ひわい》な言葉を書いた紙を貼られたりすることはあった。陰口もたまにあるけれど、複数の人数による、よってたかっての虐めは全くといっていいくらい無くなった。

新しい担任が来てからは、そういう下らないことをしていた連中や、筋肉や力自慢ばかりしていた男子さえも、単語帳を捲《めく》るようになり、女子グループも休み時間のたびに机に集まって噂話をするより、抜き打ちテストに備えて予習復習をするようになった。

どうして今までの先生は、こういう対策を取ってくれなかったのだろうと思ってしまう。結局のところ、私を虐めていた連中も虐めが楽しいのではなく、やっぱり皆に合わせてなんとなくやっていた程度なのだろう。テスト勉強のために、皆が模試の問題を解いたり、ノートを書き写したりするようになり、私を虐める暇がなくなったのだ。

そう考えると、先生に実際に危害を加えられていたからというのもあるけれど、教師だけをひたすら強く憎んでいた夕実の気持ちも分かる。その時、思いついたことがあったので移動教室の合間に、出利葉に盗聴器を借りられないかということと、使い方を教えて欲しいと伝えた。貸してくれるかどうかで、相手からの信用度を試したかったのと、今までどこに仕掛けていたかも聞きたかった。

「えっ、盗聴器？　いいよ、貸すよ」

出利葉はあっけないほど簡単に承諾してくれた。

「ありがとう。盗聴器の使い方って難しい？　それと学内のどこに仕掛けているの？」

「難しくないよ。どれくらいの時間どこで使いたいの？　盗聴器はクラスに二つほど仕掛けてる。また殴られたら、その音声を持って、警察署に被害届を出すつもりでいたから」

「教室の外には仕掛けていないの？」

「ないよ。僕は、犯人がクラス内にいると思っているから」

「あなたを襲った人は、クラスの誰かに似てた？」

「柴木か矢部に似ていたけど、もっと大きかったかも。でも、あの時は暗かったし、後ろからの完全な不意打ちだったから覚えてないんだよ。本当にあれはマズった」

「ねえ、出利葉君、なるべく長く屋内で盗聴しようとした場合、どうすればいいの？　その場にずっと張りついてないといけないの？」

「そんなことはないよ。例えば家の中に仕掛けるなら、電源も取りやすいしコンセント型の方がいいかな。聞くのは電波の届く範囲で受信機があればどこでも聞けるよ。簡単に仕組みを説明するとね、盗聴器は内蔵されたマイクから周辺の音を拾うんだ。感度はまちまちだけど、僕が持っているのは、人間の耳と同じくらいの性能なんだ。あとは、盗聴器が出す周波数にラジオのように合わせれば音を聞けるよ。長時間盗聴する場合は、受信機と録音機が一体型になったのもあるから、それをどこかに隠しておけばいいよ」

「ありがとう。ところで、それって今日、あなたの家に行ったら借りられる？」

「えっ?」

出利葉は驚いた顔をしてから、君の頼みだからなあとぶつぶつ言いながら承諾し、放課後に家で機材を受け取ることになった。

「もしかして、僕の家を盗聴するなんて考えていないよね」

「そんなことしないし、考えたことすらないから。保健室に仕掛けたいの」

「そうか、君の家から学校までの距離なら、家にいながら盗聴できると思うよ。周波数の合わせ方を部屋で教えようか?」

一人でやりたかったので、それは断った。

「まあいいや、説明書も箱の中に入っているからね。でも、高い機材だから扱いには本当に注意してよ」

「うん。ありがとう」

家で説明書を読み、何度かテストをしたら、大まかな使い方はすぐに分かった。探偵道具はもっと複雑で使いにくいものかと思っていたけれど、家電とあんまり変わらないようだ。

翌日、一時間目が終わってから、私は気分が悪くなったと嘘をついて保健室に行った。そして、保健の先生に生理になったので、鞄にナプキンが入っているから取ってきてくださいと伝えた。

先生は、保健室にあるのを一つあげるからそれを使いなさいと言われたが、使い慣れたのでないと色々と問題が起こるので……と言うと、それ以上勧められることはなく、鞄を持ってくるわねと言って出て行った。

私はその隙に、スカートのポケットに隠していた盗聴器を取り出した。

盗聴器のサイズや見た目はコンセントタップにそっくりだ。ベッドの下側に埃《ほこり》が薄っすらと被ったコンセントがあったので、そこに差し込んだ。これで準備は完了だ。それだけのことなのに、緊張したせいかシャツが汗で濡れている。

ガラガラと引き戸が開いて、先生が戻ってきた。

「大丈夫？　顔が赤いし、つらそうね。早退するなら担任の先生に伝えておくけれど」

「まだ具合が悪いので、ベッドで休んでいたいけどいいですか？　家に今日は誰もいないんです。初日は立ち眩《くら》みすることが多いから、下校途中に倒れても困るし……鎮痛剤とか飲むと割と平気なんですが……」

目を泳がせないように、どうしてもベッドで休みたいと伝えた。保健の先生が再びいなくなった時に、保健室を探せば夕実と市樫先生たちが何をここでしていたのか、もう一人いた男子は誰だったのか、痕跡を見つけられるかもしれないと思ったからだ。

先生は私の話を聞くと「いいわよ」とあっさり承諾してくれた。

「あの、先生はここに何時までいるんですか？」

「あと三時間くらいで今日は帰る予定だけど、どうして？」

白衣姿の先生が、見るからに面倒だなと言いたげな顔をした。

「こないだ……えっと、放課後にここ来た時ドアが閉まって、薬をもらいにきても誰もいなかったので……先生あまり、ここにいない理由があるのかなって気になって」

「普通の学校じゃあ保健室にいるのは養護教諭の先生なんだけれどね、私は嘱託産業保健師なの。だからこの学校のほかにも別のクリニックでも掛け持ちで勤務しているから、在室時間が短いの」

「そうなんですか？」

「だから、ここにいない時の方が多い週もあるの。さあ、具合が悪いなら横になってなさい。本当は鎮痛剤に頼るのはよくないから、あまり酷いようなら婦人科で診てもらうといいわよ」

先生はそう言い、机に向かうとノートを開いて何かを一生懸命書き始めた。

この保健室は先生が常駐でなく、放課後は人がいないことが多いというのは教師なら知っていたはずだ。そして、何故夕実はこの場所であんなことをされていたんだろうか。家や、もっと人目がつかない場所は幾らでもある筈なのに。

この保健室でないといけない理由は何だったのだろう。

教師といても不自然に見えないし、学外の人物が来ないから？　それとも他に何か特別なここでないといけない理由があった？

保健室内を探すのは別の日にしようと思い、一時間ほど経ってから、早退したいと先生に伝え保健室から出た。

家に帰り着くと、階段を駆け上がって部屋に入る。はやる気持ちを抑えてベッドの上で受信機のイヤフォンを耳につけた。

最初は、波の音にも似たノイズばかりだったが、しばらくすると保健室の先生の独り言が聞こえた。でも、それは仕事や同僚に対する愚痴で、特に聞いていて面白い内容でもなければ、夕実の死や、事件について何ら結びつくような内容ではなかった。

最初の一、二時間はスパイになったような気がして聞いていられたけれど、ほとんど無音で時折聞こえるのが独り言だけなので、一旦休憩することにした。

「これ、仕事としてやっていたら、心を病んでしまいそう」

時計を見ると四時過ぎだった。そろそろ授業が終わる頃だ。

二十分ほど休憩してから、再びイヤフォンを耳につけた。少しノイズが聞こえるだけで、他の音は何も無い。保健室の先生は既に帰ってしまったのかもしれない。

とりあえず今日は、六時まで盗聴を続けようと思った。

毎日続けることは困難だろうけれど、今週いっぱいは、生理の重さを理由にして早退して盗聴を行うつもりでいる。

ザーっとした音にも耳が慣れ、あまりうるさく感じなくなってきた。

目を閉じれば、本当に波の音を聞いているような気さえしてくる。

三十分ほど、耳を澄まし続けているとガチャガチャと鍵を開ける音がし、続いてパタパ夕と上履きで歩く足音が聞こえた。

先生が忘れ物でも取りにきたのかなと思い、ベッドで横たわったまま私は聞き続けた。

しばらくするとまた、再びドアが開く音が聞こえた。

「おい、ここで会うのはもう止めようと言ったのはお前なのに、どうして俺をここに呼びつけたんだ?」

「え、いいじゃん。ちょっと話したいことがあったからさ」

あの時、保健室のベッドの下で聞いたのと似ている声だった。

私は思わずベッドから飛び起き、全神経を耳に集中させて聞き入った。

「そろそろ、どうなるか分からないから、危ない物は全部片づけとけよ」

「分かってるよ。もう、足がつきそうなものは処分したって」

「本当だろうな」

「バッチリ。あの女もさあ、変な意地張ったりするから、ああなったんだよな」

「もうその話はよせ、沢渡《さわたり》」

「分かったよ」

「呼び出した用は何だ?」

「別に、冨張先生とここで話したかったからかな」

「ふざけるな。もうお前の呼び出しには応じないからな。ここで会うのは、これで最後だ」

「ちょっと待ってよ。先生、俺、前のより良いのを獲得できたんだよ。明日の六時にここで引き渡していいかな？　サンプルだから量は少ないんだけど」

「もういらん。危険な橋は渡らないことにしたんだ」

「ちぇっ。でも、先生の気が変わるかもしれないから一応ここで明日待ってるからね」

「くどい！」

足音が続き、乱暴にドアが引かれて、閉まる音が続いた。

「あー、怒って帰っちまうとは思わなかったわ。ここでしばらく休んでくかな、マジ暇だけどバスねえしなあ」という声が、その後聞こえた。

幼さが残る独特な上擦《うわず》った声の主の名前が分かった。沢渡と呼ばれていた。以前、出利葉から聞いた入学二日目から不登校になった生徒で、いつの間にかクラスの名簿から消えていた名前だ。ここに市樫と冨張先生と一緒にいたのは沢渡だったに違いない。

こいつが先生二人と一緒に、保健室で夕実を玩《もてあそ》んでいた。

それと、あの先生との会話は、以前聞いた薬の情報と関係するだろうか？

出利葉にこのことを伝えるべきだろうか。いや、止めておいたほうがいいだろう。あいつの推理は役に立たない気がするし、情報を掻き回されて却《かえ》って意味が分からなくなる可能性がある。それに、ただでさえ怯《おび》えている友人候補を、怖い目に遭わせたくない。

私はイヤフォンを外し、台所まで降りて行った。

そして、果物ナイフを一本取り出して部屋に戻った。

沢渡は、明日も保健室に行くと言っていた。

今の私には人を絞め殺したり、倒せる力は多分ない。

だから、このナイフに毒を塗って刺すか、刺すと脅してみよう。

もしかしたら相手は夕実を殺した張本人かもしれないし、違ったとしても何か真相を知っていて、刺される恐怖から情報を色々と白状するかもしれない。

私は部屋の中で、明日のことを考えながらナイフを振り回してみた。

そして、古びたテディ・ベアや、麦わら帽子を被ったペンギンのぬいぐるみが部屋の隅にあったので、ナイフを振りかざし、思いっきりぶすりと刺してみた。

ナイフ越しに、綿と布のぐにぐにとした柔らかさが腕に伝わる。

「こんな感触なのかな? 違うか、ぬいぐるみには綿しか入っていないけれど、人には肉やら骨やら色々詰まっているし。でも夕実のことを思えば、きっと何だってできるよね」

ぬいぐるみからナイフを引き抜き、鞄にしまった。

明日の朝早く、毒を隠している場所に行き、別の容器に入れ替えて学校に持って行こう。

放課後に、どこかでナイフに毒を塗り、自分の手を傷つけないように注意して保健室に行く。そうすれば今日盗聴した相手、沢渡が来るはずだ。

上手くいけば冨張先生も一緒に仕留められるかもしれない。

毒殺とナイフ

翌日、学校の下駄箱で、運悪く出利葉《いでりは》に出会ってしまった。

「どうしたの？　何か今日は宇打《うだ》さん珍しく機嫌が良さそうだね」

「そう？　いつもと変わらないと思うけれど」

計画は気取られたくなかった。親しみを感じ始めているこの友人候補には、できるだけ日常の平穏さを味わい続けて欲しかった。

「全然違うよ。そんな表情ができる人だなんて、知らなかった。それとコロンか香水か何かつけてる？　ちょっと不思議な匂いがするけど」

今日持ってきた毒の幾つかは匂いを発するものだ。柑橘《かんきつ》に似たその匂いはさほど強くないのだけれど、どうやら出利葉は鼻が利《き》くタイプらしい。

「ちょっとお母さんのを気分転換に借りたの。バレちゃった？　でも、内緒にしててね」

「特に言う相手もいないから、誰にも言わないよ。で、盗聴器どうだった？　後で気がついたんだけど、盗聴器と録音機を組み合わせた機械もあるんだよ。そっちを渡せば良かったかな。もしかして宇打さん、盗聴中ずっと張りついて聞いてた？」

「さあね。今日は、放課後に用事があるし、機材は明日に返すから」

「えー……どこに仕掛けて何を聞いたか教えてよ」

「仕掛けようかと思っていたけど、上手くいかなかったの。だからあんたに報告できることはないから。じゃあね」

出利葉を追い払い教室に入った。

暴力行為の虐《いじ》めが無くなったのは本当にありがたい。あれは体験している人にしか分からないつらさだろう。

身体の痛みは、心の痛みにつながっている。

人は、その痛みに耐えるのに嫌気がさしてしまった時に壊れてしまう。

私は過去何度か壊れそうになり、何度か踏みとどまったけれど、本当に駄目になってしまいそうだったのが、あのバスの日だった。

夕実《ゆうみ》のおかげで私は今もここにいる。

昼過ぎに、担任の先生にまた体調が思わしくないと伝え、保健室に向かった。

保健室の先生は今日これから学会があるから、そろそろ出るけれどどうする？　と聞かれたので、まだめまいがするから、もう少しここで休んでいたいと伝えた。

すると、保健室の鍵を私に渡し、十七時までであればここに自由にいてよいけれど、それ以後は鍵をかけて、職員室に鍵を返すようにと言われた。

これは好都合だと思い、私は分かりましたと伝え、消毒薬のにおいのする保健室のベッドの近くに仕掛けておいた、盗聴器を回収した。

先生がいなくなって、しばらくしたら鍵を先に職員室に返しに行こう。

そして、戻ってきて内側から鍵を閉めてからベッドの下に隠れる。

その前にナイフに毒を塗っておく。いそいそと準備を終え、ベッドの下に潜り込んでしばらくすると扉が開いて、誰かが入ってきた。

姿は見えないので、まだ誰かは分からない。

「今日も暑かったよなあ。うわっ、すっげー汗」

声で分かった、沢渡《さわたり》だ。

急に飛び出して、挑みかかるべきだろうか。

――どうしよう、どうしよう。

ベッドの下で沢渡の足音から位置を予測し、どう襲い掛かるかを必死で考えた。

ナイフを持つ手が震える。

毒が塗られた部分で、自分の肌を傷つけてしまえば大変なことになるのに。それが分かっていても手の震えが止まらない。

「なあ、またかくれんぼしてんの？　バレバレだから。早く出てこいよ」

沢渡が突然言った。

「えっ」

思わずベッドの下から半身を出してしまった。

「刃物持ってんのかよ。やばいな。ほら、それ渡せよ」

「止めて!!」

沢渡は声から予想した通りの小柄な男で、ズボンからだらしなく皺《しわ》くちゃのシャツを出している。髪の毛は縮れたウェーブで中途半端な長さだった。

ベッドの下から這《は》い出ると、立ち上がってナイフを沢渡に向けた。

「だから、それ貸せって。ほら、早く」

切っ先には毒をたっぷりと塗りつけてある。

いま沢渡の腕か顔にでも刃先が掠《かす》れば、こいつは死ぬ。でも、すぐに殺したいわけではない。聞きたいことがあるからだ。

「夕実とここで何をしてたの？　教えて。でないと、刺すから」

すると、沢渡は腹を抱えて笑いだした。

「なんで隠れて刃物を持っていたのかと思ったら、そういうことかよ。ごめっ、すっげーうけるわ」

「笑うな！　早く話して！　私は本気よ」

「え？　本気なの？　じゃあ、刺してみれば？」

私を挑発するように、沢渡は手をこちらに向けておいでおいでをした。

「話せば刺さないから、話しなさい」

「分かった、分かった。脅迫のつもりなのね。つーか、お前、刺す度胸ないだろ。手もプルってるし。まあいいか、何から話そうか？　まずは夕実を殺したのは、あいつ自身だよ。

俺でも先生たちでもないから」

「それは自殺だったっていうこと？」

「そう思っていていいよ。お前ら二人の計画は知ってたよ」

「いつ、どうやって知ったの？」

「ナイフを下ろしてくんない？　そしたら話すよ」

どうしようかと思ったが、ナイフを持つ手の震えが止まらない。これでは相手が調子づくのも無理はない。

「俺、入学して早々に保健室登校してたんだよね。でさ、盗聴器ってさ、通販でも簡単に買えるって知ってた？　俺、暇だったから校内のあちこちに仕掛けて、適当に聞いてたんだよ。ラジオを聞くより面白いからさ。そしたら色んな奴の弱みも握れたし、強請《ゆす》ったら小遣いくれる先生や生徒もいたしさ」

「あんた、最低ね」

「同級生から虐められた腹いせに、毒で皆殺しにしようとしたお前よりはマシだろ。あんたの声を録音して何度も聞いたよ。自分で分かってないみたいだけど、お前っていい声してるし、顔も可愛いし、虐められて怯《おび》えた顔がいいじゃん。あんな表情を見ちゃったら、虐めたくなる奴の気持ちが分かるよ」

そう言いながら、沢渡が私の手を足で蹴った。ナイフが落下し、保健室の床を回りながら滑っていった。

「これでお前の指紋がべったりついたナイフがここに落ちてるってことになる。お前らってさ、計画性ゼロだよな。ここで俺を殺したらお前が真犯人だと皆思うし、まだどうせ毒も持ってるんだろ？　逮捕確定じゃん。だからさ、今日から俺の言うこと聞いて、奴隷になれよ」

「イエスと言うと思ったの？　授業をちゃんと聞かないで盗み聞きばかりしているからかな、あなたって本当に頭がどうしようもないくらい悪いのね」

「そうでもないけど。お前が殺人未遂を犯したっていう証拠を、俺が持ってることをどう思う？」

「別に。警察に言いたければ言えばいいから」

「じゃあ、言い方を変えるよ。お前が知りたい情報を俺が提供してやるから、お前は俺に従え。そんなに悪いことはしない。俺は身体に傷が残ったり証拠になるような虐めは絶対にしないし、体液や皮脂が証拠になるような接触もしない」

「私に何をさせたいの？」

「俺の目の前で、髪を自分で切ってくれよ」

「なんで髪なの？」

「髪を切った顔を見たい、しかも泣きながらな。それだけだよ。理由なんてない。鋏《はさみ》はその引き出しに入ってるよ。泣くのが難しければ、別に泣かなくてもいい。自分で自分の髪の毛を雑に、じゃきじゃきと切る所を見せてくれるだけでいい」

その時、私は決めた。はっきりと強く、自分の意思でだ。

沢渡を殺そう。情報なんていらない。

今日はあまりにもノープラン過ぎたから、失敗してしまったのだ。

計画のために、従順で気弱でバカな女を演じよう。他に何かを企《たくら》んでいるそぶりは見せず、虐められていることを苦にして、悩んでいるように見せかけ、油断させて殺す。

「私、夕実みたいな長さの黒髪に憧れて、伸ばし始めたの。だから毛先だけじゃ駄目？」

「駄目だ」

「お願い……」

「じゃあ、俺が切ってやろうか？」

下品な笑みを浮かべて沢渡が近寄ってきた。

「でも、止めとくか。お前に鋏を持たせて襲われたら嫌だからな。とりあえずそこに座っとけ。少し話をしてやるから」

「別に襲ったりなんてしないわよ」

「信じねえよ」

「ねえ、夕実とここで何をしていたのかをまず教えて」

「別に。ちょっとした逢引《あいび》きだよ」

「先生とあなたとはどんな繋《つな》がりがあったの？」

「待て待て、質問するな、俺が話したいことだけを話すから」

「あの女、橘《たちばな》夕実と出会ったのはこの場所なんだ。中等部の時、ここの校舎の影で倒れていたから、応急処置をここでしたんだよ。あれは自殺未遂だった。木にロープが下がっていたから、重さで切れたから助かったみたいだけど、教師が学校の面子にこだわっていたからか、救急車を呼ばなかったんだよな。病院に行くと、警察に喉のロープの痕を見て通報されるかもしれないし、色々やばいからな。

お前の盗聴器のことは、俺は俺で盗聴器を仕掛けてるからさ、お前が仕掛けた後に電波の干渉で気がついたんだよ。探偵気取りの出利葉と最近親しくしていたのは知っていたし、盗聴は予想していたから別に驚きはしなかったけどな。言っておくけどさ、橘ってお前が思ってるのとは全く違うタイプだぜ。見た目と中身のギャップがかなりあってさあ、所謂《いわゆる》清楚《せいそ》系ビッチって奴?」

目の前が真っ赤になった、夕実を冒瀆《ぼうとく》することは許せなかった。

飛び掛かろうとすると、容易《たやす》く両の手首を摑《つか》まれて抑え込まれた。

「お前マジ単細胞だよな、俺の言うこと真に受けすぎ」

「夕実のことを取り消して！　今すぐ！　でないとどんな手を使ってもあなたを殺すから!!」

「なんだよそれ、親友の仇討《あだう》ちのつもりかよ。お前、本当に何も見えてないんだよな。まあいいよ、橘みたいな美人だけど得体の知れない不気味な女よりも、気が強い女の方がタイプだし」

「あなた耳はあるの？　夕実のことを取り消して！」

「嫌だよ。俺、別に間違ったこと言ってないし」

「汚い手を放せこのゴキブリ野郎！　絶対に絶対に殺してやるんだから!!」

沢渡は摑んでいた手首をパッと離した。

「悪い、悪い、ごめん。これでいい？　てか、お前よく分かんないんだけどさ、俺のこと殺すとか言うけどできんの？　手口割れてるし、さっきも抑え込まれたわけじゃん。お前の相棒の出利葉も要領悪いっつーか、推理外しまくりの三流探偵もどきだろ、無理に決まってんじゃん」

「うるさい！　黙って！　本当に必ずお前を殺してやるから!!」

「おっけーやってみな。俺さ、歯向かってくる奴を返り討ちにすんの好きなんだ。そういう遊びしようぜ。続きを話してやろうと思っていたけれど、冨張《とみばり》の奴も来ないみたいだし、今日はもう帰るから戸締りちゃんとして鍵返しておけよ。俺は夕方ここにいること多いから、また今度な」

沢渡は手をふざけた様子でちょいちょいと振ってから、保健室から出て行った。

どうすればいいだろう。

犯人は分かった。夕実は自殺したと沢渡が言うが、違うだろう。手口は分からないが、きっとこの男に殺されたに違いない。でも、警察に突き出して終わりということにはしたくない。そもそも沢渡が言っていた夕実の情報は出鱈目《でたらめ》ばかりだった。彼女を誹謗《ひぼう》中傷したり、自殺を試みたことがあるとか、事実ではないことばかりを言っていた。

きっと嘘《うそ》の情報で私が困惑する様子を眺めて、楽しんでいたのだろう。そう考えると、沢渡の異常で品性下劣な趣味にぞわっと怖気《おぞけ》が走った。

「あんな人面獣心の最低な男なんかに負けるもんか」

保健室でぐっと拳を握りしめ決意を口にした。

だが、じわっと胸内に水に落とした墨汁のように、不安も同時に広がっていった。

私の手口は相手にバレているし、沢渡は先生ともグルだ。

勝ち目は正直言って全くない。

——いや、でも、本当にそうだろうか？

「夕実……」

今まで何度呟《つぶや》いたか分からない名前を口にし、下唇を噛《か》んだ。

どうして私はこんなに無力なのだろう。

再び、刃物を持って立ち向かうべきだろうか。でも、沢渡は小柄だがすばしっこいし、力も私より強かった。

沢渡をどうすれば確実に殺せるだろう。あんな奴が今も生きていることさえ許せない。

一秒でも早く苦しめて殺してやりたい。自分を虐めていた連中の復讐など二の次だ。

最近、虐めそのものが減ったこともあるが、視《み》えない敵に怯えるような視線を交わし合っているクラスメイトを以前ほど強く恨むことができなくなっている自分に気がついた。

恨みを維持するのは力が必要なのだと知り、クラスメイトを皆殺しにしたいという気持ちは自分の中で、以前と比べると確実に小さくなっていた。

ふっと燃え上がるような憎しみが内に沸き上がるが、その時は窓の外を見て一旦意識をリセットする。

沢渡を殺す。次に共犯の冨張先生も殺す。

真実や情報なんて、もう今更どうだっていい。あんな嫌な奴から聞きだすことは不愉快だし、知っても夕実は戻ってこない。

すうっと息を吸い込んで吐いた。よし、沢渡を殺すのは明日にしよう。私は悩んだり迷ったりすると、急に決断を下すことがある。

AかBかと選択に迷うのは、きっと性に合っていないのだろう。

計画を立てるのに時間を使うのももったいない。決めたことは早く片付けてしまった方がいいに決まっている。

私は、次の日の放課後に保健室へ行って、沢渡に言った。

「髪、切ってもいいわよ」

沢渡は少し意外そうな顔をした。

「昨日あったナイフで、すぐに刺しにくるかと思ってたけど、意外だな」

「あなたの話を、髪を犠牲にしてでも聞きたいと思ったからよ。ねえ、あなたは鋏を私に渡すのを少し恐れているわよね。それで刺されるかもしれないから。じゃあ、こういうのはどう？　私の鞄《かばん》を開いてみて」

「なんだこれ、縄跳びじゃん。しかも小学生が使うような奴」

「そうよ。それで私を後ろ手に縛って。本当は結束バンドがあればよかったんだけど、持ってないし、縄も見当たらなかったから、その代わりになるかなと思って持ってきたの」

沢渡は腕に力を込めて、縄跳びのロープを伸ばしたり引っ張ったりしていた。

「そんなに簡単に切れないから。だから、好きなだけぎちぎちに縛って大丈夫よ。その後に、私の髪をあなたが好きに切っていいから。でもね、保健室で切るんじゃなくって髪の毛が散らばるから、外で切って欲しいの。あと、できるだけ先っちょだけにして。伸ばしたいから。言ったでしょう。夕実に憧れてるって」

「お前、何か企んでるだろ」

「別に。あなたといた時の夕実の気持ちが知りたくなっただけ」

「まあいいや、お前の言う通りにしてやるよ。計画が上手くいかなかった時の顔を見るのも気分がいいからな」

それはきっと、端《はた》から見るとかなりシュールな光景だっただろう。

学校から少し離れた場所にある用水路の脇で、私は縄跳びを身体に巻かれていた。

沢渡が、力の限りぎゅうぎゅうと締め上げるので指先が痺《しび》れてきた。

時々縛りながら、沢渡が私の身体に触れた。それは、下心からではなく、刃物をどこかに隠していないか確認しているようだった。

締め上げが終わると、その場に跪《ひざまず》くように言われた。

スカート越しにも、アスファルトの凹凸が膝に当たって痛い。

「顔をこっち向けろ。お前の表情をよく見ておきたいからな」

ザキッザキッと、鋏で私の肩の辺りの髪の毛が切り落とされ、地面に落ちた。

沢渡は愉悦に満ちた、醜悪な顔を見せながら臭い息を私に吹きかけている。

「そんなに短くしないで」

私はわざと縋《すが》るように言う。予想した通り単純な沢渡は、逆により短くザキザキと切り始めた。

「動くなよ。耳を切り落とされたらいやだろう」

「ちょっと膝が痛いから、体勢を変えていい?」

「駄目だ。少しも動くな」

こういうサディスティックな喜びを感じる馬鹿は、全部自分の思い通りになっていると信じている時に隙ができる筈《はず》だ。

何の根拠もないけれど、そう思い込むことにして、私はじっと機会を窺《うかが》った。

鼻歌交じりに出鱈目に鋏を走らせている沢渡が、私の髪を一房手に取りじっと眺めだした。この男が何を考えているかは知りたくない。でも、恍惚《こうこつ》とした表情は自分の世界に入り込んでいるように見える。

「俺さ、女のシャンプーの匂いって結構好きなんだよ」

そう言った沢渡に、私は縄跳びで縛られた状態のまま思いっきり体当たりを食らわせて、用水路に突き落とした。

「うわっ」

不意打ちは成功し、相手はバランスを崩し、水飛沫《みずしぶき》を上げた。

私は縛られていたので、立ち上がるのに少し時間を要してしまったけれど、その場から必死に逃げた。

カッターの刃をテープで張りつけた木を用意しておいたので、そこで縄跳びを切り、全速力で走った。急いで切ったので、手首にも切り傷をたくさん負ってしまったが、気にしている暇はない。

私は一度も振り返らないで走り、家に帰った。

「夕実、復讐《ふくしゅう》できたよ……まずは一人目」

天国の彼女に伝えると、私は冷蔵庫から冷えたコーラを取り出して一口飲んだ。

でも、それは何の味もしなかった。人を殺してしまった緊張感のせいだろうか。

予《あらかじ》めあの用水路に溜《た》まっていた水に、大量のモラキソンを流し込んでおいた。そこに沢渡は浸かってしまった。

モラキソンは致死性が高く、解毒剤もない。

経皮中毒になる濃度は知らないけれど、確か背中を濡《ぬ》らしただけでも、呼吸循環不全によるショック状態に陥り、二十四時間以内に死亡する毒だと夕実からもらったメモに書かれていた。最初に、あの毒が皮膚についた者は喉の痛みと渇きを感じる。そして、急にショック状態に陥り、その後肝腎機能障害を経て肺線維症へと進み、その間、意識をはっきりと保ったままゆっくりと、苦しみながら死に至る。

コーラは私の手が震えていたからか、残りはほとんど飲めず床に溢《こぼ》してしまった。

「夕実、人を殺したよ。ふふふ。いや、死んでる最中だから、今殺してるって言う方が正確かな。ふふっ。ははっ。本当に毒って凄《すご》いね、夕実。力もいらないし、その場にいなくってもいいんだから。今、沢渡どんな風になっているかな。ははっふふっ」

救急車の音が外から聞こえる。

沢渡の救援に向かっているのだろうか。私の指紋がべたべたついた遺留品も多いし、早ければ今日中に逮捕されるかもしれない。


その夜は眠れなかった。

天井がぐるぐるするし、吐き気にも襲われ、頭痛も激しかった。

気化した毒を無意識に吸ってしまったからなのか、あんな不愉快な奴でも殺してしまったという罪悪感の影響によるものなのか、私には判断がつかなかった。

眠れないまま朝が来て、ふらつきながら学校に行った。

教室に入るなり、出利葉がやってきて私の耳元で囁《ささや》いた。

「ねえねえ、うちのクラスの沢渡君が死んだんだってさ。誰かが彼を突き落としたところを目撃した人がいるらしいけど、何か知ってる?」

私は自分でも驚くほど冷静に答えることができた。

「沢渡君って、えっと、前に言ってた名簿に名前が載っていないクラスの男子だっけ。何も知らないけど」

「へえ、そうなんだ。君と沢渡君らしき男子が、一緒にいたのを見たって噂《うわさ》を聞いたんだけど。それと髪型変えたんだね」

「ええ、夏だし暑いから思い切って切ってみたの」

「似合うと思うよ」

出鱈目に沢渡に切られた髪は、毛先だけ私が切り揃《そろ》えた。あまり上手くいかなかったが、あとは髪が伸びるのを待つしかない。

「本当に、死んだの?」

何故か急に不安な気持ちが過《よ》ぎったので、聞いた。

「実を言うと確実じゃないんだよ。そういう噂を聞いて、父親に調べてもらったら亡くなったらしいって情報を得たんだ。今も警察関係者が色々と調べてるみたい。でも、いよいよこれで転校が決定的になりそうだよ。同じクラスでこんなにも死人が出ちゃうとね」

沢渡が死んだというのに、冷静に授業を受けて平然と過ごしていられるのが、自分でも不思議で仕方なかった。

出利葉から目撃情報の話があったので、警察から放課後までに呼び出しを受けるとか、何かあるのかと思ったが、何もなかった。放課後に出利葉がまた二人で話したいと言ってきたが、断って家に帰った。

家には、兄だけがいて母も父もいなかった。

最近また、親のいない日が増えている。でも、机の上に現金かおかずが置かれているので、前のように食事に不安を抱くことはない。

食欲がないので、クッションを抱えて昨日のことを考えていると、インターフォンがピンポンと鳴った。

出てみると、警察官が立っていた。

予想していなかったと言えば嘘になる。でも、いざ警察官の姿を見たら頭が真っ白になってしまった。逮捕されるのだろうか。このまま連れ出されるのだろうか。どういう罪になるのだろう。

色んなことが頭の中を駆け巡り始めた。

「宇打ひじりさんですか？　ちょっといいかな、学校のことを聞きたいんですが。それとご両親は留守ですか？」

こういう時、本当に警察官は手帳を見せるのだと、私は知った。

「両親は留守ですけど。なんの御用でしょうか？」

「昨日の放課後、どこで何をしていましたか？」

「よく……覚えていません」

「そんなに昔のことじゃなくって、昨日のことですが、本当に何も覚えていませんか？」

「……」

黙秘のつもりはなかったけれど、言葉が出てこなかったので、黙り込んでしまった。

手錠をかけるなら、早くして欲しい。思わせぶりな聞き方は実に不快だ。

警察官はやれやれといった表情を浮かべ、また来ますとだけ言って帰っていった。

今のいままで、すぐに逮捕されると思っていたので、拍子抜けだった。

これは、情報を摑んでいるけれど、泳がせておくということだろうか。それとも私が未成年だから、いきなり逮捕できなかっただけなのだろうか。

玄関から部屋に戻って、三十分ほど経《た》った頃、電話が鳴った。

「はい、もしもし」階下にいた兄が出て、私にクラスメイトからだと呼ばれた。

電話に出ると、声の主は出利葉だった。

「ねえ、警察が僕の家に来たんだけど、君の家にも来た？」

「来たわよ」

「どういうこと聞かれた？」

「昨日どこで何していたかよ。それ以外は聞かれなかった」

「そうなんだ。僕も、同じだったよ」

「沢渡君の死にざまは誰がどう見ても事故じゃないし、学校の外の出来事だからね。学校も隠し切れなくなったんだろうな。だって、心臓が抉《えぐ》り取られて死んでいたっていうんだから、壮絶だよね」

「えっ」

沢渡は毒を浴びて中毒死したのではなかったのだろうか。

「本当だよ。叔父さんの知り合いの記者が血溜《ちだ》まりの現場の写真も撮ったらしい。来週の週刊誌にも載るらしいよ。叔父さんも現場近くにいたのに、出遅れたって悔しがってた」

出利葉は弾んだ声で話している。夕実とは似ても似つかないと思っていたタイプだけど、クラスメイトの死や、それに関する情報を楽しそうに語るという点では似ている。

おそらく二人とも、倫理観が通常の人とは異なっているに違いない。

「それってどこで？　沢渡君はどこでそんな状態で見つかったの？」

「今は使われていない鶏舎の横でだってさ。血塗《ちまみ》れの状態の死体を、近くに住むホームレスの男が見つけたらしいよ。どう？　よく調べてあるでしょ？」

きっと、夕実にテストと言われて農薬を盗んだ場所だ。

今回、沢渡を殺害するために使った農薬の毒は、そこから盗んだ物を使った。

私の計画を全て知っていた沢渡を殺した犯人は、沢渡ともめていた冨張先生なのだろうか？

夕実の家や図書館にも盗聴器が仕掛けられていて、今までの会話を沢渡に盗み聞きされていたとしたら、冨張先生に全て知られていたに違いない。

だけど、冨張先生が犯人だとしたら、沢渡を何故あの場所で殺したのかが分からない。単なる仲間割れなのだろうか。保健室でのやりとりは、沢渡との決別を予感させるような会話内容だった。それに用水路の毒は何故沢渡に効かなかったんだろう。

「どうしたの？　急に黙り込んで」

出利葉の声で、意識が引き戻された。

「別に。ちょっと考えていただけ。今日はなんか疲れているから、またね」

受話器を置き、私は部屋に戻ると、少し中身を残していたモラキソンの瓶を手に取った。そして、中身を金魚鉢にどぼどぼと注ぎ入れてみたが、金魚たちはすいすいと何ごともないかのように。綺麗《きれい》な紅《あか》い尾を優雅にひらめかせながら泳ぎ続けている。

注ぎ入れたのは人間の致死量をはるかに上回る量だ。水槽の水で希釈されたとはいえ、人間よりもずっと小さなサイズの金魚が平気だとは思えない。モラキソンは、池や用水路の魚の大量死の原因となった薬品なのだから、金魚に効かない筈もない。

と、いうことは……毒じゃない？　中身が入れ替えられている？

誰が？　いつ？　何故？　どうやって？

小さな金魚鉢の中で泳ぐ金魚のように、殺人者から見れば私は愚かな相手だろう。

今の時点で、私は何も分かっていないからだ。部屋に戻り、頭の中のごちゃごちゃを整理するためにノートを開いて書き出してみた。

現在の状況：警察官は、私を犯人と疑っているかどうかは不明。
農薬入りの瓶は、夕実に言われて、私が盗ってきた。その農薬を隠していた場所から取り出して、沢渡に使ったけれど、おそらく効果が無かった。そして、沢渡は農薬を盗んできた場所で、心臓を抉り取られて死んでいた。
考えられる仮説：農薬の毒の中身を入れ替えられた？
そもそも農薬の中身は初めから有毒な物ではなかった？　沢渡を殺した犯人は冨張先生？　私を用水路で襲った男？　それとも別の第三者？
気になること：殺人とは無関係かもしれないけれど、麻薬のような薬がクラス内で蔓《まん》延《えん》していた？

シャープペンを回しながら考え、あれこれ仮説を立てては紙に×や疑問点を書いては消しを繰り返し、また眠れない夜を過ごした。

沢渡はクラスメイトと言っても、保健室登校だったせいか、翌日の校内で彼の死を話題にしている人はほとんどいなかったが、皆不安そうな顔をしている。

昼休みになり、食欲は相変わらずなかったけれど、食べないと体力が落ちるし、空腹は判断力を鈍らせるので、少しは腹に入れないといけないと思い、家で詰めてきた弁当箱を机の上に置いた。

弁当の箱を開けると裏蓋に、青いマーカーで「あなたのためにいっぱい殺してあげる。口に入れるものには気をつけて」と書かれていた。

「ひっ」

思わず蓋を落としてしまい、皆が振り返ったので、その文字を見られないように手で覆うようにして拾った。

弁当箱にいつこんなことを書かれたのだろう。気持ち悪くなり、さすがに食べることはできなかった。書かれたのは、移動教室の間だろうか。教室は別に施錠されていないし、今日は二時間目に体育もあった。

天井からぶら下がる蛍光灯を見上げながら、私にこんなメッセージを送りつけて楽しんでいる犯人のことを、心の底から憎んだ。しばらくは口に入れる物は、忠告通り用心した方がいいだろう。食事は通学路にある店で包装された物を買って食べよう。それもできれば毒が混入させにくい食品にしなくてはいけない。今日は弁当を食べない代わりに飲み物だけにしようかと思ったが、何か口に入れること自体嫌な気がしたので止めた。

後でこの判断は正しかったことを知った。

その日の午後、学校は阿鼻叫喚《あびきょうかん》の地獄絵図と化した。

購買部のパンや弁当に、毒が入っていたからだ。

お茶と自動販売機の中の飲み物にも毒が入れられていたようで、お茶の入ったコップを落として吐いている人や、血を流しながら紙パックを握りしめ「あっがっがっ」と呻《うめ》いている人もいた。喉が熱いと首を両手で掻《か》きむしりながら転げ回っているのは、同じクラスの、川口操多《かわぐちそうた》だ。血を吐いたのかシャツが赤く染まっている。ガクガクと全身を激しく痙攣《けいれん》させているのは、芝崎希実枝《しばさききみえ》。蟹《かに》のように血の混ざったピンク色の泡を吹きながら、机をバンバン大きな音を出して叩き続けているのは、私を殴ったり蹴ったりしていた暴力男の柴木塁《しばきるい》だ。その横では木羽優太《きばゆうた》が激しく嘔吐《おうと》を繰り返している。阿多地弓弦《あだちゆづる》や貝塚《かいづか》ジュンが熱い痛いと言いながら身体中を掻きむしり、手の爪を剝《は》がしていた。

恐くなって、私は教室の外に飛び出した。

悲鳴や呻き声があちこちから聞こえる。廊下で夏生《なつき》先生が鼻血を垂らしながら、狂ったように手をバタバタさせながら走り回っていた。

何故私はこんな光景を目にしているのだろう。

「誰か助けて」「何が起こってるんだ」

「いやあああああ」「お願い誰か来て」

「先生、先生！」

「ぎゃあああああああああ」

止まることのない悲鳴、嗚咽《おえつ》、叫び、慟哭《どうこく》、それに混ざる血と吐瀉物《としゃぶつ》と糞尿《ふんにょう》の臭い。

保健室に行ってみたが、電気が消えていて扉には鍵が掛かっていた。今日は保健の先生が学校にいない日なのだろう。

廊下を走る人とぶつかりながら、私は夢遊病者のように校舎内をただ歩いた。

青いインクで書かれたメモが、頭の中をぐるぐると回っている。

大騒ぎとなった学校で、その日、購買と自動販売機を利用していなかった生徒が、一旦体育館に集められた。飲食物を持っている生徒は、各自に配られたビニル袋に名前を記載し、その中に入れて回収され、それから一斉下校が行われる予定とアナウンスがあった。

気温が朝から高かったせいか、購買の利用者が今日は特に多かったことを、無事だった先生からの発言から知った。家から弁当を持ってくると傷《いた》んでしまうと考えてのことだろう。暑さから、自動販売機で飲み物を購入した人も多かったようだった。体育館の中の生徒たちは、魂を吸いとられたような顔をしている人ばかりだった。私のクラスで無事だった人は誰だろうと、周りを見渡すと出利葉がいた。

彼は他の生徒と違って、教室で見るいつもと変わらない表情をしていた。いや、見ようによっては普段よりも明るい表情のように感じた。根っからの事件好きだからか、このような状況を見てもショックをあまり受けなかったのかもしれない。

翌日から休校になり、連絡網でマスコミには何を聞かれても返事をしないようにと伝えられた。電話が何度か鳴ったが、私は出なかった。出利葉だったかもしれないが、能天気な野次馬根性丸出しの彼の声を、今は聞く気になれない。

休校中、私はカーテンを閉め切った自分の部屋でじっと考え続けた。

私たちの毒を盗んで好きに命を弄んでいる奴がいる。

――でも、誰だそれは？

考えれば、考えるほど分からない。

ずぶずぶと誰かの手で泥の中に、ゆっくりと塗り込められていくような息苦しさを感じる。

わけの分からないまま死んでいった、先生や生徒たち。

私のことも、この犯人が殺しにくるのだろうか。私が助かったのは本当にたまたまだ。

あの日、青いインクのメモを見る前に、購買に行っていたら……自動販売機を利用していたら、多くの生徒たちと同じ運命を辿《たど》っていた。

軽症四〇名、重症二六名、死者八名。

でも、私は運よく生き残っている。

犯人は私を見て、何を考えているのだろう。

「早く来るなら、来てみなさいよ。準備をしなきゃ……私にはモラキソン以外の毒もあるんだから」

暗い部屋の中、独り言ばかりが増えていく。

ピンポーンとインターフォンが鳴った。

インターフォンのカメラで確認すると、立っていたのは冨張先生だった。シャツはよれよれで、髪の毛もぼさぼさで髭《ひげ》もまばらに伸びている。

「上がらせてもらっていいかな？」

疲れ果てたような声だった。

「夕実や沢渡、学校の生徒たちの次は、私ですか？」

冨張先生は私の質問には答えず、家に上がり込んだ。

「何しに来たんですか？」

先生は無言のまま、椅子に腰かけた。

「コーヒーでいいですか？　インスタントですけど」

お湯を沸かし、コーヒーの準備をする。

冨張はきょろきょろと辺り見回し、足を小刻みに揺すりながら目をぎょろつかせている。

ネクタイ姿で背筋をピンと伸ばして授業をする冨張先生のイメージが今は欠片《かけら》もない。

夕実がこんな汚い男にと思うと、嫌悪感がぞわっと広がった。でも私も人のことを言えないような恰好《かっこう》だった。上はTシャツで、下は古いゴムの緩んだジャージを穿《は》いている。

誰も今は外見なんかに構ってられない状況なのだろう。

コーヒーカップを目の前に置くと先生は、何も口にしたくないと言った。

「それは毒を警戒しているからですか？」

先生はまた、私の質問には答えてはくれなかった。

「大丈夫ですよ。何も入ってませんし、一口私が飲んで見せますね」

「飲まなくていい。どうせ俺はそれを飲まないんだから」

「そんな、折角淹《い》れたのに勿体《もったい》ないですよ」

私はコーヒーカップを引き寄せ、中身を啜《すす》ると冨張が話し始めた。

「お前、何人殺せば気が済むんだ?」

「へ?」

「こないだの無差別殺人。犯人はお前だろう。沢渡の殺し方も酷《ひど》かった。虐めの仕返しだとしても、殺すまでもないだろう」

唐突な問いかけに驚いてしまった。なんてことを突然言い出すんだろう。

「私、殺してなんていませんけど、まさか虐めの仕返しだと思っているんですか?」

冨張の目は赤く潤み、今にも泣きそうだ。机の上に置かれた手は拳の形にきつく握りしめられている。

「黙れ、しらばっくれて平気そうに振る舞っているが、俺には分かるぞ。沢渡から聞いたが、お前、保健室を盗聴していたんだってな。しかも刃物で沢渡を刺そうとしたらしいじゃないか、愉快そうにあいつは教えてくれたよ。そして、その翌日に死んだ。そして、今度はこの騒ぎだ、お前以外にありえない。そうなんだろ? だいたい橘みたいな悪魔と親しくしていたらしいって聞いた時は耳を疑ったよ」

「黙りません! 私本当に殺してなんていません! それより、先生たちが夕実に何をしていたか知っています。それを説明してください！　それに夕実は悪魔なんかじゃありません！　天使ですよ!!」

一方的な被害者面をする冨張を見ていて、ムカムカしてきたので怒鳴った。

でも目の前の相手は錯乱しているようにも見えるし、私に対して本当に怯《おび》えているようにも見える。だから支離滅裂な話をするんだろうか。私が犯人なわけがないというのに。

「先生が夕実にしていたこと、一生許せませんから！」

「お前まで何を言うんだ。なあ、お前は本当に犯人じゃないのか？　誰も殺していないっていうのか？　だったら誰がやったんだ？」

冨張の目が更に赤く充血し、唇も震え始めている。

「先生の話は無茶苦茶です！　それに保健室での夕実との関係、不潔じゃないですか。あれはどういうことだったんです？」

この人は単に、私を犯人だと思って、殺さないでくれと頼みに来たんだろうか。それとも犯人は先生で、私に罪を擦《なす》りつけるために殺しに来たのだろうか。ともかく、私は今のままでは何も分からず何一つとして、納得できていない。

「だいたいな、あれは……彼女も……望んでいたことなんだ。世間的に見れば許されない関係だということは分かっている……でも、教師と生徒としてじゃなく、彼女を……でも、俺も仕方なかったんだ……」

先生はそこで顔を伏せ、両手で目を押さえた。

私は怒りで叫びたい気持ちを必死で抑え、続きを話し始めるのをじっと待った。

「橘は変わったことをするのが好きで、保健室で時々会っていた。沢渡や市樫先生を巻き込んだのも橘なんだ。俺が情けない奴だっていうのは分かっている。だから、本当は彼女を自分だけのものにしたかった。でも、他の奴を呼んで……彼女は、沢渡のことを最初は犬と呼んでいた。そして、歪《いびつ》な遊びを色々と提案して、あの場で続けていたんだ」

何故ここで先生が言い訳がましい嘘ばかり言うのだろう。夕実がこんな中年男を愛するわけがないし、変態趣味などある筈がない。夕実は嫌で仕方なかったから、あの状態への怒りを私に知って欲しかったから、保健室のベッドに隠れていて欲しいと頼んだ。

この男は醜い自分が、美しく気高い夕実に愛されていたと本気で思っているのだろうか。それとも、私に事実と反する情報を伝えることで、何かを取り繕おうとしているのだろうか。夕実は先生二人こそ、毒を飲ませて殺してやりたいと言っていたというのに。

気持ちがすぅっと冷めていくのが分かった。今の私は頭の天辺から足の爪先に至るまで冷静だ。

「先生、コーヒーが冷めますよ?」

「何度も言うがこの家でお前が出すものは口にしたくない。それに昨日舌をあやまって噛んでしまったから、傷に染みそうだから飲むならお前だけが飲め。それと、本当に犯人はお前じゃないのか？　いや、でも、ああ……俺も分からない。糞《くそ》っ」

冨張は机の上に肘を当てて、両手でガサガサと頭を掻いた。風呂に入っていないのか、白いフケの粉が辺りに漂ったので、私は思わず数歩後ろに下がってしまった。

「先生は、夕実とつき合っていたって主張されるんですね」

「ああ。本気で愛していたし、彼女もそうだったと思う。俺たちは彼女が望むことだけしていたし、嫌がることは何一つしていない」

冨張が顔を上げて私の方を見た。

不健康そうな中年の顔に、私はやはり嫌悪しか感じることができない。


「嘘つき」


私は冨張のネクタイをテーブル越しに摑み、近くにあったスプーンでコーヒーを一匙掬《さじすく》って突っ込んだ。

「何する！」

ぱっと私から冨張は離れ、口の縁を拭った。

――さようなら先生。

「やっぱりお前なのか、おい、口の中が凄い味だぞ、何を飲ませた」

ツバを吐き出しているが無理だろう。

さっき口の中に傷があると言っていた。傷があると、この毒は覿面《てきめん》に効くのだ。

「お前がやっぱり犯人だったんだな」

冨張の目尻や鼻から血が流れ出す。毒は急速にこの男の身体を蝕《むしば》み始めているようだ。

「やっぱりお前だったか、お前だったか、お前が、お前が……」

冨張は私の首を絞め始めている。

抗《あらが》えば振り切れる気もしたが、なんだかどっと疲れてしまった。

毒が完全に回るよりも先に、私はこの男に縊《くび》り殺されてしまうのだろうか。

足をばたつかせてみたが、相手は血涙を流しながらも、首を絞めつける手を緩めはしない。

ふっと、気を失う瞬間の心地よさが身体に訪れた。

もう姿の見えない犯人に翻弄されるのにも疲れていたし、考えるのもいい加減嫌気がさしていた。このまま抵抗しなければ私も死ぬだろう。

——ぐるぐる回る部屋の景色。

——なんで、こうなっちゃったんだろ。

市樫先生と沢渡はもう死んでいるし、夕実が殺したいと言っていた冨張先生もここで死ねば天国の彼女は満足してくれるだろう。

「ガハッ」冨張が大きく咳《せ》き込み、そのせいで体勢を崩し私を締めつけていた手が離れた。

「おおまあええええああ」

冨張はよろめき、舌が縺《もつ》れていて手も震えがさっきよりも増している。

「おはえものめえああ」

机の上の冷めたコーヒーカップを手に取り、中身を私の顔にかけた。

毒の成分のせいか、顔にじわっとした熱を感じる。しかし経口でなければ、それほどの脅威はない。洗い流せば私はまだ助かるだろう。それより首を締め続けられた影響のせいか、視界が少しチラつく。

洗い流すために、風呂場に行こうと立ち上がったところで、冨張に足首を摑まれ盛大に転んでしまった。

「のおおおめえああ」

叫びながら、冨張は太い指を私の口に突っ込み、床に零《こぼ》れ落ちたコーヒーを口に入れようとした。

私は冨張の指を思いっきり嚙んだ。すぐに、急に視界が歪《ゆが》み、全身を刺すような痛みが貫いた。指にもスプーンから溶け出した毒入りコーヒーが付着していたせいか、顔にかけられたコーヒーが口に入ったのか、それともその両方なのか分からない。

冨張は喉を掻きむしりながら、ふらふらと出て行った。

時計の針の音がやたら大きく聞こえる。カチカチカチカチとうるさいくらいだ。

周りの景色が大きくなったり縮んだりするように見え始めた。

立ち上がりたいのだけれど、身体がどこを向いているのかさえ分からない。天井と床が混じり身体にべったりと張りつく。「不思議の国のアリス」で、アリスが毒茸を食べて縮んだりするのは実際の中毒作用を基にして書かれたのかもしれないと思った。

ボーンボーンと時計が鳴り、ガチャッとドアが開く。

「どうしたの!!」

出利葉だった。

「先生がよろけながら君の家から出てきたんで、気になってインターフォンを押したんだけど誰も出ないし、鍵も開いてたし、昼間の電話も出なかったから勝手に入ってきたんだけど良かった。こんなことになってるなんて。冨張先生に何かされたんだろ?」

「ゆうみのこおを……へんへえが」

「喋《しゃべ》らないで。今救急車を呼ぶから、意識を強く保って」

「さむひ……」

急な寒気が全身を貫くように襲い始めた。

「服もびちゃびちゃだね、凄い汗だ」

救急車を待つ間、出利葉はずっと手を握っていてくれた。

視界の歪みが徐々に収まり、震えや不快感や痛みが楽になってきた。汗も少し引いてきた。毒の効きは波があるようだ。

「横になってて……身体が氷みたいに冷たい、大丈夫? じゃないよね、しっかりして宇打さん」

「さっきより、気分はいい。うん。舌も縺れない。でも、寒いね。やだな」

「何があったの?」

「先生は出てった？」

「うん。そうだけど、で、何が宇打さんにあったの？」

「じゃあ、殺しそこねたのね。夕実の仇《あだ》を取るために私が折角、決死の覚悟で毒を飲ませたのに……」

「君って本当に無茶するなあ。僕ならとてもじゃないけど、そんなことできないよ」

「本当に死のうと思ってたし、殺そうと思ってたからできたの」

指先から自分の命が抜けていくような感覚がする。すうっと何かに吸われていくようなこの気持ちはそう不快じゃない。

「知ってるよ。君は嘘は上手くないし、僕だって探偵の息子だからね。嘘を見破るテクニックくらい身についてるよ」

「そうなの？　だったらもっと早く教えてくれても良かったのに……」

「商売上の秘密ってやつだからね、教えたくなかったんだ。と、こんな状態でも冗談をかわせるのはいいね。君が毒茸を食べていなかったら、僕と君は親しくなっていなかったかもしれないと思うと、変な縁だね」

手足が冷たく、夏だというのに背中に氷を入れられたように身体が冷えていく。

「先生に、指先についた毒を口に入れられたの……これが最後の会話かも……」

「そんなこと言わないでよ。さっきより顔色は少しマシになったよ。ああ、なんでまだ救急車は来ないのかな。飲まされた毒はどれくらいの量？」

「数滴かしら……」

「それだけで、そんなにすぐに症状が出るものなのかは分からないけど、少し落ち着いてきたし、君は単なるショック状態なのかも。気を紛らわせるような話を続けようよ」

「あのね、夕実ともそうだったけれど、きっと普通の関係とか繋《つな》がりっていうのを結ぶことができないのよ」

「分からないよ宇打さん。僕たちはまだ若いんだし、これから型に嵌《は》めたような普通のどこにでもいるような人たちの知り合いがたくさん増えるかもしれないだろう」

「無理よ、私は犯罪者だもの。あなたとは違う」

「そんなことはないよ」

「あるわよ。ねえ、どうして警察はまだ来ないのかな？　私、助かっても少年院に行くのよね。先生を殺そうとしたんだから」

「治療が先だから大丈夫だと思うよ。先に来るのは救急車だ。そうじゃないと困る。それに先生が無事かどうかも分からないし、今日のことを正直に警察に言うか分かんないよ。だいたい多くの人が色んな手段で死んだわけだから、警察も君が正直に告白したとしても、それどころじゃないんじゃないかな？　とりあえず、今は身体のことを考えなきゃ」

記憶が濁り、自分の感情が渦巻き、何を話すべきなのか分からない。

鼓動の脈打つ音が聞こえる。出利葉の手を不安のせいか、強く握り返した。

「ただ、復讐をしたかっただけなの。毎日どうしようもないくらい苦しかったの。殺してやりたかった、今もその気持ちは変わらない。もし、時間を戻せたとしても夕実に誘われたらまたやるわ。そして今度はもっともっと上手くやってみせる」

「でも、それで君は何を得られるの?」

「なんで私たちは我慢を続けなくっちゃいけなかったの? 誰も、誰も助けてくれなかったじゃない。傍観を決め込んでいるのも――あんたも同罪よ」

「でも、他に方法はあっただろ?」

「どんな方法よ!!」思わず握っていた手を振りほどいてしまった。

「少なくとも、ベストじゃなかっただろ」

「それが私のせいっていうの? どうしてそんなに残酷なことを平然と言えるの?」

出利葉は狼狽《うろた》えた表情を浮かべ、私の手を再び強く握り直した。

「ごめん、宇打さん悪かった。僕が君の立場でも同じことをしてしまったかもしれない」

救急車が到着したのか、サイレンの音が家の前で途切れた。

部屋に白衣の救急隊員が入ってきて、私に酸素マスクのようなものを被せた。

出利葉が何かを言っていた気がするけれど、その言葉は今になっても思いだせない。

その後

風がカーテンを煽《あお》り、病室の床に映った影が揺れる。

青々と茂る木々の枝に、鳥が止まっている。

殺されてしまった可憐《かれん》な夕実《ゆうみ》の姿を思いだすと、悲しみが胸を満たし、何故自分が生きているんだろうと考えてしまう。

砕かれてしまった生きている少女の彫像や夕実という姿形をしていた奇跡。

この世界、どこを探しても、もう会う事はできない。

毎日泣いても叫んでも、白い壁に囲まれた病室の中の時間は無情に過ぎていく。今は昼なのだろうか、夜なのだろうか。投与される薬の影響なのか、光の感じ方がおかしい。

入院してから月日の感覚は、かなりあいまいになっている。

出利葉《いでりは》は毎日のように見舞いにやってきている。

両親は一度も病室に来ていない。

兄は二度見舞いに来て、二人が離婚したことと、母親が家を出ることを教えてくれた。

そして、兄自身も新しい働き先を決め、家を出て都会に行くつもりらしい。

「入院費用とかどうなってるか知らないけど、頑張れよ」

こういう報告も兄なりの気遣いだったのだろうか。両親がどんな人生をこれから歩むのか、私のことをどう思っているかは分からないし、興味もない。

皆が皆、自分のことで手一杯なのだ。

だから誰かに期待したり、依存したりするのは間違いなのだろう。

私もこの先、退院したら、どうなるか分からない。

学校は休校中で、生き残ったほとんどの生徒が転校を決めたという。

学内では、先生と生徒の取り調べが行われていると聞いているので、近いうちに私のところにも刑事が来るだろう。冨張《とみばり》先生もあれからどうなったかのか分からない。出利葉に聞いても毎度、話題を変えられてはぐらかされてしまうからだ。

窓越しに鳴く鳥の声を聞きながら、私は目を閉じた。

思い出の中の夕実は微笑み、少し寂しそうな声で私の名を呼んだ。

「ひじり」

優しい透明感のある声。高い山に湧く澄んだ清水のように、私の中に声が沁《し》み込んでいく。懐かしい声、愛《いと》おしい声。たとえ思い出の中だけでもずっと聞いていたい。

「思っていたよりも元気そうじゃない」

病室の窓枠に、幽霊の夕実が座っていた。

足はあって透けてもいない。長く豊かな髪が風に靡《なび》いている。

「あれ? 驚かないんだね。びっくりする顔が見たかったのに」

入院中に病院の図書室で、様々な本を読んだ。

脳の側頭葉と頭頂葉が交差する領域で分泌されるドーパミンの影響によって、人は幻覚を見るというメカニズムを私は知っている。様々な要因があって、実際にいるとしか思えない幻覚を時に見てしまうのだ。しかし幻覚は記憶や、過去の体験に紐《ひも》づいたものしか見ることができない。

私はほぼ毎日、夕実のことばかりを思っている。

だから、とうとう夕実の姿を見てしまったのだろう。学校で視《み》た幽霊も、出利葉は足跡があったと言っていたし、映写機で夕実の動画を映し出したと言っていたけれど、それもたまたまで、実はあの時、私たちは集団で幻覚を見てしまっただけかもしれない。

でも、少しおかしい点もあった。

私が見ている目の前の夕実の服装は、私の記憶と一致しない。彼女はモノトーン系の服や薄いブルーが好きだったが、窓枠に座る彼女は、深紅のブラウスにエメラルド色のスカートを穿《は》いていて、黒い皮の鞄《かばん》を斜めがけにしている。記憶の中の夕実は、そういう服や鞄を持っていなかったと思うし、思い出の中の夕実はいつも制服姿だった。

これは脳や記憶のバグなのだろうか。

「幻覚って、望みのものを確実に再現して見られるわけじゃないのね……」

まだ見え続けている幻に呼びかけると「ぷっ」と窓枠に座ったまま彼女は噴き出した。

「ああ、おかしい」

よく知っている夕実の笑い方だ。

「あたしのこと幻覚だと思ってたの？　違うわよ。生身よ、ピンピン生きているから」

「えっ？」

「ああ本当におかしい。そう、そういう表情が見たかったのよ。鳩《はと》が豆鉄砲を食ったようなひじりの顔、やっぱり凄《すご》くいいわあ」

「死んでなかったの？」

「あたしはね。夕実は死んだけど」

ふふふっと笑い、窓枠から飛び降りると夕実はベッドに座った。

「察しが悪いのね。でもいいの、そういうところも含めてひじりのことが好きだから。いいわ。種明かしをしましょう。皆、意外と口が堅かったのと、運がよかったのが幸いしてずっとバレていなかったけれど、夕実とあたしは鏡像双子なの。鏡に映したように左右で対称的な特徴を持つ一卵性双生児。あなたは夕実が両利きだと思っていたみたいだけど違うわ。あたしは左利きで、夕実は右利きよ。あの子にはなるべく左手を使えって言っていたんだけどね。ああ、ますます驚いた顔をしてくれた。凄く嬉《うれ》しいわ。ひじりのことをあたしだけのものにしたかったし、夕実のことが嫌いでいらなくなったから、殺したの」

「どういうこと？」

「そのまんまよ。二人で一人を演じていただけ。だって夕実って頭が悪かったのよね。市《いち》樫《がし》先生や冨張先生のことも本気で好きになっちゃったみたいだし。そろそろ限界だったたからね。あの子ね、妊娠していたのよ。冨張先生か市樫先生、どちらの子か分かんないけど。だから、二人が一人でいるのはもう限界だった。それに、あたしは夕実の胎内に、子供がいることを想像するだけで嫌だった。あっ、心配しないで、ここに来る前にしっかり冨張先生にもとどめをさしておいたから。

ああ、でもあなたは人の顔の見極めが苦手というか、できないんだったわよね。

あたしたちの両親はあたしたちが生まれてすぐ離れて暮らすことになってね、それぞれ、一人ずつ引き取られていたもんだから、お互いのことは数年前まで知らなかったの。あたしは母に、夕実は父に引き取られていた。それにしても家族って大嫌い。嫌なルールばかりあたしに強いるし、何も分かっていない癖に、色んなことを子供より知っているって思いこんでいるんだから。

ある日、母親があたしにうっかり双子だったことを漏らして、夕実の存在を知ったの。どこに住んでいるのかは、戸籍を調べたらすぐに分かった。便利ね。

母親は、覚醒剤を打ったりするような人だったから、もしかするともうこの世にいないのかもしれない。母はね薬剤師だったの。だからというわけではないけれど、処方箋を偽造や変造しては、つき合っていたヤクザに渡していたのよ。その見返りに覚醒剤をもらっていた。薬を打った後の母親を観察するのが私の日課だった。垂れ流した汚物を片付けたり、涎《よだれ》を拭いてあげたこともあったわ。そんなことをしながら、もう一人のあたしは今ごろ何をしているんだろうって思っていた。

もう一人のあたしは、薬物や汚物とは無縁そうな世界で笑っていた。

通学路で見かけたんだけれど、すぐに分かったわ。あたしと同じ顔だったから。でも、彼女はあたしとは違い、屑《くず》な父親のせいで身体を売ってその日の暮らしを凌《しの》いでいた。でも、あたしはもう一人のあたしが、売春をしていることに耐えられなかった。だから、父親を殺してあげたの。でも、父親が死んで纏《まと》まった保険金が入ったのに、あの子は身体を売るのを止めなかった。むしろそれが存在意義でもあるかのように、頼んでも止めてくれなかった。

あたしたちは二人が一人であるように振る舞っていたでしょう。

なのに、あの子、家の中で教師や町で出会った男を招いたり荒れた生活をしていたのよ。

——許せなかった。

でも、あなたは違った。

夕実が招いた者の中で唯一純粋で透き通っていた。

あんな濁った眼で、卑猥《ひわい》なことばかりする連中とは違っていたから。

図書館の印の合図や、毒の隠し場所の話を、夕実はあなたにしていたでしょう。

あれって、あの子が先生たちと逢引《あいび》きに使っていた合図なの。あなたと会うのにも使っていたけれど、無粋よね。

あたしと夕実は、出会ってすぐに打ち解けたわけではないの。

父親を殺してあげてから、少しずつ仲良くなったのよ。

でもその後から、夕実は精神的にとても不安定になることもあってね、夜も眠れなかったみたい。家で奇声を上げたり、猫に話しかけたりするようになったの。

猫はね、夕実に懐いていたけれど、あたしの手を引っ掻《か》いたから消しちゃった。

本人には何も伝えなかったけれど、猫の行方をあたしに一度も聞いたりしなかったから薄々気がついていたんじゃないかしら。

夕実は、市樫先生や冨張先生の二人と同時に交際していた。

あの子とつき合っていた先生たちは、変態でサディストだったの。

最初から胡散臭《うさんくさ》い先生たちだったし、あたしは驚かなかったんだけれどね。

そもそも生徒とつき合う教師なんて、まともなわけがないでしょう?

夕実って人を見る目がないのよね。あの子はもっとあたしだけを信頼すべきだったのよ。

あたしは家で本を読むのが好きだったから、学校に行くのは夕実の方が多かった。

夕実が妊娠したことを知ってから、あたしたちの関係は完全に壊れてしまった。

しかも、父親が本当に誰かも分からないなんて……。あれだけ気をつけろって言ったのに馬鹿よねえ」

「あなたが言ってることはどこまで本当なの?」

「ほとんど本当よ」

「誰も、気がつかなかったの?」

「案外気がつかないものよ。替え玉受験とかでバレなかったって話、昔からあるでしょう。

それに、こんな話もあるのよ、フランスの外交官ブルシコは時佩孚《シーペイプー》という中国のスパイに、約二十年間情報提供し続けていた。ブルシコはシーと結婚までして子までなしていたんだけど。シーは男だったのよ。でも十八年間気がつかなかった。

性別さえ気がつかない夫婦が世の中にいるくらいなのよ。だから双子が一人のフリしていたことに気がつかないってことは、さほど不思議じゃないわ。

ドラマや映画でも、双子が一人の役を演じていることがあるでしょう。例えば「フルハウス」のミシェルや、「ターミネーター」のサラ・コナーとかね。

話が逸《そ》れたわね。これからも時々遊びましょう。どこに行っても、あなたをずっと見ていてあげるから」

「そんな……夕実……嘘《うそ》でしょ」

「嘘じゃないわ。現実よ」

黒く長い髪を私の首に縄のように巻きつけて、クスクスと笑い声を上げた。

「あなたと仲良くしている探偵気取りの出利葉君、あの子もあたしの目や耳の代わりをしてくれたし結構楽しかった。あの子本当に忠犬みたいでかわいいわよね。あなたは結構あの子を信頼していたみたいだけど、駄目よ、もっと注意深くならないと。

皆が見た幽霊も、出利葉君が作り出した映像じゃなくて、あたし。上手くごまかしておくようにって伝えたから、言い訳を考えてくれたの。鍵のコピーの作り方も彼から教わったの。探偵って便利ね。そもそも事なかれ主義の彼が、急にあなたに親し気に近づいてきた時点で、不自然に思わなかったの？　あの子、あたしの命令で、あなたとお友達のフリをしていたのよ。映画を撮っているせいかしら、思っていたよりも演技派だったから、見ていて楽しかったわ」

「そんな……」

「でもね、あたしも悪女じゃないから一方的に出利葉君を利用していないし、ちゃんと彼のお願いも聞いてあげたのよ。人間同士のフェアな関係ってギブ&テイクじゃないといけないって思うわけ。彼ったら、傷つけられた肉体に、性的な興奮を感じるって言うから、飼い主の私の手を噛《か》んできた沢渡《さわたり》を殺す時にサービスしてあげたの。あれ、本当に大変だったのよ。私も私で、一度華岡青洲《はなおかせいしゅう》が一七六〇年に作成した『通仙散《つうせんさん》』っていう、曼陀《まんだ》羅華《らげ》を含む六種類の薬草から作られた全身麻酔作用のある薬を作ってみて、一度でいいから生きた人間で効き目を試してみたいって思っていたのよね。

　動物実験をして、もしかしたらっていうのができたから、沢渡の心臓を抉《えぐ》り出す時に使ってみたのよ。だって、出利葉君ったら、鼓動を打っている心臓を肋骨《ろっこつ》越しに眺めてみたいなんて言うのよ。人間の皮膚を切ったり、骨を取り除いたりするのがあんなに重労働だなんて、思わなかった。脂肪でナイフはぬるぬるして滑るし、血管も筋肉も予想していたよりずっと固いし、麻酔の加減が分からなかったから、途中で沢渡もビクビク痙攣《けいれん》したり暴れたりするし。大変だったけれど、猟奇的な趣味があるんだってことを沢渡の身体を弄《いじ》り回しながら興奮して話す彼ったら、面白かったわ。頰を赤くして、玩具《おもちゃ》を手にした子供みたいにはしゃいでいたの。心臓を抉り取った後の沢渡の身体は重たかったし、皮膚や筋肉の縫合とか知らないから、そのまま置いてきちゃった。思ったより早く見つかってしまったけれど。沢渡はあんな死に方して当然よね、あなたをあんな目に遭わせたんだから。ちなみに抜き取った心臓は出利葉君が持って帰ったわ。何に使うつもりなのかは知らないけど、とっても欲しがっていたの」

「そんな……出利葉君がそんな……じゃあ、私には本当の友だちなんて一人もいなかったの……？」

「何言ってるのよ、あたしがお友だちでしょ？　ひじり、これからも友人としてあなたが退屈しないように、周りの誰かを気まぐれに殺してあげる」

「止めて、お願いだから……」

「夕実より、あなたと遊ぶ方が愉《たの》しいの。夕実はあたしに負けて死んでしまったわけだからね。ずっと、ずっとあたしが飽きるまで遊びましょう。

そうそうあなたの家を壊してあげたのも、あたしなの。

あなたが余りにも可愛いから、あなたが学校にいる間に家のことを色々と調べたのよ。お父さんもお疲れのようね。疲れを忘れられる薬をあげたら夢中になってくれたのよ。

夕実経由で、市樫先生にあなたのお母さんを誘惑するように言ったら、そっちもまんまと引っかかってくれて楽しかったわ」

「なんで、そんなこと」

「ひじりは理由がないと納得できないの？　知りたいなら教えてあげる。あたしがあなたを気に入って、関心を持ったからよ。あなたの家族写真を見たわ。次男が小さい頃、亡くなった後にお母さんはあなたを最初その生まれ変わりのように、育てようとしたようね。でも、勿論《もちろん》あなたは亡くなったお兄さんじゃない。そのことが分かって、ギャップとつらさを忘れるために、あなたのお母さんは、あなたから無関心になっていった」

「ねえ、夕実……私を苦しめないで」

「あたしは夕実ではないわ」

「何が何だか分からない……これ以上私を虐《いじ》めないで、お願い」

「大丈夫。ひじりも参加しているうちにきっと楽しくなるから」

私の首に巻きついた長い髪の毛が、さらさらと白いシーツの上に散るように解《ほど》けて広がった。こんな話を聞いていても、彼女の声や仕草や姿に、惹《ひ》かれている自分がいることが悔しく、混乱を更に加速させる。

「夕実とあたしは、しばらくは本当にうまくやっていたのよ。毒で人体実験も二人でしていたし。でも、夕実は毒は毒でも、麻薬的なものに興味が強かったみたい。

学内が様々な種類の麻薬に汚染されたのは夕実と沢渡と先生たちによるもので、自分は手助けしただけ。アンフェタミン系の化合物で、夕実自身もよく服用していた。

あなたの父親に使った物と同じのよ。あなたも好きだったあの家の庭で、あたしたちはたくさんの毒草を育てていたの。あなた自身にも毒を盛っていたのは気がついてた？　駄目よ、無邪気にあんな風に他人の家で食べちゃ。あなたは夕実が作ったものを食べて、視界や身体に異常を感じたことはなかった？　深く物ごとを考えるのが苦手になったり、多汗や思考が散漫になったり、繰り返し同じようなことを言ったり考えるようになったり性格に異変は出なかった？

食事にベンジゾマイシンを混ぜていたの。脳の働きを阻害して、短絡的な行動をとる傾向が強くなる薬剤よ。

あなたの両親には、自白剤を用いて話も聞いたわ。大したことは聞けなかったけれどね。でも、あなたのお兄さんは勘が鋭いし、顔があなたに似ているからあまり酷《ひど》いことができなかった。それに、家から出ていく気だったみたいだからね」

「あなたが一人で全て計画したの？」

「そうよ。共犯者はいるけどね。あなたが薬を盗んだ時に、出会ったホームレスがいたでしょう。彼はあたしの信奉者でスパイとして色々と動いてくれたの。用水路の近くであなたを襲ったのも彼よ。あの人も、罰として殺しちゃったけどね。あなたの苦しむ顔を遠目からちょっと見たいって言っただけなのに、やりすぎよね。あの時はごめんなさいね。反省はしているの」

「クラスメイトの柊先《ふゆさき》さんを殺したのは誰？」

「柊先さんは事故よ。夕実たちがばら撒《ま》いていた薬の過剰摂取ね。彼女、成績が落ちていたことを随分悩んでいて、ノイローゼ気味だったみたい。それに家庭や友人関係で色々とトラブルがあって、困っていたみたいだからね。あれにはあたしは関わっていないわ」

「スカートや弁当箱のメモは？」

「あれは沢渡と出利葉君が共同で企《たくら》んでやったことよ。インターネットの書き込みは沢渡ね。二人共タイプは違ったけど、悪趣味な男だったからね。あたしを面白がらせるために必死だったのよ。お互い相手に対して、優勢を見せたいってバカみたいよね。だからクラスメイトに頼んで、あなたのスカートにメモを入れさせたみたい。保健室で冨張先生を通じて、クラスメイトに薬を売り捌《さば》いていたのあいつだからね、変な頼みごとの一つや二つを頼める相手はいたんでしょう。誰がメモを入れたのかは、あたしは知らないけど」

私の信じていた世界がガラガラと音を立てて崩れていく。

頭の中に直接冷たい水を注ぎ込まれるように、意識が覚めていく。

「あなた最近目を細めて、物を眩《まぶ》しそうに見ていたり、めまいを感じていたようだけれど、物が光って見えるのも薬の副作用よ。食べる量も減ったでしょ。あと、この町の警察はあまり当てにならないから期待しないでね。所轄の警察にも薬物の汚染は進んでいて、割と弱みを握っているのよ。凄いでしょ。お巡りさんって意外と疲れる仕事だからかしらね。喜んで薬をもらっていたって夕実から聞いたわ」

「購買部の毒は？」

「あれはちょっとやってみたかったの。なかなか傑作だったでしょ。出利葉君もノリノリだったのよ。人が死んでいく経過を生で見られるだなんて感激だって喜んでたし」

「大勢死んだのよ」

苦しんで、死んでいった人たちを思いだした。そして死ななかった人も、今も後遺症で苦しんでいるに違いない。

「ひじりも殺す気だったじゃない。クラスメイトを全滅させる気だったでしょ。なのに、そんなこと言うんだ」

「それは……」

「いいのよ別に。誰だってそういう願望あるもの。ところでどうやって混ぜたか教えてあげようか？　夜の間は調理室って誰もいなくなるでしょう。合い鍵を作ってたの。調理室や食料の搬入口や保管庫はカメラもないし、管理も全くされていなかったから侵入は楽だったわ。夜の調理室での作業はスパイになったみたいでワクワクしたわ。保健室から盗んだ注射針で、毒液を注射したり、毒草から煮だした毒液や農薬をミックスしたものを、調理水のタンクに注いだの。他にも韮《にら》を水仙《すいせん》と置き換えたり色々とやって、あれは最高に楽しかった。色んな種類の毒をあちこちに混ぜ込んだから、症状もバラバラで面白かったでしょう。なるべく即効性のあるものを中心に選んだのよ」

指先を顎にあて、彼女はとろんと夢見心地のような表情を浮かべた。

「あ、あなたのお気に入りの出利葉君って、結構生意気なところもあるのよね。それと、以前、珍しい植物をもらったから庭に植えておいたの。ムーン・プランターっていう植物でね、熱帯に育つ植物で、別名自殺草《スーサイド・プラント》。葉が一瞬でも肌に触れてしまうと、死にたくなるほどの痛みを四六時中味わうの。焼けつくような、それこそ眠ることもできないほどの激痛がずっと続いて、その苦痛を和らげる治療法は今のところ無いんですって。それが名前の由来なの……これを使って出利葉君にでも、お仕置きしましょうか」

「そんな、酷い……」

「ふふふっ、そんなこと言わないでよ」

そして、私の肩に片手を置いて耳の縁を触りながら再び話し始めた。

「ところで、クラスメイト全滅作戦。そんな楽しそうな思い出を夕実とあなただけのものにさせたくなかったから、実行する前に、あたしが調合した毒で夕実を先に消してやったの。アコニテン系アルカロイドの毒で、皮膚から吸収されるものよ。夕実が眠っている間に、リップに塗っておいたのよ。致死量を吸収してから、六、七時間後に急に細胞活動を停止させ、心停止を引き起こす毒なんだけど、丁度効いたのが授業中だったようね。

あなたは沢渡が夕実を殺したって思っていたみたいだけど、出利葉君よりも小心者で、女の髪を切って興奮しているようなクズが、そんな大それたことできるわけないでしょ。先生と一緒に薬を掴いて悦に入っているのが限界のつまんない男よ。って、死んだ人の悪口を言い過ぎちゃまずいわね。あたしのこと嫌いになったりしないでね。ひじりが食べたり飲んだりしないように、出利葉君には監視を頼んでおいたの、本当よ。弁当箱のメモを本気にしない可能性もあったから。でも、あの毒で命を落とすあなたも素敵だったかもしれないわね。死んだら家にある大型冷凍庫に、あなたの身体をしまって大切にするわ。

ひじり、あなたの名前の通り、日に日にあなたのことを知りたくなるの。寝ても覚めてもあたしはあなたのことばかりを思っているのよ」

琥珀《こはく》色の瞳、夕実と同じ顔が近づき唇にそっと唇を重ねられた。

そして、口にぬるっとした何かが注ぎ込まれ、苦い味が口内に広がった。

それと同時に彼女に私の肩を摑《つか》まれてしまい、身体を動かせない。

「心配しないで、単なる睡眠薬よ。今は休んで。落ち着いたら、遊びを再開しましょ。今日の話がどこまで信頼できるのか考えながら、あたしを追ってきてね」

絵からするっと抜け出したような、夕実と同じ姿をした彼女は、とろけるような優しい声で私の顔の横で囁《ささや》いた。

「それと、あたしたちが父親と、どんな風に遊んで過ごしたか、教えてあげる。

あれは楽しかったなあ。夕実の前で、縛りつけた父親に劇薬を飲ませたり、毒薬を目に垂らしてみたりして遊んだの。

縛ったまま、空き缶収集用のリアカーに父親を乗せて、あの廃坑跡まで運んで二人でたくさん楽しんだのも懐かしいわ。

夜にね、父親の皮膚や症状の変化を映画を眺めるように焚火《たきび》を囲んで見ていたわ。

最後に父親は全身を突っ張らせて痙攣した後、ゲップのような声をゲェーゲェーって出して動かなくなった。

汚らしい父親が完全に死んだのを確かめてから、二人でコーヒーを淹《い》れて焚火でマシュマロを焼いて食べたの。

あの時からね、夕実はあたしになったし、あたしに逆らわなくなった。一緒に死体を埋める前に、顔に唾を吐きかける時も同じように笑ってくれたし、あたしたちとても仲良しで、たいていの気持ちや感覚をシェアしているつもりだったのにね。

それからあたしは、父親の失踪宣言を役場に申請してから、山に埋めた遺体が白骨化した頃に掘り出して、海岸近くの網に引っかかるように流したの。

死体を海に流してから、三日ほどで骨は見つかった。

知ってる？　身元不明の遺体が見つかったら、失踪者リストの親族に連絡がくるのよ。遺留品が見つからない場合は、その親族からＤＮＡ鑑定をして誰なのか確かめるの」

べらべらと喋《しゃべ》り続ける夕実から口移しで飲まされた薬のせいで、物凄く気持ちが悪い。

「骨から毒の残留が見つかったりして、疑われなかったの？」

「ここみたいな地方都市じゃ、まともな調査なんてされないし機材もないわよ。そもそもあたしは、父親が鬱気味で自殺してるかもって警察に伝えていたから。田舎はね、マンパワーが足りてないから面倒な調査はしないの。それに、この地方の警察官の弱みをあたしは握っているからね。疲れを取るお薬は今のところ違法なものではないって言ってるけど、そんなものを使っていたら不安になるでしょう？

大麻ですら厳しく取り締まる国だもの。ましてや治安維持を勤めなきゃいけない立場の人ならなおさらよね。そんな感じで、疲れを取る合成麻薬を分けてあげていたお巡りさんに協力してもらって、DNA鑑定して保険金を得たのよ。どう、あたしって賢いでしょ？でも、色々とね、面倒ごともあってね……」

私は、めまいと吐き気を感じながらも、ぐっと腕に力を込めて点滴を抜き取り、夕実に似た相手に摑みかかった。

「ふらふらよ、あなた。そんなに焦らないで大丈夫だから。何度も言っているけれど、これからたくさん遊んであげるからね」

彼女は子犬を愛《め》でるかのように、私の頭を撫《な》でた。

頭の上の手を払い除けようとしたが、力が入らず、相手は私の手をねじり上げると微笑んだ。

「つらそうで、苦しそうね」

彼女に摑まれているのと逆の手の指を喉の奥に入れ、無理やり吐いた。血痰《けったん》交じりの吐《と》瀉物《しゃぶつ》が辺りに酸《す》いにおいと共に広がる。

「折角あたしが飲ませてあげたのに、いけない子ね」

夕実にそっくりな顔がそう言い、細長い指が私の顎にかかる。

「もう一ついかが？」

冷たい唇が私の口を再び塞いだ。舌が口内にねじ込まれ、どぅるんと固形物が喉の中を落ちていく。

「おいしい？　あなたのためだけに特別に調合したのよ」

窓の外に研いだ鎌のような細く白い月が見える。

外から吹く風に、煽られた髪を掻き上げる彼女の姿を見ながら、私の意識は徐々に遠くなっていく。

「ひじり、あなたはあたしに追われるの。そして、追われながら、あたしを追って。目が覚めてしばらくしたら毒に塗《まみ》れた命がけの鬼ごっこを始めましょう。ネタばらしをしたのはね、今までのは半分遊びだったから。この先はあたしの人脈や知識を総動員して、たっぷりあなたを楽しむつもりなの。だからあなたも本気になってね。あなたが諦めたり、あっさり死んでしまったら全く面白くないから。でも、あなたはあまり頭がよくないし、最初の……は手加減してあげるし、ヒントもたくさん残してあげる。でも、ずっとそういうのに期待しちゃ駄目よ」

「夕実……」

彼女の名前を呼び、私は震える手を彼女に向けて伸ばした。

「大丈夫よ、できるだけ長く遊びたいから。今日は眠るまで手を握っていてあげる。あたしに殺されたくなかったら、早く殺しに来てね。できることならあなたの手で死にたいの」

薬が効き始めたのか、私の意識は暗い淵《ふち》へと落ちていった。

あれから

あれから四年が経《た》った。

入院期間は思ったより長引いてしまったし、リハビリも必要だった。

体調を悪くしていたせいか、私のところに夕実が来た後も、警察は幾つか質問しにやってきただけだった。あれだけ死者を出した大きな事件だった割には報道規制もあったのか、それほど記事になっていなかったように記憶している。警察や政治家の不祥事が同時期に発覚したせいかもしれないし、その後選挙があったからかもしれない。

私は何故か、あの時病室に夕実《ゆうみ》が来たことを誰にも打ち明けることができなかった。いや、そもそもあれは誰だったのだろう。名前も知らない、夕実に似た誰かだ。

強く北風が私の頬に吹き付け、髪をざあっと掻《か》き上げるように揺らした。

「あらあんた。こんな寒いってのに、罠《わな》を見に行くのかい？」

「ありがとう高木《たかぎ》さん。何か変わったことがあったら報《しら》せますね」

私は今、田舎で一人暮らしをしながら、罠猟をしている。

田舎に古民家を見つけて、そこに住んでいる。

家賃は月２万円。後ろの山も家の主の物なので、破格の安さだ。

近所の人は皆お互いが顔見知りで、車のエンジン音だけで誰が来たか分かるそうだ。

閉鎖的な田舎はプライバシーが無いが、その分安心だ。

最初は都会の人混みに紛れた方がいいと思って過ごしていたが、夕実に似た人を見かけるたびに落ち着けなかったので、田舎に移住してきた。

近所の人たちには前に付き合っていた人が束縛が強くって、私を殴ったり風俗で働くよう無理強いされたりしたので逃げてきたと偽りの過去を告げておいた。

名前は宇陀《うだ》ひじりでなく、今は別名を名乗っている。

あの病室の出来事以来、夕実に似た彼女とは会っていない。

命がけの遊びをする気が無くなったのだろうか。

警察に捕まったのかもしれないが、そういったニュースは目にしていない。

家の周りにも罠が仕掛けてある。勿論《もちろん》非合法だ。

だが、この家には、私以外に人が来ることはないし、道も険しい一本道だ。

山に半分埋もれかけたような細い通路で、途中岩が崩れた箇所もあるが、わたしはあえて直していないので、家主の老婆は腰が悪く、ここに辿《たど》り着く事すらできない。

夕実に似た人は、私を忘れてしまったのだろうか。だったら、この落ち着かない日々や備えは全くの無駄かもしれない。

落ち葉を踏みしめながら、そんな考えが頭を過《よ》ぎったが、頭を横に振って否定した。

備え過ぎていて損はないからだ。

私は、時々山の奥深く、灯《あか》りも持たずに一人で過ごすようにしている。彼女が私の命を狩りに来た日に備えてだ。

食べる物もできるだけ自給自足で済ますようにしている。隠れ家としていい場所だと思うけれど、この家も来年には引っ越す予定だ。時々別人になりながら、違う土地で暮らす。そうやって透明になっていけば、彼女の影から逃げられるだろうか。

前住んでいた場所は山奥の限界集落で、元罠猟師の老人と二人で過ごした。彼は話し相手が欲しいと言い、私の事は何も聞かずに家に住まわせて、罠猟のやり方を教えてくれた。

「目を病む前はねえ、毎日山に入ってたんだよ。猟の期間でなくっても、山自体を知ることは大事だからね。それに獲物の数や家族構成を知ることができる。獣道の場所や、泥浴びの場所、それから……」

男は私が何も返さなくっても、一人でずっと喋《しゃべ》り続けていた。

そんな暮らしを半年くらい続けた頃だった。男は始終視力がますます弱くなってきたことと、足が痺《しび》れるようになったとぼやき始めた。

私は病院に行ってはどうかと何度か勧めたが、男は寂し気に笑うだけで、行くとも行かないとも言わなかった。そして、ある朝、ちょっと散歩に行ってくると言って戻ってこなかった。山に一人で行って、数日間戻らないことがあったので別に気にしなかったが、一週間経った頃、これはここにあの男は帰ってこないなと思った。思い返すと死に場所を求めるような発言をしていた。

形見に良いだろうかと思い、狩りに必要な道具を幾つか持ち出して、ここに流れ着いた。

「髪、切らんのか？　獲物の角や森の木々の枝なんかに引っかかって邪魔だし危険だぞ」

あの男の声が、自分の髪を耳にかけた時にふと蘇《よみがえ》ってきた。

そう聞かれた時、私は何と答えただろう。髪を切らない理由は二つある。それは、誰の手にも触れさせたくないし、髪を切ることで嫌なことを思いだしてしまいそうだったから。

もう一つの理由は、命がけの遊びが始まっても死なない。いや、死んでやるものかと願をかけているからだ。

「でも流石《さすが》に、毛先くらいは切ろうかな」

ぴょんと跳ねた髪の先を指で摘《つ》まんで、一人つぶやいた。

冷たい北風は髪や私の肌から水分を容赦なく奪っていく。

鹿の脂から作った軟膏《なんこう》をポケットから取り出して、手に塗り込んだ。あと十分ほど歩き続ければ、家が見えてくる。ケーンと遠くから、鹿の鳴き声が聞こえた。

家の背には切り立った崖があり、敷地内には井戸がある。そして裏手には川もある。罠猟で獲《と》った獲物を解体するのには、大量の水が必要だし、肉はすぐに冷やした方が味も良い。肉は売ると現金収入になるし、集落内でのぶつぶつ交換にも有効だ。

鹿が増えすぎて田畑を荒らして大変だと、嘆いていたせいもあって罠猟をする私のことを集落の人達は今のところ歓迎してくれている。

ただ、鹿肉は扱いが難しいのかあまり高くは売れない。なので燻製《くんせい》にしてジャーキーとして加工して自分用の保存食にしている。

老人ばかりで若者の居ない、山の中の静かな集落。きっと日本にこういう場所は幾つもある。だから、今後も住む場所には困らないに違いない。

罠猟を行うコツは動物の動きを読むことだ。

こうした山の中で、どの動物がどういったルートを選択して進むのかを考えながら駆け引きを行う。

「明日雨らしいから、新しい罠を追加しておこうかな」

雨は罠についた人間のにおいを洗い流してくれる。

山の斜面に設置した罠を一つ一つ確認していく。かかっていたら、腰に下げたこん棒で眉間を狙って振り下ろして絶命させる。

そう、私は狩られる立場の人間ではない。

狩る側だ。

翌日。山道に仕掛けておいた罠を全て確認してみたが、残念ながら獲物はかかっていなかった。広い山の中で、たった十数センチの獣の足を捕らえる為に設置する罠。かかる時は連日複数の罠に、獲物がかかっていることもあるけれど、今日のように空振りの時も多い。

罠の位置を少し移動させようかと思ったが、獣の足跡からしてここを通っている可能性は高い。人がいた痕跡を増やさない方がいいという判断もあって、ひとまずこのままにしておくことにした。

山で胡桃《くるみ》を拾い、帰りにノビルを摘んだ。

胡桃は砕いて味噌《みそ》と一緒に練って、肉に塗って食べると美味しい。

干しておいた鹿肉は塩とスープにして、刻んだノビルを浮かべて飲むことにしよう。

そんな風に頭の中で夕食の献立を組み立て、家に戻る頃にはすっかり日が暮れていた。

夜、この辺りは山から乾いた風が下りてきて冷え込む。

薪《まき》ストーブに火をつけて、その上に鍋を置いた。

古い家なので、温まるまで時間がかかる。ざわざわと木々が風に揺れる音がして、梟《ふくろう》の鳴き声も聞こえる。雨が近いからか、今夜は虫たちの声が聞こえない。

冬と秋はミルク色の霧が立ち込め、音さえも吸い込んでしまう。

冷え込みは厳しい土地だが、ここに辿り着く道は細いし、一つしかない。

枝や葉もあるから、無音で近づくことは難しく住む場所としては気に入っている。

薪がパチっと爆《は》ぜる音を聞きながら、私は胡桃の殻を割り続けた。

一つの作業に熱中していると余計なことを考えなくって済むので、気が楽だ。

山で猟をしていると日々やらなくっちゃいけない事が沢山ある。

罠の見回り、罠の修理、動物の解体、業者への連絡、下草の処理、家の屋根や庭のこと、買いだしや、冬の備え……怠るとここで生きてはいけない。

後二週間もすれば、この辺り一面は雪で覆われる。ここの猟期は秋から翌年の十日までだが、私は雪が降り始めると罠を撤去することに決めている。

見回りが大変なのもあるが、去年全く獲物がかからなかったせいだ。

雪の積もった山道を毎日くたびれながら歩き回って、空振りばかりで大変だった。

あんな失敗は避けたい。だから今年は初雪が降ったらさっさと罠を回収して、家まわりのことを中心にやろうと思っている。

冬の期間は好きじゃない。雪だけの空間を眺めていると死んだクラスメイトや色んなことを思いだしてしまうから。

薪も去年は全然足りなかった。以前住んでいた老婆の夫が炭を焼いていたのか、炭焼の跡があったけれど、今はとてもそこまで手が回らない。凍った薪を割ると手が痺れる。

あれも、これもやらなくっちゃいけない。そして、あの夕実に似た女が来た時の備えももっと万全にしたい、冬に生きていくには覚悟が必要だ。

でも、少しだけでいいから目を閉じていよう……。

食後の満足感と、ストーブからの心地よい温もりもあって、私は強い眠気を感じた。

眠りは深い穴に落ちていくようで、どこかに体が吸収されるような心地よさがあった。


ドンッツ!! という轟音《ごうおん》で私は目を覚ました。

少し眠ってしまった。外は雷が鳴り響いている。

手にはまだくるみ割り機が握られたままだった。

ストーブの上に置いた鍋の水の量がほとんど減っていないので、眠っていたのは多分ほんの僅《わず》かな時間だったはずだ。

「なんだろう」

窓を開けるとざあああああっと風が渦巻いている。

雷鳴に風の音、闇の中で揺れる木々がまるで、踊り狂う人の影のようだ。

「今日は気分がなんだか落ち着かないな」

また轟音が鳴り響いて、地面が揺れた。きっと近くに雷が落ちたのだろう。

何故かその時、私は最初に罠猟で仕留めた獲物のことを思いだした。

——あの時見たのは、若い牡鹿《おじか》で黒いオニキスのような目をしていた。

その目の美しさと全てを把握して覚悟したように動かない姿を見て、私は怯《ひる》んだ。

そうすると、牡鹿《おじか》は私の気持ちを察したのか、罠のワイヤーにはまった方の足を激しく動かしはじめた。

傷からは赤い血が滲《にじ》んでいた。

そして……私は眉間目掛けて、震える手でハンマーを振り下ろした。

鹿は一撃では死ななかった。私は苦しめてごめんねと泣きながら何度も何度もハンマーを振り下ろした。そして、気絶したのか絶命したのかは分からないが鹿は横に倒れた。

涙と汗で顔をぐちゃぐちゃにしながら、山の中で私は牡鹿の角を持って、感謝と詫《わ》びを口に出した後、首にナイフを入れた。ビシャっと温かい血が辺りに散り、木々の上に止まっていた山鳥が一斉に飛び立つ葉音がして緑色の葉が頭上から何枚も落ちてきた。

さっきまで宝石のように輝いていた黒く艶やかな瞳は命を失ってから、くすんだ色に変じていた。

初めての罠猟の記憶、ずっと思いだしたくなかったのにどうして頭に浮かんできたのだろうか。あの時以来、トドメは一撃でなるべく済ませるようにしている。

「煙草でも吸おうかな」

本当は吸わない方がいいと、私に罠猟を教えてくれた猟師が言っていた。理由は煙草のにおいを獲物が嫌うことが多いからだそうだ。だが、時々気持ちが落ち着かない時は、つい吸ってしまう。

煙草に火をつけ、目を閉じて煙を吸い込んだ。

ふう。

雷鳴は遠のき、激しい雨が地面を打つ音がする。

ザーーーッと聞こえる雨音は遠い記憶を運んでくる予感がして、やはり気持ちが落ち着かない。

もう一度煙草を唇に当てて、深く煙を吸い込んだ。

ふう。

何故、こんなにも今夜は気持ちが騒ぐのだろう。

ふっと、人工的な懐かしい甘い芳香が煙草の煙に交じって鼻に届いた。

「あら駄目よう、ひじり。煙草だなんて体に悪い。しばらく会わない間に不良になっちゃったのかしら？」

私は人より気配にはかなり敏感な方だ。だからこそ、獣の位置や場所を把握する猟だって行えている。

なのに、全く気配を感じなかった。これは、本当に人なのだろうか？

「どうしたの？　そんな顔して、久しぶりねえ」

私は煙草を投げ捨て、獲物のトドメを刺すのに使っているハンマーを手に取って、振り向きざまに夕実に似た女に目掛けて振り下ろした。

歯を食いしばり、渾身の力を込めた。大型の猪でも当たれば絶命する威力の一撃だ。

彼女はするりと私の攻撃を避けると、ふふっと笑った。

「素敵なご挨拶ねえ、ひじり。でも震えていてよ。だから力が入らないいんじゃないの？」

嘘だ、去年からずっと獲物は一撃で仕留めてきたのに。どうして。どうして、私は外してしまったんだろう。心臓が激しく脈打ち、汗が止まらない。

「さあ、これから約束していた通り遊びましょう。それとねえ、ちょっとしたプレゼントがあるの。早くしないと死んじゃうかも。あなた、動物を解体する場所に大きな冷蔵庫を置いていたでしょう。その中にプレゼントを入れておいたの」

そう、私は震えていた。いや、多分震えていた。

それすらも今はよく分からない。

夕実、いや……死んでしまったのは夕実なのだから、彼女に似た姿の女……あの女とでも呼べばいいんだろうか。四年前から姿は変わっていなかった。

黒いジャージ姿で、白い手足が覗《のぞ》いていた。髪は相変わらず長く闇の中でも分かる程に、艶やかだった。

香水に似た、甘く酸味のある柑橘《かんきつ》の香り……。

あの時庭や学校でよく鼻先を掠《かす》めた匂いのせいで、ふっと一瞬あの時の日々やその後の惨劇の記憶に私は引きずり込まれそうになってしまった。

「どうしたの？　ぼんやりして約束を忘れちゃったの？　あたしね、時間をかけて色々と準備したのよ。だから沢山楽しみたいの。すぐにゲームオーバーなんて嫌なんだから。

まあ、いいわ、幾つかハンデは最初っからあげるつもりだったから。あなたって思ったほど変わってないし、行動もあまり想定外のことはしないんですもの。時々観察していたのよ、あなたのこと」

嘘《うそ》だと思った。

人が足をやすやすと踏み入れられる場所じゃない家に住んでいた。

見知らぬ人がいればすぐに知れ渡るだろう。

おまけに余所者《よそもの》にはかなり敏感な過疎の村。そんな所でこの女が目立たない筈《はず》がない。

それに、狩猟のおかげで、人の気配や足音にも敏感になっていた。

いや、でもそうだろうか、今だって気が付けなかった。何かがおかしい……私は物凄《ものすご》く簡単なことを見過ごしているのだろうか。

「顔色が悪いわよ、ひじり。そうそう、さっき言ったプレゼント、早くしないと死ぬわよ。じゃあね、また来るわ。その時は前の続きをしましょう。今の状態だとすぐに殺せそうで、面白くないし」

手をひらひらさせてから、夕実に似た女は闇の中に溶けるように消えた。

たった数分間の出来事だったようにも、数時間ずっと全身の筋肉に力を込めて立ち尽くしていたようにも感じる。身体が上手く動かないし、冬なのに服が汗でべったりと体に張り付いている。

ふうふうと深呼吸をして、唇の端を噛《か》む。

混乱した時や慌てた時に、平常心に戻れるように行動パターンをあらかじめ作って身体に覚え込ませておけと、罠猟を教えてくれた男に言われていたのが役に立った。

狩猟の世界では思い通りに行かない事や、予想外のアクシデントが起こってしまうのは珍しくない。野生動物の角や牙で、足の一部や内臓を貫かれたり傷つけられても、まずは落ち着くことが生きて帰るコツだ。

そう、まだ私は怪我一つ負っていない。なのに、何故こうも動揺しているのだろう。

あの女はいつかきっと私の所に、私を殺しにやってくる。そう分かっていた筈なのに。

この手で殺そうとずっと決めていたのに。

頬を掌で叩《たた》いて気合を入れた。

もう、あの姿にも声にも惑わされない。

自分の中でそう決めていた。

その時、か細い声が冷蔵庫から聞こえた。

いや、幻聴だったかもしれない。

分厚いドアの内側から外に声が聞こえる筈が無いのだから。

だけど、私はあの女の言葉が気になっていたのもあって冷蔵庫に駆け寄って扉を開けた。

そこには白いシャツに白い薄手の布の入院着に似た服を纏《まと》った男が入っていた。

口はダクトテープでふさがれていて、手足は縛られている。

頭には赤とピンクと白のリボンが結ばれていて、額には口紅で「ぷれぜんと」と書かれている。

胸は上下しているので、生きているのは確かだ。

冷蔵庫の中に入れていた大量の獣肉は先週、ドッグフード加工業者に卸したばかりだった。このタイミングを見計らったように人間を入れた？　ならば私のことをずっと見ていたのは事実だったのだろうか？

冷蔵庫の中の男は痩せぎすだったこともあって、それほど苦労せず外に出すことができた。脈拍は弱いが、体温はそれほど低くはない。末端部、主に鼻、足、指先、耳、鼻、頬に凍傷の兆候が出やすいので、皮膚に触れてみたが、どうやら大丈夫そうだ。ただ身体が冷え切っていたので、毛布を被せて持っていたカイロを上に置いた。

低体温症は罠猟を教えてくれた老人が、山で気を付けなければならないこととして、ことあるごとに対処法を教えてくれた。

人は、体温が下がり過ぎると、体の機能を維持できなくなる。

体温が奪われると思考力、体力、気力が失われていき、やがて命を手放すことになる。

低体温症は死に至ることもある。なので、体の体温が低すぎる時、まずは、乾いた温かい毛布にくるまり、すぐに末端を温め始めてから、カロリーの高い固形物を摂取し、温かい飲み物をとる。そうすると生きる確率がずっと増す。

この男は眠っているので、まだ食べ物を与えることはできない。

瞼《まぶた》を捲《めく》ってみるべきだろうか。

それにしても、あの女は何故今になってここに来たんだろうか？

冷蔵庫の中にこの男を入れた意味は？

彼女のことはずっと、今まで考えない日はなかった。

できれば再会することなく、ある日ふっと昔酷《ひど》い事件があったなと思いだすくらいになりたかった。完全に忘れることができないのは分かる。でも毎日毎日繰り返し、あの女の声や姿が目の前に浮かぶのはもう嫌だ。

今日も、目の前に現れたあの女……何度もイメージの中では追いたてた獣のように仕留めていたのに私は何もできなかった。

学生だった頃より今はずっと体力もあるし、色んなパターンを想定していたのに。

爪を強く噛んでいると、男が呻《うめ》き声をあげ始めた。

毛布をかけていたが、口のテープはそのままだったのを思いだしたので、剝《は》がした。

男はぶはっと息を吐くと、水が欲しいと言った。

私は温く沸かした湯の入ったカップを渡し、男に何者なのかを聞いた。

「ねえ、なんでさっきの女に冷蔵庫の中に入れられていたの？　あなたはゲームの一部なの？　私を殺しに来たの？　一体なんなの？」

我ながら変な質問ばかりだなと思った。

もし、この男が夕実の仲間で命を狙っているのなら、こんな風に悠長にやりとりする必要も意味もないからだ。でも、何故かこの男はそういうのではない気がした。

「久々だから分かんないかな？　僕だよ、出利葉《いでりは》だよ。忘れちゃった？」

男はそう言うと、ずずっと湯を再び啜《すす》った。

「え？」

髪型も雰囲気も違うが言われてみると、確かに出利葉に似ているような気がした。こういう時、人の顔の判別がつかないと困ってしまう。

声は記憶にあるのより、やや低い。

「えっ？　じゃないよ。本当に僕のこと忘れちゃったの？　友達だと思っていたんだけどなあ。君はそんなに変わらないね。それにしても酷《ひど》い目に遭っちゃったよ。親父の事務所で手伝いした帰りにいきなり、拉致られて、途中で服も取られちゃうし散々だったよ。その後見知らぬ男に車に乗せられて変な薬を無理矢理飲まされて、気が付いたらここにいたんだよ。まあ、だいたい何が起こったのか想像はつくけどね」

「どうして生きてるの？　あなた、夕実に似た女に拷問されて殺されたんじゃないの？」

「勝手に殺さないでよ。っていうか、夕実に似た女っていうのは、双子の妹の夕姫《ゆうき》さんだね。彼女は適当なことしか言わないから気を付けた方がいいよ。人を翻弄するのが得意だしね。流石《さすが》は、大宝夕戯教《たいほうゆうぎきょう》・教祖のお孫さんってとこかな？」

「何それ？」

「君は一体何を知ってるの？　同じ町に住んでいたのに大宝夕戯教を本気で知らなかったの？　予知夢を見たことで、教祖になった大宝夕《たいほうゆう》が陰陽師を名乗る三石戯犬《みついしぎけん》と作った教義で運営されていた新興宗教だよ。信者数は二百名程でそこまで多くはないけれど、信者の中には政治家や資産家、弁護士や教師、マスコミ関係者もいたんだよ。町の図書館も教団が町に寄贈した建物だったんだよ」

「嘘。そんなの聞いたことも見たこともないけど」

「うちの学校のクラス内にも信者はいたよ。でも、教祖のお孫さんだって知ってる人はいなかったかもね。僕が知ったのも学校を卒業してからだから。それから色んなことを調べたよ。彼女が自分自身への虐《いじ》めを仕込むように装っていたこと、クラスの女子を何人か洗脳していたこと、小学校の頃から身近にいた人が何人も行方不明になったこと……。そういえば教祖の大宝夕にも財産を寄進した人が立て続けに行方不明になったたって、騒ぎになったことがあったな。でも、三石が自殺した後に大宝夕が表舞台に一切出なくなって、一部の信者を引き連れて山籠《やまご》もりに行ってからは、報道されることもなくなったけどね。ふう、君のくれた白湯《さゆ》のおかげで随分楽になったよ。ところでさ、何か着るものある？　毛布を被ってるけど、このままじゃ落ち着けないんだけど」

「落ち着く必要がある？　今すぐあの女が殺しに来るかもしれないのよ。だって、病院に入院していた時にそう言っていたもの。今日だって、刃物を持って嬉しそうに笑ってたのよ。それに、あなたも信用できない。そもそも出利葉君は、あの女の信奉者で人殺しでしょ。冷蔵庫にいたのが誰だったか、最初に気がついてたらさっきだって助けなかった」

「君の言う事はよく分かんないんだけど。僕は、夕姫さんの信奉者なんかじゃないし、順を追って教えてよ。今まで何があったの？」

私は爪を嚙みながら、病室で聞いた話を伝えた。まだ心の中に誰かを信じてみたい気持ちが残っていたのか、言った後で夕姫と一緒に殺せばいいと思っていたのかは、今となっては分からない。

「そんなことがあったんだ。あの人、信頼できる語り部だと思っちゃ駄目だよ。ずっと、嘘で他人を翻弄するのが生きがいみたいな人だし」

「ならどうして、あなたは落ち着いてるの？　さっき、冷蔵庫の中で死ぬとこだったのに、なんでそんなに落ち着いて話してるの？　今にもあの女が殺しに来るかもしれないのに」

「君がいたら、なんか大丈夫そうだなって思えたから、それだけだよ。あと、夕姫さんだったら大丈夫だよ。あの人って、変な美意識があるし、律儀な魔王みたいな性格だから。セーブポイントでは攻撃してこないし、バトル開始前は必ず前フリがあって話しかけてくるタイプだよ」

確かにそうかも知れない。私を殺したいのは事実だろうけれど、彼女はそれよりも獲物を狩る瞬間より、そこまでに至る経緯を楽しみたい性質を持っている。

「出利葉君、着る物なら、隣の下手の箪笥《たんす》の二段目の中からなら好きに取って着て構わないわ。ここに前住んでいた人が残して言った服だから。

今日、あなたを冷蔵庫の中で見つける前に夕実に似た女……夕姫って名前なのね、その人がいた。病室で約束した殺し合いのゲームの続きの開始を告げられたの。あなたはてっきり、毒で拷問されて死んだとばかり思ってた。それに、今もあなたを信じるべきかどうか正直言って迷ってる。でも、混乱してると上手く動けないのが改めてよく分かったから、あなたの知っていることを話して」

「僕が嘘を伝えるかもしれないのにいいの？」

隣の部屋から出利葉の声がドア越しに聞こえた。

「いいの。どうせ、最初から信じないから。あなたが夕姫とグルで、腹の中で笑っていたとしても別にどうでもいいって思ってるし」

「なら、どうして聞くのさ。変な人だなあ。夕実さんは良く分からなかったし、調べるうちに存在を知った夕姫さんは、それ以上に僕には理解できなかったよ」

首元がダブついた、白いパーカーとジーンズ姿で出利葉が現れた。どちらも明らかにオーバーサイズなのが分かる。ジーンズは裾を何度も折り返して穿《は》いていてベルトを巻いてなんとか身に着けているといった具合だ。

「理解も何も、快楽殺人鬼とかいう奴じゃないの？　学校であれだけの人を殺したのよ。私も毒を盛られていたし、友達だと思っていた夕実を殺された」

「彼女と本当に友達だったの？」

ぐぅっと、喉に何かをぐっと詰め込まれたような吐き気が急に込み上げてきた。

「ごめん、そんなつらそうになるとは思わなかった。君にとってはつらい質問だったね」

この男はなんなのだろう。

無神経で嘘つきだったし、大嫌いだ。なのに、つい本音の一部を見せてしまいそうになる。だからこそ、夕実に似た女……いや、夕姫はこいつを寄こしたのだろうか。

「もういいからそういうの。出利葉君、できれば夕実と夕姫の二人について知ってることをまずは教えて」

「いいよ、でも何から話そうかな。えっと、夕姫さんと夕実さんは双子だったのは事実でね、四歳までは同じ教団の施設内で暮らしてた。でもどういう理由があったかは知らないけれど、姉の夕実さんは看護師をしていたお母さんと、一緒に施設を出て、行方が分からなくなったんだ。そこで、仕方なくなのか、どうかは分からないけれど、妹の夕姫さんが、教団の後継者として育てられることになった。でも、マスコミが騒がしくなってきたからか、一部の信者と他府県にある小さなアパートの一室に移ってね、そこで家庭教師をつけて過ごしていたらしい。でね……」

「お話はそれくらいにしない？」

夕実、いや夕姫の声が窓の外から聞こえた。

ガシャーーーーーン‼

窓が割れて、キラキラと割れた硝子の破片が辺りに降り注ぎ、夕姫が現れた。

着替えたのか、黒い皮のジャケットを着ている。

硝子を割る時に、傷ついたのか頰に一筋の赤い線がついていた。

横にいる出利葉はぽかんと口を開けて、彼女に見惚《みと》れたような表情を見せている。

私は腰に紐《ひも》で結んでいたシースナイフを鞘《さや》から抜いて手に持った。

毎日研いでいる、刃渡り十三センチのこのナイフは私の手によく馴染《なじ》んでいる。

肉を斬ることも抉《えぐ》ることもできる。獲物も人も同じ生き物だ。しかも、野生の獣と比べると、人は動きが鈍い。

まずは、足を傷つけ、拘束具として使えるドラッグロープで縛る。

ドラッグロープは百キロを超える猪でも解けない特殊な狩猟用の紐だ。千切って逃げることは不可能だろう。そして、動きを奪ってしまえば私の勝ちだ。今まで何十という獣をそうやって捕らえて屠《ほふ》ってきた。

彼女の黒い革ブーツを履いた、しなやかな足目掛けてナイフを薙《な》ぎ払った。

最初に感じた時のような怯《おび》えや震えは今、私の体には微塵《みじん》も無い。

いける!!

そう思ったのに、彼女は軽く床を蹴るとトンボ返りをして、窓枠に飛び移った。

忍者のような動きだった。だが、その動きに驚いている場合ではない。これは彼女が何年も温めていた私を狙った命がけの鬼ごっこなのだから。

猪のトドメ差しに使っている槍《やり》がテーブルの脇にあった。分厚い頭蓋骨でも刺し貫ける狩猟用の槍で、遠くまで投げることだってできる。

それとも隣の部屋には電動式のポータブルのトドメ刺しがあるので、そちらを使うべきか。あれならば触れるだけで、人間でも致命傷を負う。金属製の板を通して高圧電流を流すタイプのトドメ差しで、高齢者や力が弱い人が短時間でトドメを刺すのに用いるケースが多い。どちらを使おう。

迷っている時間が惜しい、今はともかく素早く動き回る女の動きを止めたい。

夕姫は、不適な笑みを浮かべながら、部屋にある物を私に向かって投げつけ、私が斬りかかろうとするとパッと離れるという動きを繰り返している。

本気になっていないのは見ているだけで分かる。

休みなく動き続けているはずなのに、息が上がっていない。

山で鍛え、獣相手に奮闘し、家でも筋トレをずっと欠かさず続けていた私よりも体力があってあんな風に素早く動けるのはどういうことなのだろう。

「出利葉君！　電気消して、壁！　スイッチあるから」

「えっ？　あ、うん」

カチッと出利葉が手でスイッチを押すと、部屋の灯りが消え、真っ暗になった。

外には街灯も何も無い場所に建っている家だ。電気を消すと辺りは真の闇に包まれる。

気配を消すのは得意だ。

割れた窓から冷たい雨混じりの風が部屋の中に入り込んでいる。

急に暗くなったことで、相手も静かになった。慣れない場所で素早い動きをしてバランスを崩すことを警戒しているのだろうか。

キシッと床が鳴った。

夕姫は窓から四歩半程離れた場所にいる。

家の中なら私は目を瞑《つぶ》っていても自由に動ける。こういう事を想定して事前に練習をしていたのだ。冬場は日暮れも早く、罠を見回っている最中に夜を迎えてしまうことがある。過去には、山に仕掛けたそれぞれの罠に三匹の獣がかかっていたことがあった。全て仕留めるのに時間かかってしまった上に、最初の二匹は大人しい鹿だったけれど、最後に掛かっていたのは大きな猪だった。

頭につけたライトの電池が切れかけていたのか、チラチラとまばらにしか辺りを照らしてくれず、そんな中、獲物の息遣いだけを頼りに仕留めた。

あの時、もし猪を繋《つな》いだロープが切れていれば私は死んでいた。闇の中にいるのは私と背格好の変わらない、女だ。しかも革製品の匂いや気配を消し切れていないのにどこにいるかよく分かる。近くにいる出利葉は駄目だ、息使いだけでどこにいるかバレバレだ。

私はそっと音を立てず、壁際に立てかけている槍を手に取った。

吐息さえ漏らさぬようにして、夕姫の気配の感じる場所に力を込めて刺した。

今まで鹿や猪にしてやったように心臓を貫いてやる。もしくはあの目を射れば私の勝ちだ。手ごたえはあったが、服の上からだったせいか、深くは刺さっていない。

無意識のうちに、私は相手が獣でない人だから、手加減してしまったのだろうか？

それとも私が刺すのを察して後ろに飛び退《の》いて、槍の勢いを殺したのだろうか？

仕留め損ねた。ならばもう一度と、槍を引こうとしたところで夕姫に引っ張り返された。

想像以上の力に驚いたので、私はパッと槍を放した。

他の方法でやろう。

そう考えながら、体勢を戻すと、顔の横をヒュッと空気を切り裂いて、何かが飛んできた。音からしてナイフだろうか？

私は闇の中、じりじりと後ろに下がり、扉から五歩程離れた場所で、硝子の欠片《かけら》をあえて踏んだ。

バリッと、硝子の割れる音が辺りに響く。

また何かを投げられる可能性があるので、体の急所は相手から見てテーブルの後ろに隠れるような位置に立った。

出利葉が立ち尽くしている場所から動かないことだけを祈り、私はその場で数秒待った。

夕姫が私の方に向かってくるのが足音で分かった。そこで、相手に向かって体重を乗せて体当たりした。そのまま相手が尻もちをついたので、床の落ちている硝子の破片を腎臓に目掛けて振り下ろそうとしたら、蹴りをカウンターで入れられた。

何故こうも相手は勘が鋭く、身体能力が高いのだろう。

私は脇腹を手で押さえながら、隣の部屋に移動した。相手も闇に眼が慣れてきた頃だろう。早めに決着をつけなくてはいけない。

出利葉でなく、私にばかり攻撃を仕向けているのだから、恐らくターゲットは私だけだ。それとも、彼女なりの美学による順序でもあるのだろうか。私を殺したらあいつ、それとも、あの男もやはりグルで観測者の立場なのだろうか。怯えているフリをして、夕姫と狩り合う様子を楽しんでいるのかもしれない。

でも、私は前の私のままじゃない。さあ、早く私を追ってこい。

部屋の中で幾つものパターンの仕留め方を頭に浮かべながら、夕姫を待ったのは恐らく二十秒に満たない時間だった。

ガタン!!

跳ね上げ式の罠が発動した音だ。

これでどうするかパターンが定まった。獣用の罠を改造し、人の足が乗ると沈み込んで捕獲するトラばさみに似たそれは、夕姫の足首にガッツリと食い込んでいる。

やった！　と心の中でガッツポーズを取った。

百キロを超す熊でも引きちぎれない、鋼鉄製のワイヤーで固定された罠だ。

足首を切断するか、引きちぎりでもしない限り脱出することはできない。

手で足の罠に手をかけた途端、これを自力で外すのは無理だと夕姫も悟ったのか、チッと舌打ちをしてこちらを睨《にら》み据えている。

片足をガッツリと罠に囚《とら》われているから痛みも強いだろうに、体勢をもう戻して格闘家のように手を前に構えた状態で私をじっと見つめている。

ただ、その視線に、ほんの少し何か違和感が混じっているように思えた。

「形勢逆転だね」

私は何か隠し玉があるかもしれないと思い、決して相手に背を向けないようにしながらゴム手袋を両手に嵌《は》めた。何十回も今までやってきたことだけれど、人に試すのは初めてだ。とはいえ、相手の体重は五十数キロくらいだろうか？

きっと一瞬で済む。苦痛など感じるヒマもない。

「じゃあね、夕実に似たひと」

私は高圧電流のトドメ刺しの電源スイッチを入れた。モーターの振動と音が辺りに響く。

私はそっと銀色の金属板の先端を彼女の首筋に当てた。

ビクビクッと体を数回痙攣《けいれん》させてうつ伏せに倒れると、夕姫は動かなくなった。

手足はぐにっとゴム人形のように床の上で伸びている。


「ふはっ、ふっ、ふっつ、ふっ、ふーふーっ、はっ」

声が出ない、汗は大量に出る。

人を、人を殺した。この手で、殺してしまった。

髪の毛に覆われて、伏せっているので夕姫の顔は見えない。

生きている筈がない。でも、もしかしたら……。

いや、でも……。

床の上に横たわった体に触れようとして、私は手が激しく震えていることに気が付いた。

ふっ、くっ。

息がだんだん上手く吸う事も吐く事もできなくなってきた。

あっかっつカッふっ。

呼吸の方法が分からない、額や背中から出る汗が気持ち悪い。

「入っていい？　大丈夫かな？　あの、どうなってるの、いま？」

おずおずと出利葉が扉から入ってきた。

「もう、電気点《つ》けて大丈夫？」

「あっ、が、ふふぅ」

声が出ない。

「どうしたの？　怪我して喋れないの？　真っ暗だから電気点けるね。これかな？」

カチッという音と共に電気が点いた。

「わ、どうしたの？　って、えっと、過呼吸かな？　あ、袋ここにあるね。とりあえずこれ口に当ててゆっくりと息を吐いて、吸って……」

出利葉の声を聞いているうちに段々落ち着いてきた。

「無理して急に喋ろうとしなくっていいから、ところで君、やったんだね。夕姫さんを倒せたんだ。良かった」

「でも、あのっ、まだ、死んでるか、たしかめて、い、ない、の」

「僕が確かめるよ。ねえ、だからさ、頼みたいことがあるんだ」

彼の息が荒くなっている。顔も赤く上気しているのが横にいて分かる。

「しばらくの間、外に出ていてくれないかな。ちゃんと死んでいるかどうか、確かめておくから絶対。ねえ、五分でいいからここから出ていてよ。あと、絶対に中を見ないでね」

私は紙袋を口に当てたまま頷《うなず》き、外に出た。

ゴム手袋の中がぬるぬるする。硝子の破片を摑《つか》んだ時に切ってしまったのだろう。出血していることにすら気が付かなかった。破片が手の中に入り込んでいないか、明るい所で確かめたかったし、夕実に似た人間の死体の側にいたくなかった。

自分の手で確かめてはいないけれど、あれは死んでいる。生きている人間が放っている気配を全く感じられなかった。

山で何度か、自死した人の死体を見た事がある。あれと同じだ。物になってしまった人間が帯びている、何かが発せられていた。言葉にできないが、あの気配を感じると人の死体があるなというのが分かる。

呼吸が落ち着いてきたので、紙袋を机の上に置いた。

手の傷は、縫う程の深さの傷ではないけれど、出血量が多い。水道の蛇口を左手で捻《ひね》り、右手の傷口を洗い流しガーゼとハンカチを強く圧《お》し当てる。じわじわと滲むタイプの出血なので、傷口を圧迫し続ければ血はそのうち止まるだろう。

テーブルの上に、いつ買ったのかさえ覚えていないウイスキーのボトルがあったので出しっぱなしのグラスに注いで一気に飲んだ。

酒を飲むようになったのは、この二年ほどだ。

美味しいと感じたことは一度も無いけれど、眠れない日や不安で仕方ない夜はつい飲んでしまう。酔いが回れば今のこの嫌な気持ちも少しは薄れるのだろうか。正当防衛、いや過剰防衛と判断される？　そもそも、私も相手も最初っから殺す気だったのは確かだろう。でも、私が直接人を……本当に殺したのは今回が初めてだ。

学校や病院で見てきた死や、願った死とも違う。

取返しが付かないことをしたという、嫌な気持ちが込み上げてくる理由が分からない。

夕実の姉妹の、夕姫を殺した。ただそれだけなのに。

夕実の仇《あだ》をうちたい。あの女が私を私を殺しに来たら喜んで殺してやろうとずっと思ってたのに、何故私の頰を今、涙が伝っているのだろう。

自分の気持ちが本当に全く分からない。

私はしばらくその場で一人、すすり泣いた。

「もう、入ってきていいよー」

隣の部屋から能天気な出利葉の声が聞こえたので、私は我に返った。

あれから、どれくらいの時間が経ったのだろう。五分以上は確実で、二十分くらいだろうか？

隣の部屋に行くと、にやけ顔の出利葉が鼻歌をうたっていた。

「何してたの？」

「別に。ねえ、心配しなくっていいよ。ちゃあんと夕姫さんは死んでた。僕がしっかりくまなく調べたから間違いないよ」

「そう」

「聞く前から分かってたって感じだね。ところで、宇陀さん、この死体どうするの？」

不思議なことに、今は夕姫の死体を見ても何の感情も沸き上がってこない。

ただそこに転がっている物という感じすらする。

「解体してバラして山に埋めるかな。正直に言うけど自首するつもりはないから。そっから先はどうするかはあんたにも言わない。今度こそ誰にも知られないようにしたいから」

「えええええ、解体なんてできるの？」

「人は初めてだけど、多分平気よ。この大きさなら二時間くらいかな？　内臓は他の獣のと混ぜて業者に処分してもらうつもり。

大きい百キロ以上の猪を丸ごと処理できる機械を持ってる業者がいてね、そこにぶちまけたらあっという間に飼料になっちゃうの。内臓だけだとどんな獣かよく分からないから大丈夫よ、一旦冷凍させるつもりだし。骨と肉は流石にごまかせないから、人が来ない所に埋めるけどね。この山に出入りする人はほとんどいないし、熊も掘り返せないくらい深く埋めれば大丈夫かな」

「君ってさあ」

「なに？」

「思ったより変わってるよね」

出利葉の声はいつだって間延びしていて能天気だ。そのせいで、一瞬、学生だった頃の日々に戻ったような錯覚に襲われた。

「そうかな。でも、だからどうだっていうの？」

「別に。解体するところって見ていい？」

出利葉の息が荒く、さっきより顔も赤い。

彼の存在がそこにいるだけで、不快になった。

さっき彼の声で気持ちが落ち着いたという事実すら、今は嫌だ。

「ちょっと考えておくね。それに、解体には色々と準備が必要だから。喉が渇いたから水を持ってくる。すぐに戻るから待ってて」

嫌悪感で胸が一杯になったので、外で冷たい空気を吸いに出た。

辺りは霧が出ていて、ぬったりとした湿度の高い空気が纏《まと》わりつく。

家から出てすぐの場所に、ポンプ式の井戸がある。

解体作業には大量の水が必要なので、普段から井戸にホースを繋いで使っている。

手の傷の痛みはあるけれど、それほど強くはない。

井戸水に触れると、冷たさでジンと指先が痺れた。

傷を負っていない方の掌で水を掬《すく》って二口程飲んだ。そうすると、喉の渇きを体が思いだしたように、水を飲みたくなった。しばらく無心に水を飲み続けていたけれど、体が冷えてきたので一旦部屋に戻ることとした。

出利葉には適当に何かを言って帰ってもらい、一人で夕姫の死体と向き合う時間が必要だと思ったし、あの男にこれから私がすることについて、茶々を入れられたくない。

「出利葉君、あのね……」

部屋には夕姫の死体はなく、代わりに喉にナイフを突き立てられた出利葉が横たわっていた。

「え?」

「ばあっ」

夕姫の声だった。

手品のように急にその場に現れ、私の顔を見て微笑んでいる。

「あたしねえ、あなたの驚く顔が本当に大好きで愛《いと》おしくてたまらないの。ふふっ。固まっちゃって可愛い」

彼女の声は確かに夕姫だし、見た目も夕姫だ。だけど、頬には硝子で切った傷がついていなかった。この女は三つ子だったんだろうか。

「ねえ、もう一つプレゼントがあるの。きっと、これも驚いてくれると思う。受け取って」

夕姫がうきうきした様子で、足元に置いてあった大きな袋から黒っぽい丸い物を取り出した。横の出利葉の体は全く動かない。微《かす》かに漂う甘い匂いは、近くにあるストーブのせいだろう。死体は何故か温かい場所にあると、独特の甘い芳香を放ち始める。

「ふふっ。血が繋がってるけど、あまり似てないのよね、あなたたち」

大きな袋から取り出した黒く、丸っぽい物は人の頭だった。

母の生首だ。

最後に見た時からまだ数年しか経《た》っていないのに、随分と老けて見える。白髪も記憶していた姿よりずっと多い。

夕姫は母の生首にキスをした後、私に向けて投げつけた。

私が母の生首を避けると、床にゴツッと鈍い音を響かせてごろごろと転がった。

その様子を呆然《ぼうぜん》として目で追っていると、足首にチクっと鈍い痛みが走った。

振り返るともう一人の夕姫が床に腹ばいになって注射器を手にしていた。目の前にいる夕姫との違いは頬についた赤い一筋の傷だけだ。

「え？　え？」

頭が全く状況に追いつかない。今までの私の経験を総動員しても、この場を把握することができそうにない。

「シロシビンマンタラゲを合成してみた物なの。二十種類の色々とあなたのためだけにブレンドしてみたんだから。気にいってくれるといいけれど。しばらくすると幻覚を見るけれど、とても良い気持ちになれるのよ」

もう一人の夕姫の前で、私に生首を投げた夕姫が近づいてきて私の服を脱がし始めた。

ぼんやりと頭に霞《かすみ》がかかったようで、脳みそがどろっとした液体になって耳から垂れてくるような感覚がぞわぞわと背筋を走る。二人の女の間で私の指先はポケットの中のある物に触れた。

「すぐ捕まってつまんないわね。もうちょっと遊びたかったのに。でも、焦《じ》らしプレイも飽きてきちゃったし、たっぷり時間をかけて準備かけた物を直ぐに壊すのもいいかなって思ったの。夕実もね、じわじわと心を潰すよりもね、もっと早く殺しておけば良かったかなって後で割と後悔していたくらいだし……あらっ？」

ぽたたたたたたっと、血が滴り落ちる。

今度は硝子の破片はちゃんと、目の前の夕姫の腹部辺りに刺さったようだ。

最初に夕姫が派手に割って、部屋に入ってきたおかげで、硝子の破片は床中に散らばっていた。その幾つかをポケットにしまっていたおかげで、相手に刺すことができた。

「あら、思ったよりあなた根性あるのね」

腹を押さえながら、目の前の夕姫がほくそ笑む。

悔しまぎれに冷静を装っているだけだろう。なのになぜ、こんなに私の気持ちは不安なままなんだろう。夕実と同じ顔をしたやつが何人いても殺せばいいだけなのに。

「でもその気力に免じてもうちょっとだけ延長戦をしてあげる」

得体の知れない注射のせいで視覚が歪《ゆが》んでブレる。でも、今度も絶対に外さない。物の場所と形さえ分かっていれば大丈夫。やれる筈だ。理解するのはその後だっていい。

私は解体に使っているナイフを懐から取り出すと眼前の夕姫の顔にねじ込んだ。

目から脳を貫いてやれば、この怪物も消えてくれるだろうか。

「よくもおお、顔を、顔を傷付けたね。この顔を、顔おおおお」

　駄目だな、目の下を掠めて、耳の上を抉《えぐ》っただけだった。

一体何の薬を投与されたんだろう。どうせ、さっきの薬の説明も嘘だったに違いない。

この魔女のような女は、どこまでも嘘でできているんだから。

「お前はあまり喋るなって言ったのにもうー。後でお仕置きだからね。ほんとに、いっつもこういう時にだけ予想外のことが起きるよね。たくさんお金と時間をかけて顔を似せてあげたのに、声を出したらばれちゃうって言ったでしょ」

　背後からもう一人の夕姫が、私の顔を覗き込むように語りかける。

「ところでひじり、聞こえてる？　やだ、失禁してるじゃない。もう。そういえば着替えの途中だったわね。あの日の続きのつもりでいたいから、制服を持ってきたの。

あなたがね、家に制服姿で庭から現れて、夕実の名前を呼ぶ姿がとっても素敵だなって思っていたの。

　こうやってほとんど動けないあなたと話していると、あの病室の時に戻ったみたいね。弱くって、変な時だけ度胸があって、誰かに依存しがちなのは変わってなくって安心した。

　それでね、まだ不思議そうな顔をしているから、種明かしをしてあげるね。

　あなたは人の顔の区別がつかないから、ここまでする必要はなかったんだけれどね、私に似せて整形させたの。困ったのが声でね、声帯手術を受けさせてもよかったんだけど、手間がかかり過ぎるから、元々似た声の子を選んだの。

発声練習もしてね、プロに特訓まで頼んだのよ。二人とも昔、祖父母がやっていた気持ち悪い宗教の関係者の子の中から、あたしと背恰好《せかっこう》が似た子を集めたの。あなたと同じでね、二人とも誰かを必要としていた可哀そうな女の子達よ。

最初に殺した子、ひと言も声を出さなかったでしょ。声を出したらあたしじゃないってすぐにバレちゃうから黙っとくように言い聞かせていたの。

あの子、身体能力凄《すご》かったでしょ、新体操をやってたらしいの。ぴょんぴょんあなたの前で飛び跳ねていて、見ていて楽しかった。

さて、種明かしはここまで。あたしが身体を綺麗《きれい》にして、制服に着替えさせたら、鼻と耳から毒液を垂らして殺してあげる。

そんなに切なそうな顔をしないで、苦しまない毒をちゃんと選んであげるから」

何か横でべらべらと喋っているけれど、内容までは聞き取れない。

幽鬼のように影みたいなシルエットでしか、相手が判別できない。ああ、だから幽鬼に似た、夕姫という名前なんだ。三人の夕姫の一人殺した。残りは二人だ。

それにしても、どうして何度も私は仕留め損なってしまったのだろう。今まであんなに沢山頑張ってきたのに。夕実が私に罰を与えているんだろうか。私が彼女を救うことができなかったから、天国から彼女が私を苦しめているのかもしれない。

夕実に似た、幽鬼はまだ心地よさそうに喋り続けている。

ナイフじゃ駄目だ。そうだ、私はしっかりと準備していたんだから、それを使おう。

靴、ちゃんと履いてる……つま先もまだ動く。一瞬だ、一瞬で済む。

私は今まで、私は無傷であろうとしていた、どこかにずっと帰りたかったから。

でも何も要らない。幸せなんて、どうせどこにも無いんだ。

だから全部を手放そう。

本当にこれは最後の手段としてとっておいていた。

私に罠猟を教えてくれた男は、かつては空気銃を使った猟も行っていた。

空気銃は弾を炭酸ガスで飛ばす。

私はポケットに入れていた液化炭酸ガスの入ったボンベを火がついたままのストーブに投げ込んだ。

炭酸ガスボンベは温度が四十度以上になると破裂するおそれがある。なので、まもなくあのストーブは大きな爆弾と化して爆《は》ぜるだろう。気化した炭酸ガスを吸引すると、視覚障害と耳鳴り、そして震えが現れ、気が付いた頃には意識を消失する。少し吸っただけで死ぬ気体。

炭酸ガスも、毒物だと書いた本があった。私に得体の知れない毒を注射した夕実に似た幽鬼のような女め、刺して殺せないのなら毒で死ね。

夕姫が、何を投げたの？　と言いかけた瞬間、爆発が起こった。

ただ、思ったよりも衝撃は大きくはなく、私の横にいた幽鬼は受け身を取ったのか屈《かが》んでいるが、怪我はそれほど負っていない。

ただ炭酸ガスは空気よりも一・五倍くらい重い。だから、しゃがんでいた彼女はそれなりにガスを吸い込んだだろう。目の前にいた夕姫に似た別人の女も顔色が真っ青になって倒れた。

きっと今、この場で何が起こったか、ここで呼吸をすると死に至るということを知っているのは私だけだ。だが、そんな私も、今なんとか立っているだけで、頭がくらくらしている。

これは注射で投与された薬のせいか、この部屋に満ちている炭酸ガスの影響なのか、今の私には分からない。

「結構効いたわよ、ひじり。やるじゃない、楽しくなってきた。こうじゃないとね、一番長いこと準備をした遊びなんだから、すぐ終わったらつまんないだろうなってずっと思ってた」

よろけながら、夕姫が手をついて床から立ち上がろうとしている。

血に塗《まみ》れているくせに。まだ余裕を見せているあの姿に気圧《けお》されたくない。

気力だけでも今、この女に負けるわけにはいかない。

周りを見渡すと、少し離れた場所に横たわる出利葉の死体が目に入った。

爆発で灰や煤《すす》や埃《ほこり》に塗れた、出利葉の首に刺さっているナイフ。あれが私から一番近くにあるまともな武器だ。

動揺していては駄目だ。

あの女を殺すことができれば勝ちで、怯える日々が終わる。落ち着け、平静を装え、相手を観察しろ。人の形をした獲物をどう狩るかを全力で考えろと、自分に言い聞かせた。

山で過ごしてきた時間が私を鍛えてくれた。

「あはっ、くらくらする。ひじり、遊びましょうよ、もっと、もっと。これでやっと互角? 他の子を用意したのは、あなたが驚く顔が一瞬見たかったから。その後は二人きりで遊びたかっただけなの。あれ、どうしたの? あたしじゃなくって、出利葉なんか見てるの? その子は当時をより思いだして欲しかったから、持ってきただけ。別に意味なんかないのに。ねえ、あたしを見てよ、見なよ、ひじり。ずっとあんたを殺すために、思い続けてきたのに。

親からも皆からも見捨てられてたような、あんたを見てやっ――」

言葉なんて聞いてやらない。

出利葉に刺さっていたナイフを引き抜いて刺す。

刺す、以外は何も考えない。

あるのは手に持ったナイフと、喋る肉の塊。

刺す、刺す、刺す、刺す。

何度も何度も。
思い出も、死んだクラスメイトも、夏の庭も、冬の図書室も、毒集めにときめいた日々も何もかもも、忘れられるように、どうでも良かったと捨てられるように刺して、刺して、刺す。
馬乗りになり、手の感覚が無くなっても、音がぐじゅぐじゅとしか聞こえなくなっても、刺し続ける。

ぐじゅぐじゅぐじゅぐじゅぐじゅぐじゅぐじゅぐじゅぐじゅ
赤いジャムをナイフで捏《こ》ねるようになっても、それでも刺し続ける。
手にも足にも顔にも赤い飛沫《しぶき》が跳ねて、もうそこら中、彼女の破片に塗《まみ》れている。
私も狂っているんだろうか？　おかしくなってしまっているのだろうか？
間違ったのはいつから、どこから何だろう。
さっき打たれた薬のせいか、頭の中がざらざらする。
赤くて黒くて黄色くて、茶色のぐちゅぐちゅをナイフで刺す。
ずっとずっとずうと刺す。ぐちゅぐちゅを刺して刺す。

「あ、朝だ」

割れた窓から、朝の光が部屋にさしている。
色んな物の影が、木の床の上に落ち、私の白い息が床に横たわる赤い何かにかかる。
「夕実?」
何故か、自然と彼女の名前が唇から漏れた。
体が重たくて、あちこちが痛む。
吐き気、頭痛、めまいが急に体の内側から押し寄せてきた。
「だーれだ」
背後から夕実の声がして、振り返ったけれど誰もいなかった。
体に残る毒が見せる残酷な、幻影なのだろうか。
赤くて黒いジャム、その横に眠るような夕実にとてもよく似た人の身体。
朝の光の中で出利葉も気持ち良さそうに眠っている。
足と手が痺れている。立ち上がって、水を飲みに行きたいのに動けない。
鼻からぼたぼたと血が流れ落ちた。
でも、拭う気力さえない。
冷たい北風がビュービューと体に吹き付けてくる。このままじゃ私は凍《こご》えてしまう。
「でも、いっか。それも」
考えるのが酷く億劫《おっくう》で、何もかもがどうでもよくって、そして……。
「気持ちいいでしょう?

毒って心地いいから。

ねえ、あたしたちと遊んで楽しかった？

この先どうせ、みんな行く先は一緒だろうから、そこでも続けましょうよ。

地獄の底でも、あたしたちはずっとずっと一緒よね。

だって、あなたのことを、あたしは友達だと思ってるんだから」

夢なのか幻聴なのかさえ定かでない声が、耳元で聞こえる。

さっきまでの寒さがどこかに消えていた。でも、やっと目的を遂げたというのに指一本動かせない。

「ひじり」

微睡《まどろみ》ながら聞いた声は、一体どちらのものだったのだろう。

夢や幻から出た声だとしても、知りたかった。

それだけが、私の気がかりだった。

脳が歪むような快楽と共に私は、恐らく目覚めない眠りに落ちた。

解説

三浦しをん

息もつかせぬ緊張感とスリルに満ちたジェットコースターを乗り終え、呆然としながら、よろつく足でなんとか地上に降り立つ。ものすごいアトラクションだったなあと、いま乗ってきたジェットコースターを見上げてはじめて、なんと足場が繊細でうつくしい飴細工《あめざいく》でできていたことに気づく。足場の飴は、鼈甲《べっこう》飴のように、薬瓶のように、透きとおった薄い茶色だ。見ただけで、濃密な甘さの奥に、焦げたような苦みを隠しているのがわかる。組みあげられた飴製の足場の向こうには、まがまがしい夕焼けが広がっている。

『致死量の友だち』を読んで私が思い浮かべるのは、このようなイメージだ。繊細な美に支えられつつ、ストーリーが豪速で疾走する。勢いに乗って、たまに足場がないところにまで飛びでて、ひた走る。ジェットコースターだったら大事故だが、これは小説なので、夕焼けを背景に優雅に浮遊したストーリーは、なにごともなかったかのように足場にするりと着地し、再び豪速で疾走しはじめるのだ。

本書は、毒にまつわるホラーサスペンスであり、どんでん返しが多発するミステリであり、女子同士の青春小説でもありと、さまざまな顔を持っている。私は、主人公のひじりと美少女の夕実《ゆうみ》の関係性をうっとりしながら読み、二人が置かれた境遇の過酷さとつらさに憤りを覚え、「もう早いとこ、まわりのやつら全員を毒殺しちゃってよし！」と、非人間的な声援を二人に送った。

ところが、こちらが予想するのとは異なる展開とタイミングでストーリーが進む。いじめ（というか卑劣な暴力だ）をしていたクラスメイトや先生たちを、全員毒殺する計画とはまたべつの、とんでもない事態が起こり、「ええー！」と衝撃を受ける。聞いてない。こんなことになるなんて、まったく聞いてない（予想してない）。ジェットコースターにたとえると、足場がないところに飛びでちゃってる。いったいこの話は、どこへ向かいはじめるなら……そして私が抱いた非人間的渇望、すなわち「いやなやつら全員毒殺」計画は、このまま雲散霧消してしまうんだろうか。

文庫の解説からさきにお読みになるかたは、ぜひ、ここでストップし、『致死量の友だち』を最初のページからゆっくりとお楽しみください。このあと、ネタバレも少々まじえて、この原稿を書きます。

さて、『致死量の友だち』をお読みになったみなさまへ。正直に言いますと、わたくし、ついに毒が発動し、クラスメイトや先生たちがバタバタ倒れはじめた瞬間、「キター！」と快哉《かいさい》を叫んでしまいました。良識とか良心とか倫理観とか棚上げにして、「こんなやつら、苦しんだり死んだりして当然だよ！」と、めっちゃスカッとした。みなさまの多くは、私と同じ感慨を抱いたと思うのですが、いかがでしょうか。その後は、再び足場に着地して豪速で疾走するストーリーに身を委ね、「きっとまた、どこへ向かうかわからない展開が来る！ ひゃっほー！」と、本書を堪能しまくった。作者の手の内でまんまともてあそばれているが、楽しく幸せな読書の時間だったので、自分が良識・良心・倫理観欠如人間だと暴かれてしまったことにも悔いはない。

しかし同時に、おそろしいなとも感じた。本書を読んで、なぜ私はいままで、無邪気かつ無防備に、なにかを飲んだり食べたりしてこられたんだろう、と思ったのだ。だれかに毒を入れられたり、食中毒になったりといった可能性を、微塵《みじん》も考慮することなく。

たとえば外食時だったら、よく知らない店員さんが作った料理を、ぱくぱく食べている。もしかしたら、店員さんはむしゃくしゃしていて、提供する料理に毒を入れているかもしれない。あるいは、トイレに行ったあとに手を洗わずに調理するようなひとかもしれない。つまり、私は店員さんの人柄も、置かれた境遇も、生活習慣も、なにひとつ知らないのに、そのひとが作った料理をぱくぱく食べる。

人間という存在への大いなる信頼感、「毒を入れるひとなどいないはずだ」という性善説に基づいて、無邪気かつ無防備に飲食するのだとも言える。しかし、べつの言いかたをすれば、料理を作った店員さんに対する想像力の回路を遮断し、店員さんの存在など無視して、あたかも中空から自然と料理が出現したかのように、無神経にぱくぱく食べているのだ。

また、料理を構成する食材は、自分以外の動物や植物だ。我々は飲食するたびに、動物や植物の命を奪っているわけだが、その事実をほとんど直視しようともせず、「おいしいねー」などと笑いあう。

飲食するとは、もっとも日常的な行為のひとつであり、生命活動を維持するために不可欠だ。飲食という、我々の日常、我々の生のもっとも根源的な部分に、他者（店員さんや動物や植物）への想像力の欠如、無神経が横たわっている。想像力を稼働させず、無神経にならなければ、迂闊《うかつ》に飲食することなどできない。日常はまわらないし、生命活動も維持されない。つまり、想像力を備えているのが人間の大きな特徴のひとつであるにもかかわらず、日常と生命の根幹となる「飲食」に関しては、多くのひとがきわめて無神経に、非人間的にならざるを得ないのだ。

本書は、この矛盾をありありと浮かびあがらせる。私たちがほぼなにも考えずに行っている飲食、すなわち「日常」とは、鈍感と無神経によって成り立っているのだと、無慈悲に淡々とつまびらかにする。

私は、想像力のかけらもない振る舞いをする作中のクラスメイトや先生たちを心底憎んだ。かれらが毒によってバタバタ倒れたときには、「ざまあ」とほくそ笑んだ。だが、かれらと私のどこにちがいがあるのだろう。同じだ。私もまた、他者への想像力を鈍磨させ、無神経にものを食ったり飲んだりしている。飲食に関する無神経ぶりの延長線上で、他者を傷つけたり、間接的にせよ他者の命を奪ったりすることがあったとしても、なにも気づかず、あるいは見て見ぬふりで、のうのうと、この欺瞞《きまん》に満ちた日常をつづけようとするだろう。

作中で毒によって倒れたクラスメイトや先生たちのなかに、私も、もしかしたらあなたも、いるのだ。

私が本書をしびれるほど好きだなと思うのは、こうした無神経、想像力の欠如に対する、作者の怒りと呪いが満ち満ちているからだ。本書を読むたび、毒にあたったように手足が「しびびび」となりながら、私は自身の無神経に恥じ入らずにはいられない。けれど、このしびれは甘美でもある。「私は無神経で鈍感な豚ですが（豚に失礼）、こんなわたくしめに、このようにうつくしいものを見せてくださるなんて……」という気持ちも生じるからだ。

無神経ゆえに自業自得で毒にあたり、かすみゆく私の目に映った美。それはもちろん、無神経さとは無縁の、ひじりと夕実の姿だ。「世界のどん詰まりのような場所にある町の夜」に、静かに呼吸し棲息する彼女たちは、なんて毅然としてうつくしいのだろう。赤い宝石のような西瓜。染み出す果汁。その西瓜を持つ夕実を見る、ひじりの眼差し。かけがえのない相手と練る、甘美で苦い毒殺計画。

拝みたいほどありがたい。本書をお読みになったみなさまは、ひじりと夕実の関係にもまた、どんでん返しがあることをご存じのはずだが、それでも私は、毒にかすむ目に焼きついた二人の姿、その麗しい緊張感を、何度も何度も味わってうっとりするのだった。

そしてもう一人、忘れてはならないのは出利葉《いでりは》くんだろう。出利葉くんの登場によって、作品が転調し、探偵小説のテイストへと心地よくスウィングしていく。なによりも、ひじりの世界が徐々に広がっていく。ひじりは出利葉くんと出会って、夕実と二人だけで築きあげていた繭《まゆ》から抜けだし、クラスメイトを「名前のある存在」として把握しはじめる。ひじりにとって完璧な調和が取れていた、閉ざされた空間は奪われ、失われてしまったが、代わりに、世界と対峙する新たな武器を手に入れたのだとも言えるだろう。

その武器の名は、強いて言えば「友情」なんじゃないかなと私は思う。むろん、正面切って「友情」とか「恋愛」とか、既存の物差しで安易に分類や断定することを許さないのが、本書の繊細さの表れだ。ひじりと夕実のあいだにも、ひじりと出利葉くんのあいだにも、言葉で関係性を定義しきれないあわいが残されている。

しかしとにかく出利葉くんは、持ち前のちょっとまぬけで飄々《ひょうひょう》とした言動で、ひじりの心の扉を少し開くことに成功し、その隙間から、新しい武器を差し入れてくれたのだ。ひじりが出利葉くんの家に行って、METALLICAの「The Unforgiven」を聴きながら語りあうシーンは象徴的だ。ひじりは出利葉くんとの対話を経てはじめて、「もっと早くクラスメイトを知るようにしていれば、私を守ってくれる人と出会えたのだろうか。（中略）虐めや不条理に立ち向かう方法を、毒以外に見つけることもできただろうか」と思うようになる。理不尽を強い、ひじりの尊厳を奪いつづけてきた「許されざる者」たちのことを、もう一度冷静に分析する、強靭《きょうじん》な思考力と想像力を獲得したのだ。ここから彼女は、真に輝きを宿し、自由に飛翔しはじめる。

その契機となった出利葉くん。ひじりが「奇妙な関係の友情が築かれる予感」を覚えた出利葉くんを、私も愛さずにはいられない。出利葉くんの登場以降、それまでほの見えていたひじりのユーモアとツッコミ精神が、ますます研ぎ澄まされていくのが愉快だし、出利葉くんという相棒にめぐりあい、ひじりが力強く羽ばたきはじめた証左だとも思う。

まあ、ここにもどんでん返しがあって、出利葉くんがとんでもない人物だったことが終盤に明かされるわけだが……。みなさまは、「実は出利葉くんって、こんなひとなんですよ」と証言するひとの言葉、どう思われましたか？　私は、「いまいち信用できないな。出利葉くんはそんなひとじゃないと思う」と思ったが、それは私が出利葉くんびいきだからかもしれない。いろんな読みや解釈ができる余地があり、そこも本書の刺激的なところだ。

この文庫版では、書き下ろしの「あれから」の章で出利葉くんが再登場し、とてもうれしい。待ってたよ、出利葉くん！

出利葉くんと同じぐらい、私もMETALLICAの「The Unforgiven」は好きな曲なのだが、はたして作中の時代設定はいつなんだろうと疑問が湧いてくる。もちろん、いまこの瞬間にMETALLICAを聴きはじめる十代の子は大勢いると思うし、出利葉くんも叔父さんの影響で洋楽を聴くようになったと言っている。ただ、この曲が発表され、「最高だな」とみんな（ではなかったかもしれない）が聴いていたのは、たしか私が中学生のころで、もう三十年以上まえ……。そう思って本書をよく読んでみると、スマホが出てこない。けれど、昔の話という印象もまるでない。非常に周到に時代や場所がぼかされており、透きとおった美と浮遊感の発生源は、このあたりにも起因するのだと諒解《りょうかい》される。つまり、豪速で疾走しているようでいて、本書が描き、物語ろうとしていることには、確固とした普遍性があるのだ。

自身の無神経を鋭くえぐられ、毒がまわって息も絶え絶えになりつつ、それでも私は、ひじりが見つめる夕実のきらめきから、出利葉くんとひじりが醸しだすユーモアとかそけき友情から、目を離すことができなかった。この解説は、甘く苦い毒にしびれた手で記した。最後の一文、本書に捧げるダイイングメッセージは、「『致死量の友だち』を愛してる」だ。

この作品は、二〇二三年三月に二見書房から刊行されました。
文庫化にあたり、加筆・修正をしました。

致《ち》死《し》量《りょう》の友《とも》だち

2024年 7月20日　初版発行

著者 …………………… 田辺青蛙《たなべせいあ》

発行所 ………………… 二見書房
東京都千代田区神田三崎町 2-18-11
電話　03-3515-2311（営業）
03-3515-2313（編集）
振替　00170-4-2639

印刷 …………………… 株式会社堀内印刷所
製本 …………………… 株式会社村上製本所

乱丁・落丁本はお取り替えいたします。
定価はカバーに表示してあります。

ISBN978-4-576-24064-0
https://www.futami.co.jp

黒歴史シリーズ
累計5万部
みんな蛍を殺したかった
みんな
誰かを
殺したいほど
羨ましい。
はかなく散った少女の死は
後悔と悲劇を生み出していく――
木爾チレン〈著〉
紺野真弓〈装画〉
けんご〈解説〉
二見文庫　本体価格：850円（税別）

みんな蛍を殺したかった　木爾チレン

底辺高校に通うオタク女子三人は、その最底辺にいた。そんな中、美しい少女・蛍が転校してくる。三人に蛍は、私もオタクだと告げ絆を深めるが――ある夜、蛍は自死してしまう。やがて三人は、蛍が遺した悲劇の歪みに絡めとられていく。

き1-1
850

致死量の友だち　田辺青蛙

一緒にあいつらに復讐しましょう。凄惨な虐めを受ける中、クラスメイトの夕実に誘われ、ひじりは毒を使った仕返しを考えるようになる。夕実への依存を強めるが――文庫化にあたり大幅改稿。単行本では語られなかった後日譚まで収録。

た1-1
880

風は山から吹いている　額賀澪

スポーツクライミングのインターハイ選手だった筑波岳。大学では競技をやめる決心をしていたが、思いがけず登山部に入部してしまう。ある日、山の頂で高校時代のコーチから電話を受けるが、そこからは風の音が聞こえるだけだった――。

ぬ1-1
780

二見文庫